Das Buch

Der zehnjährige Jody wächst in enger Verbundenheit mit der Natur auf einer Farm im kalifornischen Salinas-Tal auf. Die Welt des Jungen erhält erste Risse, als Gabilan, sein geliebter Ponyhengst, von einer schweren Krankheit befallen wird. Einfühlsam schildert John Steinbeck in der berühmten Titelgeschichte die Erschütterungen einer kindlichen Seele, die schmerzliche Loslösung aus dem Urvertrauen gegenüber den Mitmenschen. Auch die anderen Erzählungen beschreiben mit großer Intensität Grunderlebnisse des Menschen wie Schmerz, Freude, Liebe, Tod: Da findet ein Rancher bei seiner Heimkehr die bislang »musterhafte« Ehefrau in den Armen eines anderen Mannes, und eine Mutter verliert ihren Sohn, kaum daß er die Schwelle zum Erwachsensein überschritten hat. Steinbeck erzählt unsentimental, mit sparsamen Mitteln, aber enormer Bildhaftigkeit, und er gibt seinen Geschichten stets überraschende, den Leser verblüffende Wendungen.

Der Autor

John Ernst Steinbeck, amerikanischer Erzähler deutsch-irischer Abstammung, geboren am 27. Februar 1902 in Pacific Grove bei Salinas, wuchs in Kalifornien auf. 1918–24 Studium der Naturwissenschaften an der Stanford University, Gelegenheitsarbeiter, danach freier Schriftsteller in Los Gatos bei Monterey. Im 2. Weltkrieg Kriegsberichterstatter, 1962 Nobelpreis für Literatur, gestorben am 20. Dezember 1968 in New York.

John Steinbeck:
Der rote Pony
und andere Erzählungen

Deutsch von Rudolf Frank

Deutscher
Taschenbuch
Verlag

Von John Steinbeck
sind im Deutschen Taschenbuch Verlag erschienen:
Früchte des Zorns (10474)
Autobus auf Seitenwegen (10475)
Geld bringt Geld (10505)
Die wilde Flamme (10521)
Die Straße der Ölsardinen (10625)

Ungekürzte Ausgabe
August 1986
Deutscher Taschenbuch Verlag GmbH & Co. KG,
München
Lizenzausgabe mit freundlicher Genehmigung des
Diana Verlags, Zürich
© 1933, 1937, 1938, 1961, 1965, 1966 John Steinbeck
Titel der amerikanischen Originalausgabe:
›The Long Valley‹
© 1945 der deutschsprachigen Ausgabe: Steinberg Verlag,
Zürich
© 1985 Diana Verlag, Zürich
ISBN 3-905414-16-3
Umschlaggestaltung: Celestino Piatti
Gesamtherstellung: C. H. Beck'sche Buchdruckerei,
Nördlingen
Printed in Germany · ISBN 3-423-10613-1

Inhalt

Ich weiß nicht, warum, aber dieses kleine Geschehnis erfüllt mich mit Freude. Bis in die letzte Einzelheit sehe ich es vor mir, nein, nie bis in die letzte, denn je öfter ich mich daran erinnere, um so mehr Einzelheiten fallen mir ein. Und jede bringt eine eigene Wärme mit.

Es war in aller Herrgottsfrühe. Die Berge im Osten lagen schwarzblau, aber hinter ihnen stand schon die Helligkeit; dort, wo ihr Saum an das Gebirge rührte, war sie wässerig rot, weiter oben wurde sie blaugrau. Dunkelgrau wölbte sie sich hoch über mir und sank im Westen in reine Nacht.

Und es war kalt, nicht eben grimmig, aber doch so, daß ich die Hände reiben und anhauchen mußte, sie tief in die Taschen versenkte, den Mantelkragen hochklappte und mit stampfenden Schritten drauflos schritt. Das Tal lag lavendelfarben im Morgen. Vor mir an der Landstraße sah ich ein Zelt, das nur etwas weniger grau war als der Boden, und daneben glühte orangefarben ein alter, verrosteter Eisenherd. Aus dem kurzen Ofenrohr sprudelte grauer Rauch turmhoch, bevor er sich ausbreitete und sich schließlich verflüchtigte.

Zur Seite des Herdes sah ich eine junge Frau, fast noch ein Kind, in ausgeblichenem Rock und Bluse. Als ich näher kam, sah ich: sie trug einen Säugling im Arm; sein Köpfchen lag unter der Bluse geschützt vor Kälte.

Der Säugling trank; die junge Mutter ging dabei geschäftig hin und her, schürte das Feuer mit einer Stange, schob rostige Ringe auf der Herdplatte herum und klappte die Ofentür auf; das gab besseren Zug. Das Kleine trank weiter, was weder die Arbeit der Mutter störte noch die Anmut ihrer flinken Bewegungen, die mir zugleich zweckmäßig und schön erschienen. Von der Zugluft entfacht, flackerte das orangerote Feuer aus den Rissen des Herdes und warf tanzende Reflexe auf die Leinwand des Zeltes.

Nun war ich bereits so nah, daß mir der Duft von gebratenem Speck und geröstetem Brot in die Nase stieg. Das sind für mich die angenehmsten Gerüche. Ich trat an den Herd und hielt meine Hände darüber; als mich die Wärme traf, ging es mir durch und durch.

Der Eingang des Zeltes bewegte sich. Ein junger Mann trat heraus, ein älterer folgte. Beide trugen neue Anzüge aus blauem, grobkörnigem Baumwollstoff mit blitzenden Messingknöpfen. Sie sahen einander sehr ähnlich, die gleichen scharf geschnittenen Gesichter. Der Jüngere hatte einen dunklen, der Ältere einen fast grauen Stoppelbart. Haare, Bart, Stirn und Wangen, die ganzen Gesichter trieften und glänzten vor Nässe. Sie standen nebeneinander, schauten still in das aufdämmernde Licht des Ostens, gähnten beide zugleich, blickten über die Hügel, und als sie sich abwandten, sahen sie mich.

»Guten Morgen«, grüßte der Ältere. Es klang nicht unhöflich und nicht höflich.

»Guten Morgen«, dankte ich.

»Morgen«, sagte der Junge.

Ihre nassen Gesichter trockneten langsam. Sie traten zum Ofen und hielten die Hände darüber.

Das Mädchen, das Gesicht abgewandt, die Augen auf ihre Arbeit gerichtet, eilte sich. Ihr langes Haar, mit einem Band zusammengehalten, hing über ihren Rücken und flatterte bei ihrer Tätigkeit. Sie stellte Blechtassen und Teller auf eine große Kiste, legte Messer und Gabeln dazu; hierauf schöpfte sie gebratene Speckscheiben aus dem tiefen Fett und tat sie auf eine große Blechschüssel. Der Speck knisterte und krachte. Dann öffnete sie die rostige Herdklappe und nahm eine rechteckige Pfanne voll hoher, großer Zwiebacke heraus.

Als der Duft des heißen Brotes aus der offenen Klappe kam, sogen ihn die zwei Männer tief ein. »Jesus!« sagte der Junge sanft.

»Habt Ihr schon gefrühstückt?« wandte der Ältere sich an mich.

»Nein.«

»Dann setz dich zu uns!«

Auf dies hin traten wir zu der Kiste und machten es uns am Boden bequem. »Auch Baumwollpflücker!« fragte mich der Junge.

»Wir haben jetzt zwölf Tage hintereinander gearbeitet«, erklärte der Junge.

»Sogar neue Kleider haben sie sich angeschafft«, rief das Mädchen vom Herd herüber. Die Männer guckten an ihren guten Sachen herunter und schmunzelten.

Die Junge trug auf: die Platte mit Speck, die hohen gebräunten Zwiebacke, eine Schale Speckfett, einen Topf Kaffee, und ließ sich dann ebenfalls neben der Kiste nieder. Sie stillte noch immer das Kleine; ich hörte es unter der Bluse zuzzeln und schlucken.

Wir füllten unsere Teller, gossen Speckfett über unsere Zwieback und süßten den Kaffee. Der Alte stopfte und kaute und kaute und schluckte und sprach: »Gott der Allmächtige, ist das gut!« Und stopfte weiter.

»Zwölf Tage lang haben wir gut gegessen«, sagte der Junge.

Und wir aßen mit Eifer und Leidenschaft, gründlich und rasch, füllten immer wieder unsere Teller, bis wir zufrieden und satt waren. Der heiße, bittere Kaffee verbrannte uns fast den Schlund. Den Satz aus den Tassen schütteten wir auf den Boden und schenkten uns wieder ein.

Farbe war nun in der Helle, ein rosiges Strahlen, das die Luft kälter zu machen schien. Die Männer blickten gen Osten. Ihre Gesichter waren vom Morgenrot erleuchtet. Als ich für einen Moment aufblickte, sah ich das Bild der Berge und das darüber strömende Licht sich in den Augen des Älteren widerspiegeln.

Dann gossen die beiden den Rest aus ihren Tassen auf die Erde und standen zusammen auf. »Wir müssen gehen«, sagte der Ältere.

Der Jüngere wandte sich an mich. »Willst du Baumwolle pflücken? Wir könnten dich vielleicht unterbringen.«

»Nein, ich muß weiter. Dank für das Frühstück!«

Der Alte wollte den Dank nicht. »O.K.«, winkte er ab. »Gut, daß du da warst.«

Sie schritten miteinander von dannen. Im Osten flammte der Horizont. Und ich ging meines Weges.

Das war alles. Ich könnte natürlich Gründe anführen, warum es mir gut gefiel. Doch über die Gründe hinweg sah ich in allem eine ursprüngliche große Schönheit. Sie überflutet mich warm, sooft ich daran denke.

Überfall

I

Die kleine kalifornische Stadt lag im Dunkel. Langsam, fast etwas herausfordernd schlenderten zwei Männer von einem Imbißkarren in eine Seitenstraße. Faulig süßer Geruch gärender Früchte drang aus einem Packhaus. Blaue Bogenlampen schwankten im Wind und warfen die Schatten von Telephondrähten über das Pflaster. Ihr Licht spiegelte sich trüb in schmutzigen Fenstern. Stumm lagen die alten Holzbaracken da.

Die beiden Männer waren ungefähr gleich groß, aber der eine war wesentlich älter als der andere. Ihre Haare waren kurz geschnitten; sie trugen blaue Arbeitshosen, der ältere Mann dazu eine Seemannsjacke, der junge einen blauen, hochgeschlossenen Sweater. Der Widerhall ihrer Schritte scholl laut von den hölzernen Hauswänden zurück. Der Junge begann zu pfeifen: ›Come to me, my melancholy baby‹, brach aber plötzlich ab. »Den ganzen Tag geht mir diese verdammte Melodie nicht aus dem Kopf, so ein alter Schmarren!«

Sein Begleiter sah ihn von der Seite her an. »Du hast Angst, Root, sag's aufrichtig! Du hast eine Heidenangst.«

Über ihnen hing eine Bogenlampe. Root setzte sein kühnstes Gesicht auf, zog die Mundwinkel breit nach unten; seine Augen schielten. »Nein, ich hab' keine Angst.«

Sie waren aus dem Lichtkreis heraus. Sein Gesicht entspannte sich. »Wenn ich nur mehr Erfahrung hätte! Du hast das schon mitgemacht; ich war noch nie mit auf Tour.«

»Die einzige Methode, etwas zu lernen, ist, daß man es einmal mitmacht«, zitierte Dick anzüglich. »Aus Büchern lernst du nie etwas ganz.«

Sie stiegen über ein Bahngeleise. Die Signalanlage über der Strecke zeigte Grün. »Scheußlich, diese Dunkelheit«, meinte Root. »Wo bleibt der Mond? Wenn es so finster ist, scheint er sonst eigentlich immer . . . Dick! Sprichst du zuerst?«

»Nein, du. Ich habe von uns beiden am meisten Erfahrung. Ich will sie, während du redest, im Auge behalten. Dann kann ich dazwischenfahren, wenn ich merke, sie wollen beißen. Weißt du schon, was du sagen willst?«

»Jedes Wort. Ich hab's genau im Kopf. Ich habe es mir aufgeschrieben und auswendig gelernt. Mir haben welche erzählt, sie seien aufgestanden, ohne eine Ahnung, was sie sagen könnten, und dann auf einmal hätten sie losgeschossen, als wären sie's gar nicht, als stünde da jemand ganz anderer; die Worte strömten heraus wie aus einem Hydrant. Mike Sheane, weißt du, der Große, hat gesagt, so wär' es mit ihm gewesen. Aber ich will mich auf so etwas gar nicht verlassen; drum hab' ich es mir aufnotiert.«

Das Klagegeheul einer Lokomotive war zu hören. Schon kam der Zug um die Kurve, warf Licht auf die Schienen. Die hell erleuchteten Wagen ratterten heran. »Kein Mensch drin«, stellte Dick mit Befriedigung fest. »Sagtest du nicht, dein Alter sei bei der Bahn?« fragte er dann.

Root gab sich Mühe, gleichgültig zu bleiben, aber in seiner Stimme saß Verbitterung. »Jaja-a, er ist Bremser. Wie er dahintergekommen ist, was ich mache, hat er mich rausgeschmissen. Hatte Angst um seine Stellung. Er hatte ja keine Ahnung. Ich hab's ihm erklärt, aber er verstand es nicht. Hat mich rausgesetzt.« Roots Stimme klang nach bitterer Einsamkeit; er merkte selbst, wie er weich wurde und Heimweh bekam. »Das ist das Elend mit der Gesellschaft«, sagte er barsch, »sie sehen nicht, was mit ihnen geschieht. Sie klammern sich an ihre Ketten.«

»Geschenkt!« sagte Dick. »Ist das aus deiner Rede? Nicht übel!«

»Nein, aber wenn du meinst, es ist gut, kann ich's ja noch hineinnehmen.«

Immer spärlicher wurden die Straßenlampen; Akazien säumten die Straße. Die Häuser wurden immer weniger, die Pflasterung hörte auf, das Land begann. Da und dort standen Hütten in verwahrlosten Gärten.

»Herrjeh, ist das eine Finsternis!« fing Root wieder an. »Ich möchte wissen, ob es Radau gibt. Zum Abhauen ist die Dunkelheit ja gut; da bist du gleich weg, da schnappt dich so leicht keiner.«

Dick knurrte etwas in seinen hochgeklappten Jackenkragen. Eine Weile gingen sie schweigend.

»Meinst du, daß du fortlaufen wirst, Dick? Wenn was passiert? . . .«

»Nein, da kannst du Gift drauf nehmen. Der Befehl lautet: Wenn was passiert, haben wir festzubleiben, dazubleiben, auszuhalten. Du bist ja noch ein Kind. Ich glaube, du würdest schon ausreißen, wenn ich dich ließe.«

»Du tust weiß Gott wie!« lehnte sich Root auf, »bloß weil du schon ein paarmal aufs Land hinaus bist. Du tust, als wärst du schon hundert Jahre!«

»Wenigstens bis ich schon trocken hinter den Ohren.«

Root ging mit gesenktem Kopf. »Dick?« fragte er nach einer Weile sanft, »weißt du genau, daß du stehen bleiben wirst, ganz gleich, was da kommt?«

»Gewiß, ich weiß es. Es ist nicht das erste Mal. Und es ist Befehl, nicht wahr? Außerdem wäre Abhauen nicht gut für die Propaganda.« Er spähte im Finstern nach Root. »Wozu fragst du, Kleiner? Bist bange, daß du davonläufst? Wenn du Angst hast, hast du hier nichts zu suchen.«

Root fröstelte. »Hör mal, Dick! Du bist ein guter Kamerad, du wirst niemandem verraten, was ich dir jetzt sage. Ich habe es doch noch nie ausprobiert. Woher soll ich wissen, was ich tun werde, wenn mir so einer die Keule ins Gesicht schmettert! Wie kann ein Mensch vorhersagen, was er in diesem Falle tun wird! Ich glaube nicht, daß ich fortlaufe, aber ich weiß es nicht . . . Ich werde mir Mühe geben, nicht fortzulaufen.«

»Gut, Kleiner. Wollen wir so verbleiben. Aber ich sage dir: Wenn du versuchst wegzurennen, wirst du von der Liste gestrichen. Für feige Hunde ist bei uns kein Platz. Merk dir das, Kleiner!«

»›Kleiner . . .‹ Ich bin kein ›Kleiner‹, spiel dich bloß nicht so auf!«

Die Akazien standen nun dichter beisammen; der Wind säuselte in ihren Blättern. Als sie an einem der Höfe vorüber kamen, kläffte ein Hund ihnen nach. Leichter Nebel trieb über die Felder. Kein Stern war mehr zu sehen. »Hast du auch alles richtig besorgt?« fragte Dick. »Die Literatur? Die Lampen? Ich habe es dir übertragen.«

»Heut nachmittag habe ich alles besorgt, nur noch nicht die Plakate befestigt; ich habe sie draußen in einer Kiste.«

»Genug Öl in den Lampen?«

»Reichlich. Höre mal, Dick . . . ich glaube, irgend so ein Schweinehund hat das Maul nicht gehalten.«

»Möglich. Einer quatscht immer.«

»Hast du nicht gehört, ob ein Überfall geplant ist?«

»Woher zum Donnerwetter soll ich das hören! Meinst du vielleicht, die schicken mir eine Ankündigung? Nimm dich jetzt endlich zusammen, Root, und heb dir dein Herzklopfen für später auf! Du machst mich noch ganz nervös.«

2

Sie näherten sich einem niederen Haus, das wie eine schwarze Kiste in der Dunkelheit lag. Ihre Stiefel klapperten über einen Holzsteig. »Noch niemand da«, stellte Dick fest. »Alles zu. Stockdunkel.« Sie befanden sich vor einem leerstehenden Laden. Die Scheiben der beiden Schaufenster waren vor Schmutz undurchsichtig; an der einen klebte ein Lucky Strike-Plakat, hinter der anderen stand eine Coca-Cola-Lady aus Glanzkarton als graues Gespenst. Dick stieß die doppelte Ladentür auf, trat ein, rieb ein Streichholz an, entzündete eine Petrollampe, rückte ihren Zylinder wieder fest und stellte die Lampe auf eine umgestülpte Apfelkiste. »Los, Root, wir müssen für Ordnung sorgen!«

Von den Wänden hing der Verputz in Schmutzstreifen herunter, in einer Ecke lag ein Haufen verstaubtes Zeitungspapier; die zwei rückwärtigen Fenster waren von Spinnweben bedeckt. Die ganze Ladeneinrichtung bestand aus drei leeren Apfelkisten. Aus einer derselben nahm Root ein Porträt, das mit derbem Pinsel in rot und schwarz auf einen großen Karton gehauen war, und heftete es an die getünchte Wand hinter der Lampe, daneben ein zweites Plakat; es zeigte auf weißem Grund ein mächtiges rotes Symbol. Hierauf kehrte er noch eine Apfelkiste um und legte eine Reihe Broschüren und Flugblätter drauf. Während er auf und ab ging, hallten seine Schritte auf dem Bretterboden im kahlen Raum. »Zünd' auch die andere Lampe an, Dick«, bat er; »es ist dunkel.«

»Und im Dunkeln fürchtet er sich, der Kleine.«

»Nein, aber die Leute werden bald da sein; da brauchen wir doch Licht. Wieviel Uhr ist es?«

Dick sah nach. »Viertel vor acht. Einige sollten jetzt bald erscheinen!« Die Hände in den Taschen stand er neben der Kiste mit Literatur. Sitzgelegenheit gab es nicht. Streng blickte das schwarzrote Bildnis. Root lehnte gegen die Wand.

Das Licht der einen Lampe brannte gelber und niedriger. Dick nahm sie in Augenschein. »Du hast doch gesagt, sie sei voll? Sie ist aber fast trocken.«

»Ich habe gedacht, sie ist voll. Da schau, in der andern ist genug Öl. Wir können ja etwas davon herübergießen.«

»Wie willst du das anfangen? Dazu müßten wir erst beide auslöschen. Hast du Streichhölzer?«

Root suchte in seinen Taschen. »Nur zwei.«

»Da hast du's! Jetzt können wir die Versammlung mit einer einzigen Lampe abhalten. Hätte ich doch nur heut nachmittag nachgesehen! Ich hatte aber zu viel in der Stadt zu tun; ich dachte, ich könnt' mich auf dich verlassen!«

»Vielleicht wenn wir von dem Öl da etwas in eine Büchse gießen und dann in die andere Lampe . . .«

»Und die Bude in Brand stecken! Du bist mir eine schöne Hilfe!«

Root lehnte sich wieder an. »Ich wollte, sie kämen! Wieviel Uhr ist es, Dick?«

»Fünf nach acht.«

»Wieso klappt das nicht? Worauf warten sie denn? Hast du ihnen gesagt: um acht?«

»Ach, laß mich gefälligst in Ruhe! Was weiß ich, was denen dazwischen gekommen ist. Haben wohl kalte Füße bekommen. Halt jetzt eine Weile das Maul!« Er vergrub wieder die Hände in seine Taschen. »Hast du Zigaretten?«

»Nein.«

Es war sehr still. Zuweilen, vom Stadtrand her, hörte man die Geräusche fahrender Autos. Ein Hund bellte in einem benachbarten Haus. In rauschenden Stößen zerrte der Wind an den Akazien.

»Horch! Dick! Hörst du Stimmen? Ich glaube, sie kommen.« Sie hoben die Köpfe und lauschten gespannt.

»Ich höre nichts. Das bildest du dir bloß ein.«

Root ging zu einem der schmutzigen Fenster und spähte hinaus, wandte sich dann zu den Broschüren und ordnete sie säuberlich. »Wieviel Uhr ist es jetzt, Dick?«

»Still sein sollst du, verstanden! Ist ja nicht zum Aushalten mit dir. Zu so einer Sache braucht es Besonnenheit. Jetzt zeig, daß du Verstand hast!«

»Ich war halt noch nie dabei, Dick.«

»Das kann jeder sagen. Das darf man sich aber nicht anmerken lassen.«

Der Wind blies in heftigen Stößen durch die Akazien. Die Eingangstüren ratterten; eine ging langsam auf, ihre Scharniere knarrten, ein Windstoß wehte herein, raschelte in dem Zeitungspapier in der Ecke; an der Wand blähten sich die Plakate wie Vorhänge.

»Mach die Tür zu, Root – nein, laß sie nur offen! Dann hören wir eher, wenn einer kommt.« Dick sah auf die Uhr. »Gleich halb neun!«

»Glaubst du, sie kommen noch? Wie lange sollen wir warten, wenn sie sich nicht blicken lassen?«

Der alte Mann starrte auf die offene Ladentür. »Vor halb zehn gehen wir auf keinen Fall. Wir haben Befehl, die Versammlung abzuhalten.«

Die Nachtgeräusche tönten klarer durch die geöffnete Tür, das Rauschen der Bäume, das monotone Hundegebell . . . Drohend blickte im trüben Licht das schwarzrote Porträt, löste sich von der Wand und schwebte zu Boden. Dick betrachtete es eingehend. »Hör, Kleiner«, sagte er friedlich. »Ich weiß, du fürchtest dich. Darum sieh dir ihn an!« Er wies auf das Bild. »Er hatte keine Furcht! Denk an alles, was er geleistet hat!«

Der Junge trat vor das Bild. »Du meinst, er hatte nie Angst?«

»Und wenn«, fuhr Dick scharf, heftig auf, »dann hat nie jemand etwas davon gemerkt. Nimm dir daran ein Beispiel! Laß dir nichts anmerken! Zeig niemandem deine Furcht!«

»Du bist ein guter Kerl, Dick. Wenn man mich allein geschickt hätte, ich weiß nicht, was ich jetzt täte.«

»Du wirst schon noch richtig, Kleiner. Du hast das Zeug dazu, sag ich dir. Hast nur noch nie im Feuer gestanden.«

Root sah rasch nach der Tür. »Horch! Hörst du, sie kommen!«

»Laß die Dummheiten! Wenn sie kommen, sind sie halt da.«

»Ja – dann können wir ebenso gut die Tür zumachen; es kommt kalt herein. Hör nur, jetzt kommt jemand!«

Rasche Schritte, die bald in Rennen übergingen, tönten von der Straße; sie trappelten über den Holzsteig. Ein Mann in Overall und mit einer Anstreichermütze keuchte herein. »Macht, daß ihr fortkommt«, rief er atemlos. »Ein Schlägertrupp kommt. Von uns geht niemand in die Versammlung. Sie wollten euch im Stich lassen, aber ich war dagegen. Los! Packt das Zeug zusammen und raus! Das Kommando ist unterwegs.«

Roots Gesicht war blaß und starr. Er sah auf Dick. Der fröstelte, stieß die Hände in die Taschen, straffte die Schultern.

»Danke schön«, sagte er. »Besten Dank, daß du es uns mitgeteilt hast! Geh nur wieder! Wir machen's schon richtig.«

»Die andern haben euch im Stich gelassen; sie überlassen euch die Prügel«, sagte der Mann.

Dick nickte. »Natürlich. Sie sehen nicht in die Zukunft, sie sehen nicht weiter, als ihre Nase reicht. Lauf, ehe sie dich schnappen!«

»Aber ihr kommt doch mit! Ich helf euch, das Zeug tragen.«

»Wir bleiben«, sagte Dick steinern. »Wir haben Befehl zu bleiben. Wir müssen es durchkämpfen.«

Der Mann ging bis zur Ladentür, wandte sich noch einmal um. »Soll ich bei euch bleiben?«

»Nein. Du bist ein braver Kerl, aber hier wirst du nicht gebraucht. Kannst dich ein andermal nützlich machen.«

»Wie du's für richtig hältst. Ich hab' mein möglichstes getan.«

3

Dick und Root hörten seine Schritte über den Holzsteig traben und sich in der Nacht verlieren; dann nur noch das Rascheln der toten Blätter am Boden und Motorsurren von fern. Root schaute auf Dick. Dessen Fäuste waren in den Taschen geballt; Root sah ihm das am Gesicht an. Wie hart seine Züge waren! Nun aber lächelte er dem Jungen zu.

Root hatte das Bild wieder befestigt; es blähte sich wieder im Zugwind, das andere auch; es war als atmeten sie.

»Angst, Kleiner?«

Root wollte es abstreiten; dann gab er es auf. »Ja, ich habe Angst, daß ich mich heute nicht bewähren werde.«

»Halt aus, mein Sohn!« stieß Dick grimmig hervor. »Ich weiß, du kannst es.« Und er zitierte: »›Die Kleinmütigen brauchen ein Beispiel der Standhaftigkeit. Und immer wieder gilt es, dem Volk die Ungerechtigkeit des Systems vor Augen zu führen.‹ – Das ist es, Root. Darum der Befehl.« Er versank in Schweigen. Das Hundegebell wurde heftiger.

»Ob sie das sind . . .?« fragte Root. »Ob sie uns totschlagen? Was meinst du?«

»Daß sie einen direkt totschlagen, kommt nicht oft vor.«

»Aber schlagen und treten, das werden sie? Mit Knüppeln werden sie uns ins Gesicht schlagen, daß das Nasenbein bricht. Dem Mike, diesem Riesenkerl, haben sie den Kiefer an drei Stellen gebrochen.«

»Halt aus, mein Sohn, du schaffst es schon. Hör auf mich! Wenn einer dich schlägt, ist nicht er es, der es tut; es ist das System. Und du bist es nicht, den er schlägt und hetzt; es ist die Idee; merk dir das! Wirst du es behalten? Wirst du daran denken, wenn es soweit ist?«

»Ich will nicht fortlaufen, Dick, auf Ehr und Gewissen, ich will es nicht! Wenn ich Anstalten mache, halt mich fest, willst du?!«

Dick legte die Hand auf die Schulter des Jungen. »Du wirst es schon richtig machen. Ich seh' es dir an, du hältst stand.«

»Wär es nicht besser, wir versteckten die Literatur; sie wird sonst verbrannt!«

»Nein – vielleicht steckt einer ein Heftchen zu sich und liest es nachher. Dann hat's seinen Zweck erfüllt. Laß alles da! Aber jetzt schweig! Das viele Reden macht es nur schlimmer.«

Der Köter im Nachbarhaus bellte monoton wie zuvor. Ein Windstoß wirbelte einen Schwarm welker Blätter durch die offene Tür. Das Plakat mit dem Foto riß sich an einer der Ecken los; Root eilte, es wieder festzumachen. Von irgendwoher hörte man das quietschende Bremsgeräusch eines Autos.

»Hörst du was, Dick? Hörst du sie kommen?«

»Nein.«

»Weißt du, Dick, Mike Sheane hat zwei Tage mit gebrochenen Kinnladen dagelegen, bis ihn jemand gefunden und ihm geholfen hat.«

Der alte Mann blickte zornig, die eine geballte Hand fuhr aus der Tasche. Er kniff die Augen zusammen, dann ging er zu Root hinüber, legte den Arm um seine Schulter und sagte: »Mein Sohn, ich weiß nicht viel, aber durch diese Knochenmühle bin ich schon zweimal durch, und das eine weiß ich genau und geb' dir mein Wort drauf: Wenn es geschieht – es tut nicht weh; ich weiß nicht wieso, aber es schmerzt nicht. Selbst wenn sie uns töten – das ist kein Schmerz.« Er ließ den Arm sinken, ging zur Ladentür, spähte und lauschte nach beiden Seiten; dann kam er wieder zurück.

»Etwas zu hören?«

»Nicht das mindeste.«

»Was – was meinst du, was hält sie fern?«

»Wie soll ich das wissen.«

Root druckste, schluckte. »Am Ende haben sie gar nicht die Absicht ... Vielleicht ist es Schwindel, was der vorhin gesagt hat ... ein dummer Witz ...«

»Vielleicht.«

»Ja ... warten wir die ganze Nacht drauf, daß sie uns den Schädel einschlagen?«

Dick äffte ihn nach: »Wir warten die ganze Nacht drauf, daß sie uns den Schädel einschlagen.«

Der Wind heulte laut auf; dann legte er sich; der Hund hörte zu bellen auf. Ein Eisenbahnzug schrie vor der Weiche und rollte polternd vorüber, hinter ihm Nacht, schweigender als zuvor. In einem Nachbarhaus rasselte ein Wecker. »Da muß jemand zeitig zur Arbeit«, meinte Dick, »vielleicht ein Nachtwächter.« Seine Stimme war viel zu laut für die Stille. Knarrend schloß sich langsam die Ladentür.

»Wieviel Uhr ist es jetzt, Dick?«

»Viertel nach neun.«

»Erst? Ich dachte, es sei schon bald Morgen. Ich möchte weiß Gott, sie kämen, fertig, aus, Schluß! Du nicht auch? – Dick? Hör doch! Jetzt glaub' ich wirklich ... Stimmen ...«

Sie standen gespannt, lauschend, die Köpfe nach vorn. »Hörst du die Stimmen, Dick?«

»Mir ist so ... als ob sie flüsterten ...«

Der Hund schlug wieder an, heftiger als zuvor. Ein kurzes Gemurmel war deutlich vernehmbar. »Dick! Schau! Ich glaub', da hinten ist jemand am Fenster!«

Der alte Mann lachte beklommen. »Damit wir nicht durch können. Sie haben das Haus umstellt. Halt durch, mein Sohn! Sie kommen jetzt. Denk dran: Sie sind es nicht; es ist das System!«

Trampelnde, schürfende, stampfende Schritte waren zu hören. Die Flügel der Ladentür sprangen auf; ein Haufen Männer in derben Kleidern drang ein, alle mit schwarzen Hüten; in den Händen Keulen und Stöcke. Dick und Root standen aufrecht, ihr Kinn nach vorn gereckt, die Augen halb geschlossen.

Im Laden wurden die Angreifer unsicher, standen im Halbkreis um die zwei Männer, glotzten finster und warteten auf die erste Bewegung der beiden.

Jung Root warf aus halbgeschlossenen Augen einen flüchtigen Seitenblick auf seinen Freund und sah: der Alte beobachtete ihn kühl, kritisch – wie ein Schiedsrichter. Root steckte die zitternden Hände in seine Taschen. Er zwang sich vorzutreten. »Genossen«, rief er, und seine Stimme klang schrill vor Furcht, »ihr seid Menschen wie wir, wir sind alle Brüder . . .« Es zischte durch die Luft, ein breiter dicker Lederriemen traf seinen Kopf mit peitschendem Klatschen über Schläfe, Wange und Ohr. Root ging in die Knie, fing sich mit beiden Armen ab. Unbewegt standen die Eindringlinge da und starrten sie an.

Mühsam raffte sich der Geschlagene auf und stand wieder auf beiden Beinen. Aus dem aufgesprungenen Ohr floß es rot seinen Hals herunter. Die ganze linke Gesichtshälfte war purpurn und breiig. Er aber stand aufrecht, atmete leidenschaftlich erregt; seine Hände waren sicher, kein Zittern mehr; heiß leuchteten die Augen. Er schrie: »Seht ihr denn nicht: Es ist alles für euch! Für euch bluten wir. Ich wißt nicht, was ihr tut!«

»Schlagt sie tot, die roten Ratten!«

Einer lachte lüstern auf; dann schlug die Flut über dem Jungen zusammen. Im Niederbrechen sah er auf Dicks Gesicht ein unbewegtes, gepreßtes Lächeln.

4

Mehrere Male war Root dem Bewußtsein nahe, aber nie ganz; gleich sank er wieder in Bewußtlosigkeit. Doch endlich tat er die Augen auf und erkannte die Welt. Sein Kopf war in dicke Binden gehüllt. Zwischen den geschwollenen Augenlidern sah er einen Strich Licht. Eine Weile lag er und sann. Dann hörte er neben sich die Stimme Dicks: »Bist du wach, Junge?«

Er versuchte zu antworten; er konnte nur krächzen: »Ja, ich glaube.«

»Die haben dich zugerichtet, dein Kopf . . . Ich dachte schon, du bist hin. Mit der Nase hast du es richtig vermutet; die ist kein schöner Anblick mehr.«

»Was ist mit dir geschehen, Dick?«

»Den Arm und ein paar Rippen haben sie mir gebrochen. Du mußt noch lernen, dein Gesicht zu schützen: immer nach unten halten, zum Boden! Wegen der Augen!« Er hielt inne, atmete vorsichtig, langsam. »Mit Rippenbrüchen atmen, tut weh.

Wir haben noch Glück gehabt. Die Cops haben uns gefunden und eingeliefert.«

»Sind wir eingelocht, Dick?«

»Ja! Gefängnisspital.«

»Wie lautet die Anklage?«

Dick verbiß sich ein Lachen; das tat gleich wieder weh. »Anzettelung eines Aufstandes. Wir kriegen, denk ich, sechs Monate. Die Cops haben die Literatur eingesackt.«

Root, leise: »Du sagst ihnen nichts davon, daß ich minderjährig bin, Dick, ja?«

»Nein. Red jetzt besser nicht mehr; deine Stimme ist noch sehr schwach! Mach dir nichts draus!«

Root lag in einen Mantel aus rasenden Schmerzen gehüllt. Er wollte schweigen, aber er mußte noch etwas sagen: »Es hat nicht weh getan, Dick! Komisch! Ich hab' mich gefühlt wie noch nie . . . so gut!«

»Du hast deine Sache gut gemacht, Sohn, ich hab' noch keinen gesehn, der's besser gemacht hat. Großartig warst du.«

Root suchte in seinem Gedächtnis und fand: »Wie sie auf mich eingedroschen haben, wollte ich ihnen sagen: es berührt mich nicht!«

»Siehst du, das hab' ich dir ja gesagt: Sie waren es nicht; es war das System. Du brauchst sie nicht zu hassen, sie wissen's nicht besser; du mußt nur dafür sorgen, daß sie verschwinden.«

Root sprach wie im Traum, während der Schmerz ihn umnachtete: »Erinnerst du dich, in der Bibel, Dick, da steht doch so was: Vergib ihnen, denn sie wissen nicht, was sie tun . . .?«

Dicks Antwort war streng: »Komm bloß nicht mit Religion, Junge! Religion ist Opium fürs Volk.«

»Ich weiß«, kam es leise von Root, »aber das hat mit Religion nichts zu tun; es war mein Gefühl. Das Wort, Dick, sagte genau das, was ich gefühlt habe.«

An der Meeresküste, etwa fünfzehn Meilen von Monterey, lag die Farm der Familie Torres, ein paar abschüssige Äcker über einer Klippe, die steil zu den braunen Riffen und der schäumenden Brandung abfiel. Hinter dem Hof ragten Felsgebirge gen Himmel. Gleich Blattläusen klebten die Wirtschaftsgebäude am Bergessaum, eng an den Boden geschmiegt, als drohte der Wind, sie in die See zu blasen. Die kleine Hütte, der klappernde, verrottete Stall waren vom Meersalz grau zerbissen und vom feuchten Wind gepeitscht, bis sie die Farbe der Granithügel angenommen hatten. Zwei Pferde, eine Kuh und ein Kalb, beide rot, sechs Schweine und buntes, mageres Federvieh bewohnten die Ställe; an dem rauhen Abhang wuchs etwas Mais, aber der Wind ließ die Kolben nicht groß werden; sie blieben kurz und dick, und Körner saßen nur an der dem Land zugekehrten Seite.

Mama Torres war hager und dürr, ihre Augen blickten uralt. Zehn Jahre lang führte sie nun den Hof allein, seit ihr Mann auf dem Feld über einen Stein gestolpert und der Länge nach auf eine Klapperschlange gefallen war. Wenn einer erst einmal in die Brust gebissen ist, ist ihm nicht mehr zu helfen . . .

Mama Torres hatte drei Kinder: Emilio, der zwölf-, und Rosy, die vierzehnjährige, waren dunkelhäutig und klein. Wenn das Meer friedlich und der Beamte von der Schulbehörde in einem anderen Teil von Monterey war, schickte die Mutter die beiden zum Fischen hinab in die Felsen unterhalb des Hofes. Das dritte Kind war Pepé, ein großer, freundlicher, zugewandter Junge von neunzehn Jahren, an dem sich außer seiner Faulheit nichts aussetzen ließ. Sein Kopf war lang und spitz; von dem Scheitel fiel das kräftige schwarze Haar wie ein Dach nach allen Seiten schräg ab; über seinen schmalen, lachenden Augen hatte es ihm die Mutter kurz geschnitten, damit er sehen konnte. Er hatte scharfe indianische Backenknochen und eine Adlernase, doch sein Mund war weich, süß wie der eines Mädchens, sein Kinn fein gemeißelt, fast zerbrechlich. Er war lang und schlaksig, und er war faul. Mama hielt ihn für ein gutes, wohlgeratenes Kind, sagte es ihm aber nie. »In deines Vaters Familie muß einmal eine ganz faule Kuh hineingeheiratet haben, sonst hätte ich keinen solchen Jungen bekommen«, sagte sie oft. Oder auch: »Als du unterwegs warst, ist plötzlich ein fauler Kojote aus dem Busch gekrochen; an dem habe ich mich versehen, daher bist du so faul geworden.« Pepé lächelte ratlos einfältig und stieß mit seinem Messer in den Boden, um die Klinge scharf und rostfrei zu halten. Er hatte das Messer von seinem Vater geerbt. Die lange, kräftige Schneide ließ sich in den schwarzen Griff klappen, am Griff befand sich ein Knopf: wenn man den drückte, sprang die Klinge heraus und stand fest. Immer trug Pepé das Messer bei sich, denn es war das Messer seines Vaters.

Eines Morgens, als die See blau in der Sonne glänzte, der Schaum der Brandung wie Rahm an den Riffen saß und selbst das Felsengebirge freundlich dreinschaute, rief Mama Torres zur Tür der Hütte heraus: »Pepé, Arbeit für dich!«

Es kam keine Antwort. Sie lauschte. Hinter dem Stall drang lautes Lachen hervor. Sie hob ihren langen Rock und ging dem Gelächter nach.

Pepé saß am Boden, an eine Kiste gelehnt; seine weißen Zähne blitzten. Rechts und links von ihm standen, gespannt vor Erwartung, die beiden Schwarzen. Fünfzehn Fuß von ihnen entfernt war ein Rotholzpfahl in die Erde gerammt. Pepés Rechte lag locker auf seinen Knien, in der offenen Handfläche ruhte das schwarze Messer. Die Klinge war eingeklappt. Pepé sah lächelnd zum Himmel empor.

Plötzlich schrie Emilio: »Jetzt!« Wie der Kopf einer Schlange fuhr Pepés Handgelenk auf, schon durchflog die Klinge die Luft; die Spitze grub sich mit dumpfen Aufprall in das Holz, der schwarze Griff zitterte. Alle drei brachen in erregtes Gelächter aus. Rosy rannte zum Pfahl, zog das Messer heraus und brachte es Pepé zurück. Er klappte die Klinge zu und nahm es wieder wie vorher in die flache Hand. Selbstbewußt lachte er zum Himmel empor.

»Jetzt!«

Das schwere Messer fuhr los und senkte sich abermals in den Pfosten. Aber auch Mama Torres fuhr nun los, dem Spiel ein jähes Ende bereitend. »Jeden Tag treibst du mit diesem Messer Unfug«, tobte sie, »wie ein kleines Baby! Steh auf, stell dich auf deine riesigen Füße, die nichts können als Schuhe fressen!« Sie packte ihn bei der Schulter und zerrte ihn in die Höhe. Pepé grinste einfältig und raffte sich auf. »Hör mir mal zu, fauler Lümmel«, schrie ihn die Mutter an, »du mußt das Pferd einfangen und ihm Vaters Sattel auflegen. Du mußt nach Monterey reiten. Die Medizin ist zu Ende; Salz ist auch keins mehr da, also los! Fang das Pferd ein!«

In Pepés schlapper Gestalt schien sich eine Revolution zu vollziehen. »Nach Monterey, ich? Allein? Sí, Mama.«

»Denk bloß nicht, daß es da Zuckerzeug zu naschen gibt, alter Schafskopf; du bekommst keinen Cent mehr, als die Medizin und das Salz kosten.«

Pepé lächelte. »Mama, machst du mir das Band um den Hut?«

Die Mutter besänftigte sich. »Ja, Pepé, du bekommst das Hutband.«

»Und das grüne Halstuch, Mama!« bat er noch dringlicher.

»Ja, wenn du dich jetzt eilst und mir versprichst, pünktlich wieder zu Hause zu sein, sollst du es haben. Aber beim Essen legst du es ab, damit es keine Flecken bekommt!«

Sí, ich passe auf, Mama, ich bin ein Mann!«

»Du, ein Mann? Ein Erdnüßchen bist du!«

Er ging in den baufälligen Stall, holte ein Seil und klomm ziemlich behend den Steilhang hinauf, um das Pferd einzufangen.

Bald stand er damit vor der Haustür und stieg in den Sattel, in Vaters Sattel, der schon so alt war, daß durch das durchscheuerte Leder an mehreren Stellen der Eichenrahmen hervorsah. Die Mutter brachte den schwarzen Hut mit dem gepreßten Lederband und knotete ihm das grüne Seidentuch um den Hals. Pepés blaue, dicke Jacke war bedeutend dunkler als seine Baumwollhosen; sie wurde seltener gereinigt.

Mama übergab dem Sohn eine große Arzneiflasche und zählte Silbermünzen in seine Hand. »Das ist für die Medizin«, erklärte sie, »das für das Salz, das für eine Kerze; die zündest du auf dem Altar für Papa an! Und für das da kaufst du ›Dulces‹ für deine Geschwister. Unsere Freundin, Mrs. Rodriguez, wird dir zu essen geben und wohl auch ein Bett zum Schlafen. In der Kirche bete nur zehn Vaterunser und fünfundzwanzig Ave Marias, mehr nicht – oh, ich kenne dich, alter Kojote; das täte dir passen, den ganzen Tag in der Kirche hocken, die Aves herunterplappern und dabei die schönen Heiligenbilder und Lichter angaffen; das nenne ich keine Andacht!«

Der breitrandige, schwarze Hut, der Pepés Spitzkopf und sein schwarzes Haardach bedeckte, verlieh ihm Reife und

Würde. Stramm saß er auf dem kräftigen Bergpferd. Wie stattlich er ist, dachte die Mutter: so groß und dunkel und schlank! Und sie sagte sanft: »Ich würde dich nicht allein weglassen; es ist nur wegen der Medizin – die braucht man im Hause. Wenn eines Zahnweh bekommt oder einen schlimmen Bauch, sitzt man sonst da!«

»Adios, Mama!« rief Pepé. »Ich bin bald zurück. Du kannst mich getrost öfter allein schicken; ich bin ein Mann!«

»Du bist ein verrücktes Huhn!«

Er straffte die Schultern, schlug mit den Zügeln gegen den Pferdehals und ritt los. Als er sich umwandte, sah er Rosy, Emilio und Mama ihm nachblicken. Er strahlte froh und stolz und setzte das zähe Gebirgspferd in Trab.

Als er hinter der nächsten Wegbiegung verschwand, sagte die Mutter kaum hörbar: »Wirklich schon fast ein Mann! Es ist gut, bald wieder einen Mann im Hause zu haben!« Dann wandte sie sich an die Kinder. »Die Flut ist vorbei, geht jetzt in die Klippen, Krebse und Fische fangen!« Sie gab ihnen ihr Gerät, und die zwei Schwarzköpfe klommen den Steilpfad hinab in die Felsenriffe. Die Mutter schleppte den Mahlstein in die Haustür und mahlte, immerzu drehend, ihr Maismehl, wobei sie von Zeit zu Zeit einen Blick auf die Straße warf, auf der ihr Pepé verschwunden war. Der Mittag nahte, der Abend kam; die Kinder kehrten mit ihrer Beute heim. Nun konnte die Mutter Tortillas zubereiten; sie klopfte sie dünn und briet sie. Vor dem Haus nahmen sie das Abendbrot ein, sahen die Sonne rot in den Ozean versinken und den Mond weiß hinter den Berggipfeln emportauchen. »Jetzt ist er bei unserer Freundin Rodriguez«, sagte Mama. »Sie wird ihm gut zu essen geben und vielleicht auch noch ein Geschenk machen.«

»Eines Tages werde ich auch nach Monterey reiten und Medizin holen«, sagte Emilio. »Ist Pepé heute ein Mann geworden?« Und die Mutter antwortete weise: »Ein Knabe wird zum Mann, wenn ein Mann nötig ist. Merk dir das! Ich kannte welche, die mit vierzig noch Buben waren; denn da war keine Not am Mann.« Dann zogen sie sich zurück ins Haus; die Mutter legte sich in ihr mächtiges Eichenbett auf der einen Seite, Emilio und Rosy kletterten in ihre mit Stroh gefüllten Klappen an der anderen und deckten sich mit Schaffellen zu.

Der Mond wanderte über den Himmel, die Brandung schlug dröhnend gegen die Felsen, die Hähne krähten den ersten Schrei, die Brandung verebbte raunend, flüsternd zwischen den Riffen, der Mond näherte sich dem Meer. Die Hähne krähten zum zweitenmal.

Der Rand des Vollmonds tauchte schon in die See, als Pepé auf seinem schnaubenden Pferd heransprengte. Der Hofhund sprang ihn bellend an und umtanzte das Tier mit freudigen Sprüngen. Pepé glitt aus dem Sattel. Die verwitterte Hütte lag silbern im Mondschein; ihr Schatten fiel kantig schwarz gen Nordosten. Im Osten lagen die hochgetürmten Gebirge in lichtem Dunst; ihre Gipfel gingen unmerklich in Himmel über.

Müde stieg Pepé die drei Stufen hinauf in die dunkle Hütte. An der Längswand regte es sich. Die Mutter rief aus dem Bett: »Wer ist da? Pepé, bist du's?«

»Sí, Mama.«

»Hast du die Medizin?«

»Sí, Mama.«

»Dann geh schlafen! Ich dachte, du übernachtest bei Mrs. Rodriguez.«

Pepé stand schweigend im Finstern.

»Was stehst du herum, Pepé? Hast du Wein getrunken?«

»Sí, Mama.«

»Gut, dann leg dich aufs Ohr und schlaf dich aus!«

Seine Stimme klang müde, aber beharrlich und fest. »Zünde die Kerze an, Mama! Ich muß fort, in die Berge.«

»Was heißt das, Pepé? Bist du verrückt?« Sie rieb ein Schwefelholz an, hielt es, bis das Holz Feuer fing und entzündete damit den Leuchter, der neben ihr auf dem Boden stand. »Heraus mit der Sprache, Pepé! Was ist?« Angstvoll sah sie ihm ins Gesicht.

Er war verändert. Die Zartheit schien von ihm gewichen. Sein Mund war nicht mehr voll und weich wie zuvor, die Linien der Lippen straffer. Aber die größte Veränderung war mit seinen Augen geschehen. Alle Schüchternheit war aus ihnen verschwunden; kein Lachen war mehr darin. Sie waren scharf, blickten klar und zielbewußt.

Mit monotoner Stimme erzählte er der Mutter, was ihm widerfahren war. Es waren Leute bei Mrs. Rodriguez in der Küche. Man trank Wein, er auch. Der kleine Streit . . . der Mann, der gegen Pepé aufstand . . . das schwarze Messer . . . es war fast von selbst gekommen . . . es brach hervor, flog, eh Pepé wußte, was geschah . . .

Während er sprach, wurde Mutters Gesicht immer ernster und hagerer. »Ich bin jetzt ein Mann, Mama« endete Pepé. »Ich konnte nicht dulden, daß mich der Mann so beschimpfte.«

Die Mutter nickte. »Du bist ein Mann, mein armer kleiner Pepé. Du bist ein Mann. Ich habe es dir schon angesehen, als du das Messer in den Pfosten geschleudert hast – da wurde mir angst.« Einen Moment hatte ihr Blick sich besänftigt, nun wurde er wieder hart. »Du mußt dich fertigmachen. Weck Emilio und Rosy – rasch!«

Pepé ging auf die andere Seite, wo die Geschwister in ihren Schaffellen ruhten, beugte sich über sie und schüttelte sie sanft. »Kommt, Rosy, Emilio! Die Mama sagt, ihr sollt aufstehen!«

Die kleinen Schwarzen fuhren empor, rieben sich die Augen im Kerzenschein. Mama war schon auf. Ihren langen schwarzen Rock über dem Nachthemd, rief sie: »Emilio, steh auf und fang das andere Pferd für Pepé ein, schnell, schnell!« Emilio fuhr mit beiden Beinen in seinen Overall und taumelte verschlafen zur Tür hinaus.

»Hattest du unterwegs den Eindruck, daß jemand hinter dir her ist?« fragte die Mutter.

»Nein, Mama. Ich habe genau aufgepaßt. Auf dem ganzen Weg niemand.«

Wie ein kleiner Vogel huschte die Mutter umher, nahm von einem Nagel an der Wand einen wasserdichten Leinwandsack, zog eine Decke aus ihrem Bett, rollte sie fest zusammen und schnürte die Enden mit Bindfaden. Aus einer Kiste neben dem Herd hob sie einen Mehlsack, der bis zur Hälfte mit gedörrtem, in Streifen geschnittenem Rindfleisch gefüllt war. »Der schwarze Rock deines Vaters!« rief sie. »Hier, zieh ihn an, Pepé.«

Von der Mitte des Raumes aus verfolgte der Älteste aufmerksam ihre Tätigkeit. Nun langte sie hinter die Tür und holte ein langes Gewehr hervor, eine 38/56er Büchse mit schimmerndem Lauf. Pepé nahm sie und klemmte sie unter den Ellenbogen. Mama brachte ein Ledersäckchen und zählte ihm die Patronen vor. »Es sind nur zehn, sei sparsam damit«, warnte sie.

Emilio steckte den Kopf zur Tür herein. »Da ist das ›Caballo‹, Mama!«

»Leg ihm den Sattel vom anderen Pferd auf! Binde die Decke hinten auf den Sattel! Und da, das Rauchfleisch häng an den Sattelknopf!«

Pepé stand immer noch stumm, in Betrachtung des mütterlichen Mühens versunken. Sein Kinn war gestrafft, der süße Mund hart und dünn. Die schmalen Augen verfolgten fast argwöhnisch jede Bewegung der Mutter.

»Wohin will Pepé?« fragte Rosy sanft.

»Er verreist«, versetzte die Mutter heftig, »er ist jetzt ein Mann. Er hat Männergeschäfte.«

Pepé richtete sich hoch auf. Sein Mund, sein ganzes Gesicht glich dem seiner Mutter.

Die Vorbereitungen waren beendet. Das Pferd stand bepackt vor der Hütte. Vom Wassersack tröpfelte es feucht über die Schultern des Braunen.

Das Mondlicht wich der Dämmerung, und der große weiße Mond versank fast im Meer. Die kleine Familie stand vor der Hütte. Die Mutter trat dicht vor Pepé. »Paß auf, mein Sohn! Raste nicht, eh es dunkel ist! Auch wenn du müde bist, schlafe nicht ein! Gib auf das Pferd acht, sonst wird es vor Müdigkeit nicht weiterwollen. Spar mit den Kugeln, es sind nur zehn! Füll dir den Bauch nicht mit Rauchfleisch, sonst wird dir schlecht! Iß nur wenig davon, iß lieber Gras! Und wenn du tief im Gebirge einen der schwarzen Wachtposten siehst, halte dich fern von ihm, rede mit niemand! Und vergiß nicht zu beten!« Ihre Hände legten sich auf Pepés Schultern, sie stellte sich auf die Zehen, küßte ihn feierlich auf beide Wangen, und Pepe küßte sie ebenso. Hierauf ging er zu Rosy und Emilio und küßte auch sie auf beide Backen. Dann sah er wieder die Mutter an; er schien auf etwas zu warten, auf ein wenig Weichheit; doch ihr Gesicht war grimmig und wild. »Geh jetzt«, befahl sie, »warte nicht, bis man dich fängt wie ein Huhn!«

Pepé schwang sich aufs Pferd. »Ich bin ein Mann«, sagte er und ritt im dämmernden Morgen den Hügel hinan in die Schlucht, durch die der Weg zum Gebirge führt. Im Zwielicht war kaum schon etwas zu sehen. Er war keine hundert Schritte vom Hause entfernt, als seine Umrisse im Nebel bereits undeutlich wurden. Ehe er noch den Canyon erreichte, war er für die Zurückgebliebenen nur noch ein unklarer Schatten.

Mama stand steif vor der Hütte, rechts und links neben ihr Emilio und Rosy, die von Zeit zu Zeit verstohlene Blicke auf die Mutter warfen.

Als der graue Schatten des Sohnes verschwunden war, sank die Mutter in sich zusammen und stimmte in hohen, jammernden Tönen die Totenklage an. »Unser Schöner, unser Tapferer«, schrie sie, »er ist dahin, unser Sohn, unser Beschützer.« Und neben ihr jammerten Rosy und Emilio: »Unser Schöner, unser Tapferer ist dahin!« Es war die überlieferte Totenklage; sie erhob sich zu hohem, durchdringendem Jammerton und

27

versank dann in Stöhnen. Dreimal stimmte Mama ihre Klage an, dann wandte sie sich, ging in die Hütte und schloß die Tür.

Emilio und Rosy standen ratlos im Dämmerlicht. Von drinnen hörten sie das Wimmern der Mutter. Leise kletterten sie hinab zu den Klippen, saßen Schulter an Schulter über dem Meer. »Wann ist Pepé ein Mann geworden?« fragte Emilio.

»Heute nacht«, antwortete Rosy, »in Monterey.« Die Wolken über dem Ozean färbten sich rot von der Sonne, die hinter den Bergen stand.

»Heute gibt's kein Frühstück«, sagte Emilio. »Mama wird nicht kochen.« Rosy gab keine Antwort. »Wohin ist Pepé?« fragte er.

Rosy sah ihn an. Kam ihr das Wissen aus der Stille des Morgens? »Er ist fort. Er kommt nie zurück.«

»Ist er tot? Glaubst du, er ist tot?«

Rosys Blick ging wieder über das Meer. Fern am Horizont zog die Rauchwolke eines kleinen Dampfers dahin. »Er ist nicht tot«, flüsterte sie, »noch nicht.«

Pepés Gewehr ruhte vor ihm quer über dem Sattel. Er lenkte das Pferd den Hügel hinauf; er sah nicht zurück. Der Steinhang überzog sich mit niederem Gebüsch und wies dem Jungen den Weg. Erst beim Eingang der Schlucht warf er sich im Sattel herum, blickte zurück – der Nebel hatte die Hütte verschluckt. Pepé wandte sich wieder nach vorn. Der Canyon umschloß ihn mit hohen Wänden. Das Roß schnaubte und folgte dem Pfad, einem gebahnten Weg über weiche, dunkle, von vielen verfaulten Blättern gedüngte Erde. Da und dort mit Sandsteinbrocken bedeckt, wand er sich um Felsen und senkte sich dann zu einem seichten Flußbett hinab, dessen Wasser friedlich dahinfloß, glitzernd in der Morgensonne, über rundgeschliffene Steine, rostfarben von Sonnenmoos. Im Ufersand wucherte wilde Minze; im Wasser war viel Kresse in Samen geschossen.

Der Pfad mündete in den Fluß; am anderen Ufer führte er weiter. Das Roß tappte ins Wasser, blieb stehen. Pepé ließ die Zügel los, und es trank aus dem Fluß.

Höher wuchsen zu beiden Seiten die Felsen. Gleich riesigen Schildwachen schützten hochragende immergrüne Sequoien den Pfad. Das Laubwerk der runden, roten Stämme war grün und gezackt wie Farn. Kein Sonnenlicht fiel in die Tiefe der Schlucht. Scharfer Geruch und rötliches Licht durchdrangen das fahle Unterholz, Heidelbeerbüsche und Farn und Brombeersträucher. Hoch über dem Fluß vereinigte sich das Gezweig der Sequoien und entzog dem Reiter den Anblick des Himmels.

Er trank aus dem Wassersack, griff in den Mehlsack, nahm einen Streifen Dörrfleisch und nagte daran, bis die zähe Speise sich teilte. Er kaute langsam und nahm dazwischen kleine Schlucke aus seinem Wasservorrat. Seine schmalen Augen blickten schlaftrunken und müde, doch die Gesichtsmuskeln blieben gespannt.

Der Boden zu seinen Füßen war schwarz und tönte hohl unter den Hufen des Pferdes.

Das Flußgefälle nahm zu; das Wasser fiel in Stürzen über die Steine. Fünffinger-Farn hing über dem Wasser, Sprühtropfen spritzten von seinen Fingerspitzen. Pepé hing im Sattel nach vorn, die Beine baumelten locker. Im Reiten riß er ein Lorbeerblatt vom Ast, um das Trockenfleisch schmackhaft zu machen. Sein Gewehr lag lose über dem Sattelknopf.

Plötzlich richtete er sich kerzengerade auf, riß das Tier zur Seite, hinter eine hohe Sequoie, zog die Zügel an, daß es nicht wiehere; sein Gesicht war gespannt, die Nasenflügel bebten leicht.

Ein hohles Stampfen kam ihm entgegen. Ein Reiter tauchte auf, ein Dicker mit roten Backen und weißem Stoppelbart. Als sein Pferd an die Stelle kam, wo Pepé vom Weg abgebogen war, senkte es den Kopf und schnupperte. »Kopf hoch!« rief der Dicke und riß die Zügel hoch.

Als der letzte Hufschlag verklungen war, setzte Pepé seinen Weg fort. Doch ließ er sich nicht mehr gehen. Er hob sein Gewehr, lud es und spannte den Hahn.

Der Pfad wurde abschüssig, die Sequoien wuchsen hier dürftiger, niedriger. Dort, wo der Wind sie erreichte, waren die Wipfel abgestorben. Das Pferd trottete dahin; die Sonne näherte sich dem Zenit. Dann senkte sie sich.

Der Pfad bog vom Flußlauf ab, der sich in einem Seitencañon verlor. Pepé stieg vom Pferd, tränkte es noch einmal und füllte den Wassersack. Sobald der Pfad den Fluß verlassen hatte, verschwanden die Bäume; nur dicker, spröder Salbei, wilde Zwergäpfel und Stecheichendickichte säumten den Weg. Auch die weiche, schwarze Erde schwand; nur gelbbraunes Felsgestein blieb. Vor dem lauten Hufschlag flohen Eidechsen über die Steine und in die Büsche.

Pepé warf sich im Sattel herum und blickte zurück. Er war in offener Gegend und schon von weitem zu sehen. Der Weg stieg an; das Land wurde rauher, steiniger, trocken und wild.

Der Pfad wand sich um mächtige Felsblöcke. Wilde Zwergkaninchen sprangen scheu in die Büsche; ein unbekannter Vogel kreischte eintönig scharf. Im Osten lagen die nackten Berggipfel staubtrocken unter der sinkenden Sonne. Das Tier trottete weiter und weiter auf einen V-förmigen Einschnitt zu – das war der Paß.

Fast jede Minute sah Pepé sich argwöhnisch um; dazwischen behielt er den Gebirgskamm im Auge. Einmal gewahrte er auf einem kahlen, weißen Vorsprung eine dunkle Gestalt; er schaute schnell weg. Es war einer der schwarzen Wächter. Niemand wußte, wer diese Wächter waren, noch wo sie sich aufhielten; es war am besten, man achtete nicht auf sie. Wenn man auf dem Pfad blieb und ruhig seinen Geschäften nachging, kümmerten sie sich nicht um einen, hieß es.

Die Luft war trocken, angefüllt mit dem hellen Staub, den der Wind von dem mürben, zerfressenen Felsgestein herwehte. Pepé trank sparsam aus seinem Sack, verschloß ihn jedesmal fest und hängte ihn wieder an den Sattelknopf. Der Weg zog sich um Felsen, durch Klippen und über eine Schieferhalde durch ausgetrocknete Bäche zum Paß. Hier machte Pepé halt und hielt Ausschau. Kein dunkler Wächter war mehr zu sehen; vor und hinter ihm war der Weg leer und öde. Unter ihm zeigten die hohen Sequoien den fernen Flußlauf.

Er ritt über den Paß. Die schmalen Augen waren vor Müdigkeit fast geschlossen, doch das Gesicht blieb streng, unnachgiebig und männlich. Seufzend strich der Hochgebirgswind durch den Paß, pfiff um die Ecken gewaltiger Granitblöcke; ein Rotschwanzfalke flog mit zornigem Schrei dicht über den Kamm. Langsam ritt Pepé durch die zersplitterte Paßkerbe hindurch und blickte hinunter.

Der Weg senkte sich zwischen Felsbrocken in die Tiefe. Unten lag ein dunkles Gehölz, wildes dichtes Buschwerk, jenseits davon ein kleines, mit Eichen bewachsenes, von einem grünen Grasstreifen durchschnittenes Plateau, dahinter abermals eine Gebirgskette, trostlos mit starren Felsen und verkrüppeltem welkem Gebüsch. Pepé nahm wieder einen Schluck; die Luft war trocken, daß ihm die Lippen brannten und sich die Nase verstopfte. Er lenkte das Pferd bergab. Auf dem steilen Hang rutschten und glitten die Hufe und brachten kleine Steine ins Rollen; sie kullerten in das Gestrüpp. Die Sonne war hinter den westlichen Bergen versunken, aber noch glühte ihr Schein in den Gipfeln der Eichen und auf dem grasigen Teil des Plateaus; die Felsen und Wände strahlten die Hitze des Tages aus.

Pepe sah nach dem nächsten Höhenzug, der ausgedörrt vor ihm lag. Und er sah vor dem hellen Himmel auf einem Felsen die dunkle Gestalt eines Mannes. Rasch wandte er den Blick ab, um nicht neugierig zu erscheinen. Als er nach kurzer Zeit wieder hinsah, war die Gestalt verschwunden.

Weiter abwärts war kaum noch ein Weg zu sehen. Das Pferd tappte nach einem Halt, mitunter glitt es ein Stück bergab. Endlich langten sie auf der Talsohle an. Das dunkle Dorngestrüpp reichte Pepé bis über den Kopf; links streifte er es mit der Flinte beiseite, rechts schützte er sein Gesicht mit dem Arm vor den stechenden Dornzweigen.

Er ritt durch das Gehölz und einen kleinen Felshang hinauf, dann war er bei dem grasigen Fleck angelangt und dem tröstlichen Kranz der Eichen. Er überblickte den Weg, den er herabgeritten – nichts regte sich, kein Laut war zu hören. Am oberen Ende der kleinen Oase entdeckte er eine Quelle, deren Wasser sich in ein flaches Becken ergoß, von wo es sich über das halbe Plateau verbreitete.

Er füllte seinen Sack, ließ das durstige Tier aus dem Becken saufen, führte es dann unter die Eichen, und da man hier ringsum gegen Sicht geschützt war, nahm er ihm Sattel und Zaumzeug ab. Das Pferd reckte die Kinnbacken und gähnte. Pepé knotete ihm das Leitseil um den Hals und schlang das andere Ende um einen jungen Eichbaum; so konnte es grasen.

Während es hungrig am trockenen Grün knabberte, holte er sich einen Streifen gedörrtes Fleisch und begab sich zu einer Eiche am Rande des Wäldchens, von wo aus er den Weg übersah, setzte sich in einen Haufen trockener Eichenblätter und fühlte automatisch nach seinem Messer, um sein Dörrfleisch zu schneiden. Er hatte kein Messer mehr. Er lehnte sich zurück auf seine Ellbogen und kaute das zähe, scharfe Fleisch. Sein Gesicht war glatt und faltenlos, doch es war das Gesicht eines erwachsenen Mannes.

Volles Abendlicht überflutete den östlichen Höhenkamm; das Tal aber lag bereits im Dunkel. Wildtauben flogen zur Quelle; eine Wachtel trippelte aus dem Gebüsch und gesellte sich zu ihnen; ihr Lockruf ertönte.

Ein Schatten wuchs aus dem Unterholz; mit einem Seitenblick wurde ihn Pepé gewahr. Langsam wandte er den Kopf und sah eine gefleckte Wildkatze, die sich rasch zur Quelle bewegte; ihr Bauch streifte den Grund. Pepé spannte den Hahn seiner Flinte und drehte die Mündung langsam herum, dann blickte er besorgt den Pfad entlang und setzte den Hahn wieder in Ruhestellung. Er ergriff einen Eichenast und warf ihn in Richtung der Quelle. Die Wachtel floh unter Geschrei; die Tauben rauschten davon. Die Wildkatze erhob sich, sah Pepé aus ihren gelben, kalten Augen an und schritt furchtlos zurück in ihre Höhle.

Rasch zog sich die Dunkelheit im Tal zusammen. Pepé stammelte sein Gebet, legte den Kopf auf den Arm und war im selben Augenblick eingeschlafen.

Der Mond zog herauf und erfüllte das Tal mit kaltem, blauem Licht; von den Berggipfeln wehte es kühl. Nachteulen flatterten über die Hänge; sie machten Jagd auf Kaninchen. Tief im Gebüsch schnatterte ein Kojote. Die Eichbäume rauschten im nächtlichen Wind.

Pepé fuhr lauschend auf. Das Pferd hatte gewiehert. Der Mond schlüpfte hinter die westlichen Höhen und senkte das Tal in Finsternis. Das Gewehr umklammernd saß Pepé gespannt. Vom Weg her hörte er fern antwortendes Gewieher und den Schall fester Hufe auf dem bröckligen Fels. Er sprang auf, rannte zu seinem Tier, führte es tiefer ins Wäldchen, warf ihm den Sattel über, schnallte ihn für den steilen Weg fest, packte den sich sträubenden Pferdekopf, zwang ihm die Trense ins Maul, tastete den Sattel ab – Wasser- und Fleischsack waren am rechten Ort –, stieg auf und ritt hügelan.

Es war stockfinster, aber das Tier fand den Weg, wo er das Wäldchen und das Plateau verließ, und klomm stolpernd und gleitend den Felshang empor. Pepé griff nach seinem Hut – er hatte ihn unter den Eichen vergessen.

Als die erste Spur der Frühdämmerung auftauchte, hatte das Tier sich fast bis zur Höhe emporgekämpft. Fahles Grau mischte sich in die Schwärze der Nacht. Eine scharfe, wilde Felskante, zerklüfteter Granit, seit Urzeiten von Wind und Wetter verwittert, zeichnete sich vor ihnen ab. Pepé ließ die Zügel auf den Sattelknauf fallen; er überließ seinem Pferde die Führung. Das Gebüsch griff mit gierigen Stacheln nach seinen Beinen; schon war ihm das eine Hosenbein bis übers Knie aufgerissen.

Langsam flutete Licht über die Bergkette. Seltsam öde erschienen im Zwielicht Felsen und Büsche, kalt, hoch und streng. Dann aber kam Wärme ins frühe Leuchten; Pepé richtete sich hoch auf, blickte zurück, doch er konnte dort unten im dunklen Tal nichts erkennen. Der Himmel über der nahenden Sonne färbte sich blau.

Um ihn her in der Bergwüstenei standen nur armselig verkrüppelte, niedere, ausgetrocknete Büsche, und da und dort, gleich verwitterten Baulichkeiten, ragten klobige, rauhe Granitblöcke hervor. Pepé ruhte ein wenig im Reiten, trank aus dem Wassersack und kaute einen Fleischstreifen. Ein einsamer Adler flog hoch oben im Licht.

Ohne das geringste Anzeichen schrie Pepés Pferd plötzlich auf und stürzte. Es lag schon fast am Boden, als der Schall des Abschusses vom Tal herauf widerhallte. Aus einem Loch in dem sich bäumenden Pferdehals quoll ein Blutstrom, stockte und strömte und stockte und strömte. Die Hufe schlugen den Grund. Pepé lag halb betäubt neben dem Tier. Langsam, mühsam spähte er hinab. Ein Salbeizweig fetzte dicht neben seinem Kopf – wieder hallte ein Schuß im Echo der Felswände. Wild warf Pepé sich in ein Gebüsch.

Auf den Knien, auf eine Hand nur gestützt – mit der Rechten schob er das Gewehr vor sich her – kroch er zur Höhe empor; er wußte nicht, was er tat; es geschah mit dem Instinkt eines Tieres. Wie ein Wurm kroch er auf einen der mächtigen Blöcke zu. Wo das Gebüsch etwas höher stand, richtete er sich halb auf und rannte, doch wo sich ihm die Deckung versagte, schob er sich auf dem Bauch weiter und stieß das Gewehr vor sich her. Das letzte Stück des Weges bot nicht den mindesten Schutz mehr. Er zauderte, schnellte dann quer über den freien Raum und hinter den Felsblock.

Keuchend lehnte er gegen den Stein. Sobald er wieder zu Atem gekommen war, schlich er um den Felsen herum und gelangte zu einer Spalte, die einen Ausblick talabwärts gewährte. Hier legte er sich auf den Bauch, stieß den Gewehrlauf durch den Spalt und harrte der kommenden Dinge.

Rot lag die Sonne über den westlichen Klüften. Schon senkten Bussarde sich zu der Stelle hinab, an der das Pferd verendete. Ein braunes Vöglein scharrte in abgestorbenen Salbeiblättern, dicht vor Pepés Gewehrmündung. Der strahlende Adler schwebte der aufgehenden Sonne zu.

Im Buschwerk weiter unten gewahrte Pepé eine Bewegung. Fester umschloß seine Hand das Gewehr. Ein zierliches braunes Reh kreuzte den Pfad und verschwand im Gebüsch. Lange Zeit wartete er. Tief unten sah er das kleine Plateau, die Eichbäume und den Streifen Gras. Plötzlich flackerten seine Augen zurück auf den Weg, den er gekommen. Eine Viertelmeile bergab im Dornengestrüpp regte sich etwas. Sein Gewehr schwang hinüber. Er drückte ab; der Schuß hallte den Bergen zu und schallte zurück. Im Dornengebüsch wurde es still; nichts regte sich mehr. Dann aber schlug es weiß in den Granit der Felsenspalte, die ihm den Auslug gewährte; die Kugel prallte ab, ihm an den Ohren vorbei; von unten knallte es herauf, und zugleich spürte Pepé in seiner Rechten einen heftigen Schmerz. Ein Granitsplitter stak zwischen den Knöcheln von Zeige- und Mittelfinger; die Spitze sah aus der Handfläche hervor. Behutsam zog er den Splitter mit der Linken heraus. Die Wunde blutete, aber nicht übermäßig; keine Vene oder Arterie war verletzt.

Er wühlte in einem verstaubten Felsloch, zog eine Handvoll Spinnwebe hervor und drückte sie in die Wunde. Fast augenblicklich stockte das Blut.

Er hob das Gewehr, das ihm entfallen war, und lud es von neuem. Dann glitt er auf dem Bauch nach rechts; er kroch langsam, vorsichtig, immer in Deckung bergauf, rastete dann und wann und kroch weiter.

Im Gebirge dauert es lange, bis die Sonne in die Bergschluchten dringt. Nun aber sah ihr Glutgesicht über den Kamm. Weißglühende Hitze schlug gegen die Felsen, prallte flimmernd von ihnen ab; hinter dem kochenden Schleier schienen Felsen und Büsche zu beben.

Pepé kroch in Richtung auf den Gebirgsrücken, doch immer im Zickzack, von Deckung zu Deckung. Seine Handwunde begann zu klopfen. Kriechend stieß er auf eine Klapperschlange; er sah sie erst, als sie zischend ihr trockenes Haupt aufhob. Er fuhr zurück und nahm einen anderen Weg. Rasche graue Eidechsen flohen vor ihm; ein feiner Staub entstieg ihrer Spur. Wieder preßte er frisch gesammelte Spinnweben auf die pochende Hand. Das Gewehr stieß er mit der linken Hand vor sich her.

Aus seinen dichten, dicken Haaren brachen die Schweißtropfen und rannen ihm übers Gesicht. Lippen und Zunge waren dick und schwer. Er suchte Speichel im Mund zu sammeln. Die schmalen Augen waren unstet, fahrig und fiebrig. Eine graue Eidechse saß vor ihm auf dem ausgeglühten Boden, das Köpfchen zur Seite gedreht. Er packte einen Stein und zermalmte sie.

Bis Mittag war er um keine Meile weiter gekommen. Erschöpft kroch er noch hundert Schritt zu einigen hohen, spitzigen Wildapfelbäumen und schleifte sich unter die knochigen, zähen Stämme; sein Kopf sank auf seinen linken Arm. Auch hier war kaum Schatten, nur ein klein wenig Schutz. Dann war er, so wie er lag, in Schlaf gesunken. Die Sonne stand ihm im Rücken; Vöglein kamen dicht an ihn heran, lugten und hüpften wieder davon. Er krümmte sich im Schlaf, hob die verwundete Hand und ließ sie fallen, immer wieder.

Die Sonne versank hinter den zackigen Gipfeln, kühl nahte der Abend; dann wurde es finster. Ein Kojote heulte gellend, Pepé fuhr auf, blickte mit verschleierten Augen umher. Die Hand war geschwollen und schwer; ein fadendünner Schmerz lief über den Puls die Innenseite des Armes entlang bis zur Achselhöhle. Des Vaters Rock drückte und preßte. Pepé spähte und erhob sich. Rings war Nacht und noch kein Mond; schwarz lagen die Berge. Die geschwollene Zunge füllte die Mundhöhle fast ganz. Er wand sich aus dem Rock, warf ihn in den Busch und kämpfte sich bergan durch Buschwerk, das an ihm zerrte. Er stolperte, stürzte über Gestein. Im Vorwärtsdringen schlug das Gewehr gegen Felsen. Trockene Stürze aus Kies und Steinbrocken lösten sich unter seinem Fuß, rieselten und rollten bergab.

Abnehmender Mond tauchte auf und zeigte zerrissenes Berggeklüft. Im Mondlicht kam Pepé leichter voran. Er neigte sich nach vorn, so daß sein Arm etwas vom Leib weghing. Sein Anstieg vollzog sich in Sprüngen und Rastpausen; immer einige Schritte im Sprung voran und dann Halt. Wind pfiff ihm von oben entgegen und raschelte in den dürren Blättern und Halmen.

Als Pepé die scharfe Nase des Berggrates erreichte, stand der Mond hoch. Das letzte Stück des Weges war völlig kahl, jede Spur Sand oder Erde vom Wind verjagt. Harter Fels lag unter seinen Füßen. Er kletterte zur Spitze und schaute nach der anderen Seite hinunter. Wieder dehnte sich in Mondlicht und Dunst, endlos fast, ein Zug Berge, Dorngestrüpp, magere Sträucher, niedere Büsche. Dahinter stieg es steil an, die zackigen, faulen Zähne des nächsten Grates bleckten gen Himmel. Tief drunten lag dickes Gebüsch in Nebel und Nacht.

Pepé taumelte bergab. Seine Kehle war vom Durst wie abgeschnürt. Erst wollte er rennen, aber er fiel, kam ins Rollen, fing sich wieder und paßte nun auf. Vorsicht! Als er auf der

Sohle des Einschnittes anlangte, war der Mond hinter einem Berghaupt verschwunden. Er kroch in ein dichtes Gebüsch; seine Linke tastete nach Feuchtigkeit. Es war das Bett eines Gebirgsbaches, in dem er lag, doch es war ausgetrocknet; er fand nichts als feuchten, modrigen Boden. Er legte das Gewehr beiseite, wühlte sich eine Handvoll stickiger Erde, stopfte sie sich in den Mund und spuckte sie wieder aus, wischte mit den Fingern den Schmutz von der Zunge; der Erdbrei zog ihm den Mund wie Lauge zusammen. Mit den Nägeln griff er, so tief es nur ging, in die Erde; vielleicht würde er auf Wasser stoßen; doch bevor er noch tiefer als eine Handbreit gegraben hatte, fiel er vornüber und schlief.

Der Morgen kam. Tageshitze fiel über das Land, und noch immer schlief Pepé. Erst spät nach Mittag fuhr er in die Höhe; doch er brachte die Augen kaum auf, so müde war er. Langsam sah er sich um. Zwanzig Meter entfernt bemerkte er einen lohfarbenen Berglöwen im Dickicht. Das mächtige Tier sah nach ihm hin; seine Ohren standen aufrecht, lagen nicht gefahrdrohend nach hinten. Nun legte es sich nieder, ließ Pepé jedoch nicht aus den Augen.

Er sah nach dem Loch, das er in der Nacht gegraben hatte. Ein halber Zoll Schmutzwasser hatte sich angesammelt. Er riß den Ärmel von dem verwundeten Arm, tauchte ihn in das Wasser und sog daran. Immer wieder tauchte er ein und sog. Der Löwe sah herüber. Der Abend kam, nichts regte sich auf den Bergen. Kein Vogel kam zu dem trockenen Bachbett. Zuweilen warf Pepé einen Blick auf den Löwen. Das Tier hatte die Augen geschlossen; es schien einzuschlafen. Es gähnte. Die lange dünne rote Zunge bog und wendete sich. Auf einmal fuhr das Haupt herum, die Nasenlöcher bebten, der Schweif schlug. Der Löwe stand auf, schlich wie ein gelber Schatten davon und verschwand im Dickicht.

Gleich darauf vernahm Pepé von ferner Hufgetrappel; die Hufe schlugen auf Kies. Und er hörte noch etwas anderes – langgezogenes Hundegebell.

Er nahm das Gewehr in die Linke und glitt in das Dickicht, fast so ruhig, wie es der Löwe getan hatte. Im dunkelnden Abend kroch er der nächsten Bergkette entgegen. Erst als es völlig finster war, stand er auf. Seine Kraft wollte versagen. In der Finsternis stolperte er über Steine und fiel auf dem steilen Hang auf die Knie, aber er kroch weiter und weiter, immer höher durch das zerklüftete Reich.

Ein Stück weiter oben legte er sich nieder und schlief. Der abnehmende Mond, der ihm ins Gesicht schien, weckte ihn auf.

Er erhob sich, taumelte weiter, ungefähr fünfzig Schritte und stand dann still, kehrte um, wankte trostlos zurück und wühlte in dem Gebüsch, aber er fand sein Gewehr nicht mehr; er hatte es liegengelassen.

Der stechende, pochende Schmerz in der Achselhöhle nahm zu; es war, als gehe die Schwellung des Armes mit jedem Pulsschlag auf, ab, auf, ab ... Er mochte ihn halten und legen, wie er auch wollte, immer preßte er gegen die Achselhöhle.

Wie ein weidwundes Wild raffte Pepé sich auf und bewegte sich wieder der Höhe zu. Mit der Linken hielt er den geschwollenen Arm vom Leibe. So schleppte er sich in Etappen hinauf; jedesmal nach ein paar Schritten hielt er inne, um Kraft und Atem zu sammeln. Endlich sah er den Gipfel nah. Die Silhouette des zackigen Grates stand im Mondlicht scharf gegen den Himmel.

In weiten Spiralen drehte sich alles vor ihm im Kreise; er sank zu Boden. Einhundert Schritte vor ihm, über ihm lag der Gipfel.

Der Mond zog seine himmlische Bahn. Pepé wälzte sich auf den Rücken. Er versuchte, einige Worte zu sprechen; aus seinen Lippen, von der geschwollenen Zunge, drang nur ein dumpfes, schnaufendes Pfeifen.

Als der Morgen dämmerte, riß er sich zusammen. Seine Augen waren besser geworden. Er zog den aufgedunsenen Arm vor sein Gesicht und besah die Wunde. Ein schwarzer Strich zog sich vom Handgelenk bis in die Achsel. Unwillkürlich griff er in die Tasche nach Vaters Messer, aber es war nicht da. Suchend sah er sich um, hob einen flachen, gespitzten Stein auf, kratzte die Wunde aus, schnitt in das rohe Fleisch und drückte, bis grünlicher Saft in dicken Tropfen hervorquoll. Den Kopf zurückgeworfen, winselte er wie ein Hund; die ganze rechte Körperhälfte flog schlotternd vor Schmerz. Aber der Schmerz klärte sein Denken.

Im grauen Dämmer kroch er das letzte Stück bis zum Grat und drüber hin. Da lag er in Felsen gebettet und schaute hinab. Unter ihm eine tiefe Schlucht, trostlos verlassen und wasserarm wie die vorige. Kein Fleckchen Gras, kein Baum, nicht einmal Büsche waren in ihrer Tiefe zu sehen. Und jenseits erhob sich ein steiler Kamm, dünn überzogen mit Büschen von verwelktem Salbei und übersät mit granitenem Bruch. Über den Berg verstreut mächtige Blöcke. Das granitene Gebiß des Gipfels fletschte zum Himmel empor.

Der neue Tag war gekommen. Die Sonne flammte über die Höhe und warf sich auf den am Boden Gekrümmten. Sein struppiges Haar war mit Spinnweben und Dornen verfilzt. Die schmalen Augen hatten sich tief in die Höhlen zurückgezogen. Zwischen den offenen Lippen lappte schwarz die Zunge. Er setzte sich und nahm den Arm, der immer größer zu werden schien, in den Schoß. Er schaukelte ihn leise, mit wiegendem Leib; Klagelaute drangen aus seiner Kehle. Sein Kopf legte sich zurück; er sah ins wolkenlos Helle. Kaum noch erkennbar, hoch in den Lüften, kreiste ein schwarzer Raubvogel. Nun kam, weit von der anderen Seite, ein zweiter geflogen, schwebte näher . . .

Pepés Kopf richtete sich auf. Aus dem Tal, von wo er gekommen, schlug ein bekannter Laut an sein Ohr, das aufgeregte, fieberhafte Gekläffe von Hunden auf Menschenfährte. Pepés Kopf senkte sich tief. Er versuchte ein Stoßgebet. Nur ein Röcheln drang zwischen seinen Lippen hervor. Mit der Linken zog er ein bebendes Kreuz auf der Brust. Mühsam kriechend kletterte er langsam zur nächsten Felsspitze. Oben richtete er sich schwankend, mühselig auf. Nun stand er aufrecht. Tief unten sah er den dunklen Busch, in dem er geschlafen. Er straffte die Beine und stand da, schwarz gegen den Morgenhimmel.

Ein Stein splitterte zu seinen Füßen, eine Kugel summte; von unten her kamen Knall und Echo. Pepé blickte kurz hinab, dann wieder geradeaus.

Sein Leib zuckte erschüttert; hilflos flatterte die Linke zur Brust. Von unten knallte wieder ein Schuß. Pepé schwankte und stürzte kopfüber vom Felsen. Sein Körper schlug auf und rollte weiter und weiter, einen Hagel von Steinen mit in die Tiefe reißend. Ein Strauch fing den Stürzenden auf. Die Steinlawine ging über ihn hinweg und begrub seinen Kopf.

Die Flut der Erregung verebbte. Das Gedränge und Gebrüll der Leute verstummte. Ein Haufen Menschen drängte sich noch unter den Ulmen im Stadtpark, von dessen Rand eine bläuliche Bogenlampe undeutlich herüberleuchtete. Müdigkeit überkam den Mob, aus dessen Mitte einige sich ins Dunkel verdrückten. Der Rasen ringsherum war zertrampelt, zerfetzt.

Für Mike war die Sache erledigt. Er fühlte, er hatte sich ausgegeben und war so müde, als habe er nächtelang nicht geschlafen; es war eine traumhafte Müdigkeit, eine graue, angenehme Erschöpfung. Er rückte die Mütze über die Augen und schob ab; kurz vor dem Parkausgang wandte er sich noch einmal um: noch ein letzter Blick!

Inmitten des Mobs hatte einer eine zusammengedrehte Zeitung entzündet und hielt sie empor. Mike sah die Flamme zu den Fußsohlen des nackten, grauen Leichnams emporzüngeln, der da in der Ulme hing. Merkwürdig, daß Neger im Tode blaugrau werden, dachte er.

Die brennende Zeitung warf ihr Licht auf die aufwärts gereckten Gesichter der schweigenden Menge, die unverwandt zu dem Gehenkten emporstarrte. Mike fühlte sich leicht verstimmt, daß da jemand die Leiche anzünden wollte, und bemerkte zu einem neben ihm im Halbdunkel Stehenden: »Das hat doch keinen Sinn.«

Der Angeredete ging weiter, ohne zu antworten.

Die Zeitungsfackel erlosch. Der Park wirkte noch finsterer. Aber schon flammte ein neues, rasch zusammengedrehtes Papier auf, wurde gegen die Füße emporgehoben, und Mike wandte sich an einen anderen Zuschauer. »Das hat doch keinen Sinn; er ist doch jetzt tot, es tut ihm doch nicht mehr weh.«

Der zweite Mann brummte etwas, ohne auch nur einen Blick von dem Feuerschein zu wenden. »Nicht schlecht«, meinte er schließlich, »es spart dem Bezirk einen Haufen Geld; diese schmierigen Advokaten können dann nicht mehr ihre Nasen hineinstecken.«

»Ganz meine Ansicht«, gab Mike zu, »keine schmierigen Advokaten. Trotzdem finde ich es nicht gut, ihn zu verbrennen.«

»Na, was schadet denn das?« bemerkte der Mann. Er ließ die Flamme noch immer nicht aus den Augen.

Mike versuchte, sich das Erlebte genau einzuprägen, fühlte sich aber dazu nicht imstande. Er glaubte, noch nicht genug gesehen zu haben. Es ging da um etwas, das er sich merken wollte, um später davon erzählen zu können, aber eine dumpfe Mattigkeit trübte die Schärfe des Eindrucks. Sein Verstand sagte ihm, daß dies eine schreckliche, eine hochbedeutsame Sache war. Aber weder seine Augen noch sein Gefühl stimmten dem zu. Für die war das jetzt etwas Gewöhnliches. Als er vor einer halben Stunde mitten im johlenden Mob sich hinzugedrängt hatte, als es darum ging, den Strick hochzuziehen, war ihm die Brust so voll gewesen, daß er hätte losheulen mögen. Jetzt aber war alles wie abgestorben, nicht wirklich; der dunkle Mob machte den Eindruck stummer Schaufensterpuppen. Im Fackelschein starrten diese Gesichter ausdruckslos wie aus Holz. Auch in sich selbst spürte Mike die Erstarrung. Er wandte sich endlich um und verließ den Park.

Sobald der Mob seinem Gesichtskreis entschwunden war, überfiel ihn eine kalte Einsamkeit. Er schritt eilends weiter und wünschte, irgendein Mensch möge neben ihm gehen. Aber die Straße war trostlos leer, unwirklich wie es der Park gewesen war. Die Gleise der Straßenbahn blitzten unter elektrischem Licht; in dunklen Schaufenstern spiegelten sich die Nachtlaternen.

In Mikes Brust machte sich ein leichter Druck bemerkbar; er fühlte danach – richtig, die Muskeln taten weh. Er konnte sich denken, woher das kam. Als der Mob das Gefängnistor stürmte, war er vorn gewesen. Und von hinten hatten ihn vierzig Kerle wie eine Ramme gegen das Tor gedrückt, daß es nur so krachte. Im Augenblick hatte er nichts gespürt. Auch jetzt schien der Schmerz den stumpfen Ausdruck der Einsamkeit zu haben.

Hinter der nächsten Straßenecke strahlte in Neonschrift das Wort BIER über dem Trottoir. Mike eilte drauf zu. Hoffentlich würde er dort Gesellschaft antreffen, mit der man reden konnte, um diese Stille zu verscheuchen; hoffentlich war keiner von denen beim Lynchen dabeigewesen!

Aber in der kleinen Bar stand der Barmann allein, ein kleiner Mann in mittleren Jahren mit einem melancholischen Schnurrbart und dem Gesicht einer alten Maus: schlau, furchtsam und zerrupft. Er nickte eifrig, als Mike eintrat. »Sie sehen ja aus wie ein Schlafwandler.«

Mike sah ihn mit Erstaunen an. »So fühle ich mich auch; als ob ich im Schlaf ginge . . .«

»Ein Whisky gefällig?«

Mike überlegte. »Nein, ich habe Durst, ich nehme ein Bier . . . Waren Sie dort?«

Wieder nickte das eifrige Mäusegesicht. »Erst ganz zuletzt, wie er schon oben hing; da war schon alles vorbei. Ich dachte, jetzt werden die Burschen großen Durst haben; da bin ich zurück und hab' aufgemacht. Bis jetzt sind Sie aber der einzige. Nun – irren ist menschlich.«

»Die werden schon noch kommen«, meinte Mike; »später; jetzt sind noch fast alle im Stadtpark. Jemand will ihn mit Zeitungspapier verbrennen; das halte ich aber nicht für gut.«

»Ich auch nicht«, sagte der kleine Barmann und drehte an seinem Bärtchen.

Mike warf ein paar Körner Selleriesalz in sein Bier und nahm einen tiefen Schluck. »A-ah«, machte er, »das tut gut. Mir ist richtig flau.«

Der Barmann, mit funkelnden Augen, beugte sich über den Schanktisch. »Haben Sie alles mitgemacht? Vom Polizeigefängnis bis zum Schluß, alles?«

Mike trank, schaute durch sein Glas, sah aus den Salzkörnern am Boden die Bläschen aufsteigen und sagte: »Alles. Ich war einer der ersten im Polizeigefängnis und habe den Strick 'raufziehen helfen. Es gibt eben Zeiten, da muß der Bürger selber Recht und Ordnung in die Hand nehmen; sonst kommen die schmierigen Advokaten und lassen so einen Schurken davonkommen.«

Der Mäusekopf nickte eifrig: »Da haben Sie verdammt recht. Die Advokaten holen sie überall 'raus. Ich vermute, der Nigger war wirklich schuldig.«

»Und ob«, versicherte Mike, »jemand erzählte, er hätte gestanden!« Der Mäusekopf rückte noch näher. »Wie ist es eigentlich losgegangen? Ich kam doch erst hin, wie alles vorbei war; kaum eine Minute drauf mußte ich wieder zurück; ich wollte doch offen haben, falls einer noch Lust auf ein Glas Bier bekommt.«

Mike leerte sein Glas und ließ es gleich wieder füllen. »Na . . . es war doch allgemein bekannt, daß was passieren würde. Ich saß in der Bar gegenüber dem Polizeigefängnis; war den ganzen Nachmittag dort. Da ist ein Bursche hereingekommen und hat gesagt: ›Worauf warten wir eigentlich?‹ Da sind wir denn über die Straße 'rüber. Ein Haufen Burschen stand schon da, und dann kam noch eine ganze Masse. Oh, haben wir gejohlt! Dann ist der Sheriff herausgekommen und hat eine Rede gehalten, aber wir haben ihn niedergebrüllt. Einer mit einem 22er-Gewehr lief dann die Straße auf und ab und hat die Straßenbeleuchtung weggeschossen. Ja, und dann sind wir auf das Tor los und haben es eingeschlagen. Der Sheriff hat sich passiv verhalten; das wollte ich ihm auch geraten haben. Auf anständige Leute schießen, um einen Schuft von Nigger zu retten!«

»Außerdem stehen die Wahlen bevor«, bemerkte der Barmann.

»Der Sheriff schrie los: ›Faßt nicht den Falschen, Kinder, um Himmels willen! Greift euch den Richtigen; er ist unten in Zelle vier!‹ Ich habe direkt Mitleid bekommen, was die anderen Gefangenen für eine Angst ausgestanden haben. Ich habe sie durch die Gitter beobachten können. Also Gesichter, das hat der Mensch noch nicht gesehen!«

Vor lauter Erregung goß sich der Barmann ein Glas Whisky ein und kippte es herunter. »Ich kann ihnen das nicht übelnehmen. Denken Sie sich, Sie haben ein paar Tage abzusitzen – und auf einmal kommt eine Lynchmannschaft! Da hätte wohl jeder Angst, daß die den Falschen erwischt.«

»Das sag' ich ja eben. Ich mit der ganzen Mannschaft in Zelle vier. Da stand der Nigger, die Augen halb zu, als wäre er besoffen. Einer von den Burschen schlug ihn nieder; er stand wieder auf; da hat ihm ein anderer einen Schlag versetzt, da ist er vornüber gestürzt, mit der Stirn grad auf den Zementboden. Und wissen Sie, was ich mir denke« – Mike lehnte sich über die Bar und klopfte mit dem Zeigefinger auf das polierte Holz –, »das hat ihn getötet. Ich habe doch geholfen, ihm die Kleider auszuziehen – da hat er schon keinen Mucks mehr getan! Und wie wir ihn in die Höhe gezogen haben, hat er auch gar nicht gezappelt; das hätte er doch gemußt! Nein, ich bin überzeugt, er war während der ganzen Zeit schon tot.«

»Am Ende kommt's ja doch auf das gleiche heraus.«

»Nein, eben nicht. Was man tut, soll man richtig machen – er hat es verdient und hätt's bis zum Abschluß erleben müssen.« Mike griff in die Tasche und brachte einen blauen Tuchfetzen zum Vorschein. »Das ist ein Stück von der Hose, die er angehabt hat.«

Der Barmann beugte sich dicht über den Stoff, hob dann den Kopf mit einem Ruck. »Ich zahl' Ihnen einen Dollar!«

»Ich denke nicht dran.«

»Schön. Ich zahl' Ihnen zwei – für die Hälfte davon.«

Mike sah ihn argwöhnisch an. »Wozu wollen Sie denn das?«

»Geben Sie mir mal Ihr Glas, trinken Sie eins auf meine Rechnung! Das hänge ich hier an die Wand, darunter ein Kärtchen, die Gäste sehen so etwas gern.«

Mike säbelte mit seinem Taschenmesser das Stück Tuch in zwei Teile und nahm von dem Barmann zwei Silberdollars. »Ich kenne einen Reklamezeichner«, sagte der kleine Herr, »er kommt jeden Tag; der druckt mir ein Kärtchen dazu. Ob der Sheriff jemand verhaften wird?«

»Noch schöner! Wird sich doch keine Unannehmlichkeiten zuziehen wollen. Unter den Leuten heut' nacht waren fast lauter Wähler. Sobald die alle verschwunden sind, wird der Sheriff erscheinen, den Nigger herunterschneiden und Ordnung machen.«

Der Barmann sah nach der Tür. »Ich habe mich verrechnet; niemand hat anscheinend Durst. Es ist spät.«

»Ja, ich gehe jetzt auch, ich bin müde.«

»Wohnen Sie im Süden? Dann kann ich ein Stück mit Ihnen gehen. Ich wohne S 8«, gab er den Häuserblock an.

»Und ich S 6 – gerade zwei Blocks vorher! Daß wir uns noch nie begegnet sind! Sie kommen doch direkt bei mir vorbei!«

Der Barmann spülte Mikes Glas, band seine Schürze ab, nahm Mantel und Hut und knipste bei der Tür das rote Neonlicht und die Beleuchtung aus. Einen Augenblick standen sie vor dem Haus und sahen zurück nach dem Park. Kein Laut drang mehr herüber. Die Stadt lag da wie ausgestorben. Nur in der Ferne leuchtete noch ein Wachmann mit der Taschenlampe die Schaufenster ab.

»Sehen Sie«, sagte Mike, »als ob überhaupt nichts passiert wäre!«

»Wenn die Burschen noch trinken gegangen sind, sind sie sicher in ein anderes Lokal.«

»Das habe ich mir gleich gedacht«, sagte Mike.

Sie gingen die leere Straße geradeaus und bogen dann nach Süden. »Mein Name ist Welch«, sagte der Barmann, »ich wohne erst seit etwa zwei Jahren hier.«

»Komisch . . .«, sagte Mike, »es ist doch komisch . . .«, und wieder befiel ihn das Gefühl der Verlassenheit. »Ich bin in dieser Stadt geboren, genau in demselben Haus, wo ich jetzt noch wohne. Ich bin verheiratet. Kinder habe ich keine. Meine Frau ist auch von hier. Hier kennt uns jeder.«

Sie gingen weiter. Die Geschäftshäuser des Zentrums ließen sie hinter sich. Hübsche Häuser mit Gärten und Rasen davor säumten nun eine Allee. Schwarz lagen die Schatten der hohen Bäume unter der Straßenbeleuchtung. Zwei Hunde, einander beschnuppernd, liefen vorüber. Welch sagte sanftmütig: »Ich möchte bloß wissen, was für ein Mensch das war – ich meine, der Nigger.«

Mike, aus einsamem Brüten: »In den Zeitungen hat gestanden, daß er ein übler Schurke war; ich habe die ganze Presse gelesen. Ein Schurke, das haben alle gesagt.«

»Ich hab's auch gelesen. Es wundert mich eigentlich. Ich habe ganz nette Nigger gekannt.

»Ich habe selber die nettesten Nigger gekannt«, erregte sich Mike, »ich habe mit Niggern im selben Betrieb gearbeitet; die waren so anständig wie nur irgendein Weißer. Aber nicht mit Schurken!«

Diese Heftigkeit schüchterte Welch etwas ein, aber dann fing er wieder an.». . . Was für ein Mensch das war – wissen Sie aber wohl nicht?«

»Nein. Er stand da, das Maul geschlossen, die Augen fest zu, und die Hände, die hingen halt an der Seite herunter. Dann hat er den Hieb bekommen; ich glaub', er war schon tot, als wir ihn hinausgeschleppt haben.«

Welch hielt sich dicht neben ihm beim Gehen. »Hübsche Gärten hier«, meinte er, »muß eine Menge Geld kosten, sie so instand zu halten.« Seine Schulter rührte an Mikes Arm; es war, als dränge er sich an ihn. »Ich habe noch nie bei so einem Lynchen zugesehen. Was fühlt man denn da – hinterher?«

Mike wich vor der Berührung zur Seite. »Hinterher? Gar nichts.« Er senkte den Kopf und beschleunigte seinen Schritt; der kleine Barmann kam ihm kaum nach. Es wurde dunkler und die Straßenbeleuchtung spärlicher, und Mike traute sich nun mit der Sprache heraus. »Man kommt sich vor wie aufgefressen, so ganz erschlafft. Aber doch befriedigt, wie wenn man etwas Gutes getan hätte. Und müde; man möchte am liebsten gleich einschlafen.« Seine Schritte verlangsamten sich. »Sehen Sie, da ist noch Licht bei uns, in der Küche! Meine Alte wartet auf mich.« Er blieb vor dem kleinen Haus stehen.

Welch stand nervös neben ihm. »Kommen Sie bald wieder, wenn Sie ein Bier oder einen Schnaps trinken wollen. Wir haben bis Mitternacht offen. Freunde werden besonders zuvorkommend bedient.« Damit verschwand er im Dunkel wie eine alte Maus.

»Gute Nacht!« rief Mike hinter ihm her und ging ums Haus herum zum Hintereingang.

Seine Frau saß dünn und verärgert vor dem angezündeten Gasofen. Als Mike eintrat, sah sie ihn erst nur vorwurfsvoll an. Dann aber fuhr sie auf und blickte ihn scharf an. »Du warst bei einer Frau!« stieß sie heiser hervor. »Mit welchem Frauenzimmer hast du dich herumgetrieben?«

Mike lachte. »Du bist mir ja eine Schlaue! Eine ganz Geriebene bist du! Wie kommst du auf die Idee, ich wär' bei einem Mädchen gewesen?«

»Meinst du, das merke ich nicht?« fuhr sie wütend los. »Ich seh' dir das an der Nase an, an den Augen – und überhaupt! Du warst mit einem Weibsbild zusammen!«

»Also schön«, sagte Mike, »wenn du so schlau bist und alles besser weißt, dann erzähl' ich dir überhaupt nichts. Dann kannst du es in der Früh im Morgenblatt lesen.«

Ein Zweifel stieg in ihr auf. »Der Nigger?« fragte sie. »Haben sie ihn geholt? Es hieß allgemein, sie würden ihn holen.«

»Du bist ja so gescheit; gib dir nur selber die Antwort! Von mir hörst du nichts.« Er ging durch die Küche ins Bad.

An der Wand hing ein kleiner Spiegel. Mike nahm seine Mütze ab und betrachtete sein Gesicht. »Weiß Gott, sie hat recht«, dachte er. »Genauso ist mir's zumute.«

Der Mörder

Folgendes begab sich vor einer Reihe von Jahren in Zentral-Kalifornien in der Gegend von Monterey. Der Cañon del Castillo ist eine der vielen Schluchten der Santa-Lucia-Kette, von dem aus mehrere kleinere buschreiche, eichenbewachsene Arroyos tief in das Bergmassiv einschneiden. An der Mündung des Cañons erhebt sich ein mächtiges Kastell mit Strebepfeilern und Türmen wie eine Festung. Erst bei genauer Betrachtung erkennt man, daß Witterung und Zeit dieses merkwürdige Ding aus dem weichen, geschichteten Sandstein gefressen haben. Aus der Ferne gehört wenig Phantasie dazu, die zerstörten Zinnen, die Tore und Türme, sogar die Schießscharten auszumachen.

Unterhalb des Kastells, fast auf der Sohle des Cañons, steht eine alte Ranch mit moosüberwachsenem Stall und windschiefer Scheuer. Das Haus ist verlassen, und wenn der Wind nachts vom Kastell herabbraust, schlagen die Fensterläden und die Türen und kreischen in ihren verrosteten Angeln. Selten betritt jemand das Haus. Nur hie und da trampelt eine Schar Buben durch die kahlen Räume, späht in die leeren Verschläge und Kammern und fordert mit lautem Geschrei die Gespenster heraus, an die sie nicht glaubt.

Jim Moore, der Besitzer, sieht es nicht gern, wenn sich Leute ums Haus herumtreiben. Dann sprengt er von seiner neuen Besitzung ein Stück weiter unterhalb eilig heran und vertreibt die Jungen. Überall an der Einzäunung sind Tafeln mit der Aufschrift »Eintritt verboten« befestigt. Manchmal hat er schon daran gedacht, das alte Haus abzureißen – allein eine starke Verbundenheit mit den schlagenden Türflügeln, den blinden, verlassenen Fenstern hindert ihn, sein Vorhaben auszuführen. Er würde damit ein Stück seines Lebens zerstören. Wenn er mit seiner rundlichen und immer noch schönen Frau in die Stadt kommt, dreht sich alles nach ihnen mit Ehrfurcht und einer gewissen Bewunderung um.

Jim Moore ist in dem alten Hause geboren und aufgewachsen. Er kennt die Maserung jedes einzelnen Bretts in der Stallwand und jede blanke Stelle der Raufen und Futterkrippen. Mit dreißig Jahren hatte er seine Eltern verloren und die errungene

Selbständigkeit dadurch bekräftigt, daß er sich einen Bart stehen ließ, alle Schweine verkaufte und sich entschloß, nie wieder welche zu halten. Statt dessen erstand er einen prächtigen Guernsey-Bullen, um damit seinen Viehbestand zu verbessern. Gleichzeitig begann er damit, an den Samstagabenden nach Monterey zu reiten, wo er in den »Drei Sternen« mit munteren Mädchen trank und sich vergnügte.

Es verging kaum ein Jahr, als Jim sich mit Jelka Sepic vermählte. Sie war die Tochter eines arbeitsamen, etwas schwerfälligen Farmers aus dem Pine Cañon. Die neue Verwandtschaft, die vielen Brüder und Schwestern und Vettern gefielen Jim zwar recht wenig, doch Jelkas Schönheit begeisterte ihn. Ihre Augen waren groß und staunend wie die eines Rehs, ihre Nase schmal und scharf geschnitten, die Lippen weich und voll, aber was Jim am meisten entzückte, war ihre Haut; von Nacht zu Nacht vergaß er, wie schön sie war.

Jelka war sanft, freundlich und still, eine gute Hausfrau, und oft dachte Jim Moore empört an den Rat, den ihm sein Schwiegervater am Hochzeitsabend gegeben hatte. Da hatte der Alte, angesäuselt vom Hochzeitsbier, ihm einen vertraulichen Stoß in die Rippen versetzt, und die schwarzen Äuglein unter den gedunsenen, runzligen Lidern hatten ihm zugezwinkert: »Laß dich bloß nicht zum Narren halten, mein Söhnchen, Jelka ist kein amerikanisches Mädchen, sie ist ein serbisches! Wenn sie nicht gut tut, verdrisch sie! Und wenn sie zu lang brav ist, drisch sie wieder! Ich habe ihre Mutter verdroschen, mein Vater hat meine Mutter verdroschen. Der ist kein Mann, der nicht diesen Weibern den Teufel herausprügelt.«

»Ich schlage Jelka nicht«, hatte Jim geantwortet.

Der Alte hatte gekichert und ihm noch einen Rippenstoß versetzt. »Wirst schon sehen; sei kein Schaf!« hatte er gewarnt und sich wieder zum Bierfaß getrollt.

Bald genug hatte Jim heraus, daß Jelka wirklich kein amerikanisches Mädchen war. Sie war sehr ruhig, sprach nie von sich aus; auf seine Fragen antwortete sie sanft und kurz. Sie »lernte«, was ihr Ehemann wollte, so wie man Bibelsprüche lernt. Kaum waren sie verheiratet, als Jim schon keinen seiner gewohnten Wünsche zu äußern vermochte, den sie nicht bereits erfüllt hatte. Sie war ein gutes Eheweib, aber keine Gesellschaft. Sie plauderte nie. Ihre großen Augen folgten ihm. Lächelte er, so lächelte sie zurück, ein verhaltenes, entrücktes Lächeln.

Stricken, Stopfen und Nähen gingen bei ihr ununterbrochen. Sie saß und schaute voll Stolz und Wohlgefallen auf ihre kleinen weißen Hände, die sich auf solch schöne und nützliche Dinge verstanden. In all ihrem Tun war sie so sehr einem Tier gleich, daß ihr Jim mitunter den Hals und den Kopf tätschelte – nicht anders als einem Pferde.

In der Hauswirtschaft bewährte sich Jelka vorzüglich. Ganz gleich, um welche Zeit Jim von den heißen, trockenen Hügeln oder der unteren Farm nach Hause kam – stets war das Essen, pünktlich und dampfend, für ihn bereit, und wenn er es dann verzehrte, sah sie ihm zu, schob ihm die Platten hin und füllte sein Glas, sobald es geleert war.

In der ersten Zeit hatte er ihr erzählt, was sich auf der Farm ereignete; sie aber hatte dazu nur gelächelt, nicht anders, als sei sie eine Fremde, die all dies nichts anging und die nur nicht unhöflich erscheinen wollte.

»Der Hengst hat sich am Stacheldraht gerissen«, berichtete er. Darauf sagte sie: »Ja.« Dabei senkte sie ihre Stimme und setzte so seiner Mitteilsamkeit eine Grenze.

Es führte kein Weg zu ihr, merkte er bald. Die Barriere konnte auch nicht beseitigt werden, denn in ihrem Verhalten war keine Absicht zu spüren und keine Feindschaft.

Nachts streichelte er ihre Haare und die süßen goldbraunen Schultern; sie seufzte dabei leise vor Wonne. Doch auf dem Höhepunkt der Umarmung schien sie ihr eigenes Leben zu führen, ein hitziges, wildes und leidenschaftliches. Unvermittelt glitt sie danach wieder in ihre Rolle der emsigen, pflichttreuen Hausfrau.

»Warum redest du nie mit mir?« fragte er. »Willst du nicht?«

Sie sagte: »O ja. Willst du, daß ich reden soll?« Sie sprach die Sprache seines Landes, aber in einem fremden Geist.

Nach einem Jahr sehnte sich Jim nach seiner früheren Damengesellschaft, ihrem munteren Geschwätz, den lustigen schrillen Schimpfereien, dem angenehm ordinären Tratsch. Er fing wieder an, in die Stadt zu gehen, zu trinken und mit den munteren Mädchen in den »Drei Sternen« herumzuscherzen. Sie mochten ihn, weil er so sicher dreinschaute und so gern lachte. »Wo ist deine Frau?« pflegten sie ihn zu fragen.

»Daheim im Stall.« Der Witz schlug jedesmal ein.

Samstags nach Tisch sattelte er ein Pferd, steckte eine Flinte in das Futteral für den Fall, daß ihm ein Reh vor den Lauf käme, und fragte sie wie gewöhnlich: »Es macht dir nichts aus, allein zu bleiben?«

»Nein, es macht mir nichts aus.«

Einmal fragte er: »Und wenn jemand kommt?«

Darauf ein Blick, scharf, kurz – dann ein Lächeln: »Ich schikke sie weg.«

»Morgen gegen Mittag bin ich zurück. Um nachts zurückzureiten, ist es zu weit.« Er spürte, daß sie wußte, wohin er ging. Aber sie protestierte nie, zeigte nie die geringste Verstimmung.

»Du solltest ein Kind haben«, sagte er.

Sie leuchtete auf. »Gott wird einmal gnädig sein«, versicherte sie eifrig.

Ihre Einsamkeit machte ihm Sorgen. Wenn sie nur mit den anderen Frauen im Tal verkehren würde! Aber sie war nicht für Besuche zu haben. Einmal im Monat schirrte sie Pferde an den Wagen und fuhr zu den Eltern, wo sie den Nachmittag mit der ganzen Geschwister- und Vetternschar zubrachte. »Reizende Unterhaltung!« spottete Jim: »Dieses Gegacker in eurer verrückten Sprache den ganzen Tag! Dieses Gekicher mit deinem langen Vetter, dem mit dem schüchternen Gesicht – viel Vergnügen! Wenn du nicht eine so musterhafte Frau wärst, ich würde dich eine verdammte Ausländerin nennen!« Und er dachte daran, wie sie über dem Brot, bevor sie es anschnitt, das Kreuzzeichen machte; wie sie jeden Abend neben dem Bett niederkniete. Er dachte an das Heiligenbild, das sie am Schrank angenagelt hatte.

An einem staubigen Samstag im Juni schnitt Jim Hafer. Der Tag wollte kein Ende nehmen. Es wurde nach sechs, bis endlich die Mähmaschine die letzte Hafergarbe auswarf. Jim fuhr die Rattermaschine in den Stallhof, versorgte sie im Geräteschuppen und ließ die Pferde hinauf auf die Wiese, damit sie dort über Sonntag grasen konnten. Als er die Küche betrat, stellte Jelka das Abendessen für ihn auf den Tisch. Er wusch sein Gesicht und Hände, nahm Platz. »Müde«, stöhnte er voll Behagen, »aber ich denke, ich werde doch noch ein bißchen nach Monterey gehn. Es ist heute Vollmond.«

Sie lächelte sanft.

»Weißt du was?« schlug er ihr vor: »Wenn es dir recht ist, schirre ich an und nehme dich mit!«

Sie schüttelte den Kopf und lächelte wieder. »Nein. Jetzt sind die Läden zu; ich bleibe lieber daheim.«

»Wie du willst; dann sattle ich also das Pferd. Ich hatte erst gar nicht die Absicht und habe die ganze Koppel auf die Weide gelassen. Aber ich werde mir schon noch eins einfangen. Willst du wirklich nicht mit?«

»Wenn es nicht schon so spät wäre, könnte man noch Besorgungen machen, aber bis du dort bist, ist es ja zehn!«

»O nein! Zu Pferd bin ich sicher schon kurz nach neun dort!«

Sie lächelte vor sich hin. Ihre Augen suchten in den seinen, ob sich nicht irgendein Wunsch regte, den sie erfüllen konnte. Vielleicht nur aus Müdigkeit fragte er: »Woran denkst du jetzt?«

»Woran ich denke? Als wir jung verheiratet waren, hast du mich das fast jeden Tag gefragt.«

»Ja, aber woran denkst du jetzt wirklich?« fragte er gereizt.

»An die Eier unter der schwarzen Henne.« Sie ging zur Wand, an der ein großer Kalender hing, und sah nach. »Morgen, spätestens Montag müssen sie ausschlüpfen.«

Es begann schon zu dunkeln, als er sich endlich rasiert, den blauen Cheviotanzug und die neuen Schuhe angezogen hatte. Jelka hatte inzwischen das Geschirr gespült und versorgt. Als Jim durch die Küche kam, fiel ihm auf, daß Jelka beim Fenster saß, wo sie an einer braunen Wollsocke strickte; die Lampe hatte sie auf ein Tischchen beim Fenster gestellt. »Warum sitzt du hier? Du strickst doch sonst immer drüben. Komisches Zeug treibst du manchmal!«

Langsam hob sie die Augen von ihren flinken Händen. »Der Mond«, sagte sie ruhig. »Es ist heute Vollmond, hast du gesagt. Ich will ihn aufgehen sehen.«

»Du bist ja kindisch! Von diesem Fenster kannst du ihn nicht sehen. Kennst du dich nicht in den Himmelsrichtungen aus?«

Sie lächelte wie entrückt. »Ich werde zum Schlafzimmerfenster hinaussehen.«

Er setzte den schwarzen Hut auf und ging. Im dunklen, leeren Stall nahm er einen Halfter vom Haken. Bei dem grasigen Hang machte er halt und pfiff. Die Pferde hörten zu grasen auf und näherten sich langsam. In einer Entfernung von etwa zwanzig Schritt blieben sie stehen. Vorsichtig ging er auf den Fuchswallach zu und strich ihm über die Mähne und klopfte ihm leise Flanken und Hals. Der Halfterverschluß schnappte. Jim führte das Pferd zum Stall, wo er ihm Sattel und Zaumzeug auflegte. Als er damit fertig war, nahm er den Halfter ab und führte das Pferd vor das Haus. Auf den Hügeln im Osten lag eine rötliche Strahlenkrone. Bevor noch der Tag aus dem Tal entschwunden war, mußte der Mond über dem Berg sein.

Jelka strickte noch in der Küche beim Fenster. Jim nahm seinen Karabiner aus der Zimmerecke, stieß die Patronen ins Magazin. »Der Mond färbt schon die Höhen«, rief er. »Wenn du sehen willst, wie er aufgeht, gehst du jetzt am besten hinaus, Jelka; er wird prächtig rot!«

»Gleich«, sagte sie, »ich will das nur noch zu Ende bringen.«

Er ging zu ihr und strich ihr über den schmalen Kopf. »Gute Nacht. Morgen mittag bin ich wieder zurück.« Ihre umschatteten Augen folgten ihm bis zur Tür.

Er tat sein Gewehr in das Sattelfutteral, schwang sich in den Sattel und ritt das Tal hinauf. Zu seiner Rechten hinter den dunkler werdenden Hügeln stieg der Mond schnell empor. Das zwiefache Licht des scheidenden Tages und des aufgehenden Mondes verschärfte alle Konturen und ließ die Berge geheimnisvoll glühen. Die Eichwipfel schimmerten; tiefschwarz wie Samt breiteten sich die Schatten am Boden aus. Links von Jim bewegte sich der riesige Schatten eines langbeinigen Pferdes, übergroß saß ein Reiter darauf. Aus nahen und fernen Höfen drang das Abendgebell von Hunden, junge Hähne krähten einem verfrühten, vermeintlichen Sonnenaufgang entgegen. Jim setzte den Wallach in Trab.

Widerhall des klappernden Hufschlags tönte vom Kastell hinter ihm her. Er dachte an die blonde May* aus den »Drei Sternen« in Monterey. Ich komme zu spät, dachte er, sicher hat sie jetzt schon jemand anders. Der Vollmond stand jetzt über der Höhe.

Als Jim eine Meile geritten war, vernahm er Hufschläge, die ihm im Galopp entgegen kamen. Dicht vor ihm hielt der Reitersmann an. »Bist du es, Jim?«

»Hallo, George!«

»Gerade wollte ich zu dir, um dir zu sagen – du kennst doch die Quelle oben an meinem Grundstück?«

»Natürlich. Und?«

»Ich war heute nachmittag oben. Da war ein erloschenes Lagerfeuer und Kopf und Füße von einem Kalb. Das Fell war halb verbrannt. Ich zog es heraus. Es hatte euer Zeichen.«

»Verflucht! Wie alt mag das Feuer gewesen sein?«

»Der Boden unter der Asche war noch nicht ganz kalt, also wohl von vergangener Nacht! Entschuldige, Jim, daß ich nicht mit dir kommen kann; ich hab' in der Stadt zu tun. Ich wollte es dir nur mitteilen; da kannst du ja einstweilen nachsehen!«

»Hast du eine Ahnung, um wieviel Leute es sich wohl handelt?«

»Ich habe nicht genau nachgesehen.«

»Das werde ich selber. Wollte eigentlich auch in die Stadt, aber wenn Diebe am Werk sind – ich will nicht noch mehr von meiner Herde verlieren. Darf ich über dein Land? Ich kann auf diese Weise ein ganzes Stück abschneiden.«

»Ich käme gern mit, aber ich muß in die Stadt. Hast du ein Gewehr mit?«

»Gewiß, hier unterm Bein! Danke für die Mitteilung!«

»Schon gut. Du kannst über mein Land reiten, soviel du willst, gute Nacht!« Der Nachbar wandte sein Pferd und galoppierte den Weg, auf dem er gekommen war, zurück.

Jim hielt im Mondlicht, sah nachdenklich einen Augenblick auf seinen hochbeinigen Schatten, zog dann den Karabiner aus dem Futteral, lud durch und hielt ihn quer über dem Sattelknauf in Bereitschaft. Dann bog er links von dem Weg ab, durch einen Eichenschlag hindurch und ritt über einen grasigen Buckel hinüber in das nächste Tal.

Eine halbe Stunde später hatte er das verlassene Lager gefunden. Er drehte den schweren Kopf des geschlachteten Kalbes herum, fühlte die Zunge, um an dem Grad der Trockenheit festzustellen, wie lange das Tier schon tot war, steckte ein Streichholz an und sah nach dem Zeichen auf der halbverbrannten Haut, bestieg dann wieder sein Pferd und ritt über den kahlen Grasbuckel hinüber zu seiner Farm.

Warmer Sommerwind wehte über die Höhen. Der Mond hatte von seiner Röte verloren; er hatte die Farbe von starkem Tee und bereits das erste Viertel seiner Bahn hinter sich. Kojoten heulten; die Hofhunde der Ranchhäuser beteiligten sich mit herzzerreißendem Gejaule an diesem Konzert. Im Mondlicht ließ sich das dunkle Grün der Eichen und das Gelb der Sommergräser deutlich erkennen.

Jim folgte dem Geläut der Kuhglocken und fand sein Vieh friedlich beim Grasen und mitten unter ihm äsendes Rotwild. Gespannt horchte er, ob ihm der Wind den Schall von Hufen oder Stimmen von Männern herübertrüge.

Kurz nach elf wandte er sein Pferd und ritt um den Westturm des Sandstein-Kastells zum heimischen Stall. Bald sah er das Dach und dahinter sein Haus. In den Scheiben des Schlafzimmers spiegelte sich der Vollmond.

Als er zur Weide kam, hoben die ruhenden Pferde die Köpfe; ihre Augen schimmerten rötlich.

Kurz vor der Umzäunung des Pferchs hörte Jim im Stall Pferdegestampf. Seine Hand riß den Wallach zurück. Er lauschte. Da schon wieder! Es kam aus dem Stall. Er hob seinen Karabiner und stieg leise ab; seinem Tier ließ er freien Lauf und schlich in den Stall.

In der Dunkelheit hörte er nur das Malmen von Pferdezähnen beim Käuen. Langsam ging er durch den Mittelgang zu dem besetzten Stand, horchte einen Moment, dann rieb er ein Zündholz am Karabinerschaft an. In der Box stand, gezäumt und gesattelt, ein Pferd. Die Trense war ihm aus dem Maul gekommen und hing herunter. Nun hielt es mit Fressen inne und wandte den Kopf zum Licht. Jim blies das Streichholz aus und verließ rasch den Stall.

Er saß auf dem Rand der Tränke und sah in das Wasser. Seine Gedanken kamen so langsam, daß er sie in Worte kleidete und vor sich hinsprach: »Soll ich durchs Fenster sehen? Nein. Mein Kopf würde einen Schatten ins Zimmer werfen . . .«

Er musterte den Karabiner, den viel benutzten, den blanken Lauf, der wie Silber glänzte.

Endlich stand er entschlossen auf und ging rasch auf das Haus zu. Seine drei Hunde kamen hinter dem Haus hervor, schüttelten und dehnten sich, schnupperten, wedelten und wandten sich wieder ihrem Lager zu. An den Holzstufen angelangt, probierte er mit ausgestrecktem Fuß jedes Brett, bevor er ihm sein Gewicht anvertraute.

Die Küche war finster, aber Jim kannte jedes Stück und wußte, wo es stand. Er fühlte die Tischkante, eine Stuhllehne . . . den Handtuchständer . . . So leise durchquerte er den Raum, daß er seinen eigenen Atem hören konnte und das Ticken der Taschenuhr in seinem Rock . . . Die Schlafzimmertür stand offen und ließ einen Zipfel Mondschein auf den Küchenboden. Jim spähte durch die Tür.

Mondlicht fiel auf das weiße Bett. Jelka lag auf dem Rücken, den weichen nackten Arm über Augen und Stirn. Wer der Mann war, konnte Jim nicht sehen; der Kopf war zur Seite gewandt.

Nun zuckte Jelka im Schlaf. Der Mann warf den Kopf herum, stöhnte leise – Jelkas Vetter, der lange, schüchterne Vetter.

Jim drehte sich um und ging auf den Fußspitzen aus dem Zimmer und durch die Küche, die Stufen hinab in den Hof und wieder zur Tränke.

Wieder saß er am Brunnenrand. Der Mond war weiß wie Kalk; er schwamm im Wasser, beleuchtete die Halme und Körner, die den Pferden beim Saufen aus den Mäulern gefallen waren. Jim sah die Moskitos tanzen, auf und ab, hin und her, über dem Brunnen, im Spiegel des Wassers, und sah auf dem Grunde des Trogs einen Molch auf dem Moos liegen.

Er schluchzte. Harte, trockene, kleine, weinende Töne . . . Er wunderte sich selber warum. Mit seinen Gedanken war er doch auf den grasigen Höhen, bei weltabgeschiedenen Gipfeln, über die der Sommerwind frei dahinfegt. . . .

Er sah in Gedanken seine Mutter, wie sie den Eimer hielt, um das Blut aufzufangen, wenn der Vater ein Schwein schlachtete. Sie stand so weit weg wie nur möglich, hielt den Eimer mit ausgestreckten Armen von sich ab, damit ihr Kleid keine Blutspritzer bekam.

Jim tauchte die Hand in den Brunnen, zerbrach den Mond und quirlte ihn zu wirbelnden Lichtströmen. Er kühlte sich die Stirn mit den nassen Händen und stand auf,

Er ging jetzt nicht mehr so vorsichtig, durchquerte aber auf Zehen die Küche, bis er an die Schlafzimmertür kam. Jelkas Arm regte sich. Sie öffnete die Augen ein wenig – und riß sie weit auf. Sie glitzerten feucht. Jim sah sie an, doch sein Gesicht blieb leer, ohne Ausdruck. Aus Jelkas Nase rann ein Tröpfchen und blieb in ihrem Mundwinkel hängen. Sie starrte Jim an.

Er spannte den Hahn seines Gewehres. Das Klicken des Stahls klang durchs ganze Haus. Der Mann auf dem Bett bewegte sich im Schlaf. Jims Hände bebten. Er hob das Gewehr zur Schulter und zog es fest an, um sicher zu zielen. Über Kimme und Korn sah er den schmalen Fleck zwischen den Brauen und dem Haaransatz des Mannes. Einen Moment schwankte der Lauf, dann stand er unverrückt. Der Schuß krachte.

Jim schien noch immer zu zielen. Er sah vor dem Karabinerlauf das Bett wanken und in der Stirn des Mannes ein kleines, schwarzes, blutloses Loch und dahinter das Kissen, rings um die Ausschußstelle, von Blut, Hirn, Knochen bespritzt. Jelkas Vetter verröchelte. Es gurgelte aus seiner Kehle. Gleich großen Spinnen kamen seine Hände unter den Decken hervorgekrochen, wanderten einen Moment herum, zuckten und fielen zusammen.

Jim richtete langsam die Augen auf Jelka. Ihre Nase lief. Ihre Augen irrten von Jim auf die Gewehrmündung. Sie wimmerte leise wie ein junger Hund. Verstört wandte Jim sich ab. Seine Absätze knallten auf den Küchenboden. Dem Hause entronnen, verlangsamte er seinen Schritt. Ein Geschmack wie von Salz stieg ihm in die Kehle. Sein Herz krampfte sich zusammen. Er stand wieder beim Brunnentrog, beugte sich nieder, tauchte den Kopf ins Wasser. Dann erbrach er sich. Im Haus hörte er Jelka herumgehen, hörte noch immer ihr Hundegewinsel.

Schwindlig und schwach richtete er sich empor und ging müde und abgespannt durch den Pferch zur Weide. Sein gesatteltes Pferd kam auf den Pfiff. Wie im Schlaf zog er den Gurt fest, stieg auf und ritt ins Tal hinab. Unter ihm, schwarz und gedrungen, rannte der Schatten mit.

Im Morgengrauen ratterte ein Zweispänner in den Hof der Ranch. Die Hühner stoben nach allen Seiten. Auf dem Bock saß der Sheriff mit dem Leichenbeschauer, im Wagen Jim Moore, an seinen Sattel gelehnt; der Wallach lief müde hinterher. Der Sheriff zog die Bremse an, schlang die Zügel um den Bremsgriff; die drei stiegen ab. »Muß ich mit hinein?« fragte Jim, »ich bin so kaputt, ich kann das jetzt nicht ansehen.«

Der Leichenbeschauer zupfte an seiner Unterlippe. »Nicht nötig«, meinte er nachdenklich, »wir besorgen das schon allein.«

Jim wankte zum Brunnentrog. »Nur zum Waschen . . .« lallte er, »Sie erlauben doch . . .?«

Die beiden Männer gingen ins Haus, kamen nach wenigen Minuten mit der erstarrten Leiche zurück und hoben sie in den Wagenkasten. Sie war in eine Decke gewickelt. Jim hatte sich wieder erhoben und näherte sich. »Muß ich jetzt mit?«

»Wo ist Ihre Frau?« fragte der Sheriff.

»Ich weiß nicht«, gab Jim matt zur Antwort, »sie muß hier irgendwo stecken.«

»Haben Sie sie ganz bestimmt nicht auch umgebracht?«

»Ich habe sie nicht angerührt. Ich suche und bringe sie heute nachmittag zu Ihnen – das heißt, wenn Sie mich nicht gleich mitnehmen.«

»Wir haben Ihre Aussage«, bemerkte der Leichenbeschauer. »Und man hat doch auch schließlich seine Augen im Kopf, nicht wahr, Will? – Natürlich wird die Untersuchung wegen

Mordes aufgenommen werden, aber man wird sie wohl niederschlagen ... wie das bei uns in der Gegend in ähnlichen Fällen üblich ist. Nur packen Sie Ihre Frau jetzt nicht allzu hart an, Mr. Moore!«

»Sie wird nicht zu Schaden kommen«, erklärte Jim.

Er sah dem davonfahrenden Gespann nach. Dann wandte er sich um. Sein Blick fiel auf das Schlafzimmerfenster, in dem sich die glühende Junisonne höhnisch spiegelte. Unwillig stampfte er auf den Boden und ging langsam ins Haus.

Er kehrte mit einer kräftigen, langen Ochsenpeitsche zurück. Als er damit durch den Hof zum Stall ging, vernahm er wieder das hohe, hündische Wimmern. Er kletterte die hölzerne Leiter zum Heuboden empor.

Als er wieder zum Vorschein kam, trug er Jelka auf der Schulter. Beim Brunnentrog legte er sie behutsam auf die Erde. Ihr Haar war voll Heu; auf ihrer Bluse zeigten sich Blutstriemen.

Jim machte sein Halstuch am Brunnenrohr naß, wusch ihre zerbissenen Lippen und das Gesicht und strich ihr das Haar aus den Augen. Ihre umränderten Augen verfolgten jede seiner Bewegungen.

»Du hast mir weh getan«, sagte sie, »du hast mir sehr weh getan.«

Er nickte ernst. »So sehr ich konnte, ohne dich totzuschlagen.«

Die Sonne stach. Schmeißfliegen summten blutgierig um Jelka. Ihre geschwollenen Lippen versuchten ein Lächeln. »Hast du schon Frühstück gehabt?« fragte sie.

»Nein.«

»Ja, dann ... dann will ich dir ein paar Eier zurechtmachen.« Mit schmerzlich zusammengebissenen Zähnen kam sie mühsam auf ihre Beine.

»Ich werde dir helfen«, sagte Jim, »deine Bluse auszuziehen; sie ist dir am Rücken festgeklebt, das wird dir weh tun.«

»Nein, ich werde schon selbst damit fertig.«

Ihre Stimme hatte einen besonderen Klang; ihre dunklen Augen ruhten einen Moment mit Wärme auf Jim; dann wandte sie sich um und hinkte ins Haus.

Jim saß auf dem Brunnenrand, sah den Rauch aus dem Schornstein senkrecht emporsteigen; er wartete. Nach kurzer Zeit rief Jelka aus der Küche:

»Komm, Jim! Dein Frühstück!«

Auf seinem gewärmten Teller lagen vier Eier und vier dicke Scheiben Speck. »Der Kaffee ist gleich fertig«, sagte sie.

»Willst du nicht auch etwas essen?«

»Nein, nicht jetzt. Mein Mund ist zu wund.«

Hungrig verzehrte er seine Eier; dann sah er seine Frau an. Ihr schwarzes Haar lag glatt gekämmt. Sie trug eine frische weiße Bluse.

»Heute nachmittag fahren wir in die Stadt«, bestimmte er. »Ich muß Bauholz bestellen. Wir bauen ein neues Haus, weiter unten im Tal.«

Ihre Augen wanderten von der verschlossenen Schlafzimmertür zu ihrem Ehemann. »Ja, das wird gut sein«, sagte sie. Und nach einer Weile: »Wirst du mich noch einmal auspeitschen – dafür?«

»Nein, kein zweites Mal – dafür.«

Ihre Augen lächelten. Sie setzte sich neben ihn auf einen Schemel. Jim streckte die Hand aus und streichelte ihr Haar und ihren Nacken.

Das Dörfchen Loma liegt auf einem niedrigen, kugeligen Hügel, am Ausgang des Salinas-Tales, in der mittelkalifornischen Ebene. Im Norden und Osten des Ortes erstreckt sich meilenweiter, dunkler, binsenbewachsener Sumpf, aber im Süden ist das Land trockengelegt; üppige Gemüsefelder, fette, schwarze Erde, Prachtexemplare von Lattich, Blumenkohl und Salat sind der Lohn der Entwässerung.

Die Eigentümer der nördlich des Dorfes gelegenen Sumpfgebiete waren die ersten, die sich zusammenschlossen, um das schwarze Land urbar zu machen. Ich stand damals im Dienste der Firma, die den Auftrag für einen Entwässerungskanal übernommen hatte. Die schwimmende Baggermaschine war bereits angekommen und montiert und grub sich fressend durch den Sumpf.

Eine Zeitlang wohnte ich in dem schwimmenden Unterkunftshaus bei unseren Arbeitern; dann aber hielt ich es nicht mehr aus. Moskitos hingen in dichten Schwaden über Wohnschiff und Bagger, und nachts verbreitete sich ein pestilenzartiger Gestank vom Sumpf bis zum Festland. Ich zog ins Dorf in ein möbliertes Zimmer. Von allen möblierten Zimmern, die ich jemals bewohnte, war dieses das trostloseste. Die Vermieterin hieß Mrs. Ratz. Ich hätte mich noch anderweitig umsehen können, aber es schien mir am sichersten, meine Post an die Adresse von Mrs. Ratz schicken zu lassen. Schließlich kam ich ja nur zum Schlafen in den trostlosen Raum; die Mahlzeiten nahm ich in der Kantine der Arbeiterbaracken.

Ganz Loma hat kaum zweihundert Einwohner. An der höchsten Stelle des Ortes erhebt sich die Methodistenkirche; meilenweit ist der Kirchturm zu sehen. Die übrigen Gebäude, die öffentliches Interesse beanspruchten, sind zwei Lebensmittelgeschäfte, eine Eisenhandlung, das alte Haus der Freimaurer und die Buffalo-Bar. Im Norden hausen die einfachen Leute in ihren kleinen Holzhäusern; in der südlichen Ebene liegen die Häuser der Grundbesitzer, kleine Höfe, die zum Schutz gegen den heißen Nachmittagswind von hohen Mauern dichter Zypressenhecken umgeben sind.

An den Abenden kann man in Loma unmöglich etwas anderes anfangen, als in die Buffalo-Bar zu gehen, eine alte Bretterbude mit Schwingtüren und einer markisengedeckten Holzveranda. Weder die Prohibition noch deren Aufhebung konnte an ihrem Geschäftsgang, ihrem Kundenkreis oder der Qualität ihres Whiskys auch nur das mindeste ändern. Jeder männliche Einwohner von fünfzehn Jahren an aufwärts kam im Verlauf jedes Abends mindestens einmal in dieses Lokal, nahm einen Drink, schwätzte ein wenig und ging wieder heim.

Der Eigentümer und Barmann, Fat Carl genannt, begrüßte jeden Gast mit einer phlegmatischen Brummigkeit, die trotz allem etwas Anheimelndes und Gemütliches an sich hatte. Seine Miene war sauer, sein Ton ausgesprochen unliebenswürdig und doch – ich weiß nicht, wie es kam, ich fühlte mich jedesmal angenehm davon berührt, wenn er mir seinen Schweinskopf zuwandte und mit einer gewissen Ungeduld grunzte: »Was soll's denn sein?« Dabei gab es bei ihm ausschließlich Whisky, und auch davon nur eine einzige Sorte. Ich habe gesehen, wie er sich einmal entschieden weigerte, einem fremden Gast etwas Zitronensaft in den Whisky zu pressen. Solche »Finessen« lagen ihm nicht. Um den Bauch hatte er ein großes Handtuch gebunden; daran wischte er im Umhergehen immerzu Gläser ab. Der Fußboden war aus rohen Brettern, die mit Sägemehl bestreut waren. Die Theke war ein alter Ladentisch. Die Stühle waren ungepolstert und steif. Den einzigen Wandschmuck bildeten allerhand uralte Plakate von Versteigerungen und Wahlen. Auf einem beschwor ein Sheriff namens Rittal die Wähler noch immer, ihn wiederzuwählen, obwohl er seit sieben Jahren unter der Erde lag.

Die Buffalo-Bar war an sich scheußlich, aber wenn man des Nachts durch die Straßen ging und einem die Sumpfnebel in langen Streifen wie nasse Handtücher ins Gesicht klatschten, war man heilfroh, Fat Carls Schwingtür aufstoßen zu können, Menschen zu sehen, mit ihnen herumzusitzen, zu plaudern und Whisky zu trinken. Man kam von der Buffalo-Bar einfach nicht los.

Gespielt wurde auch, aber nur ein bescheidenes Poker. Und Timothy Ratz, der Mann meiner Wirtin, spielte Solitaire, ein Patiencespiel für eine Person, bei dem er sich selber ständig bemogelte; denn wenn es »aufging«, genehmigte er sich einen Drink. Aus diesem Grunde mußte das Spiel unbedingt aufgehen, und Fat Carl stand jedesmal mit dem halbgefüllten Glase bereit und fragte nur noch, wenn Timothy ankam: »Was soll's denn sein?«

»Whisky«, sprach Timothy.

In dem langen Raum saßen Farmer und Leute aus dem Ort bunt durcheinander auf den steifen Stühlen oder standen beim Schanktisch. Im allgemeinen plätscherte die Unterhaltung friedlich und sanft. Nur bei Sportwettkämpfen oder den Wahlen gingen die Wellen höher. Mir grauste davor, das Lokal zu verlassen, hinauszugehen in die stickige nächtliche Nässe, in der Ferne das Schüttern des Dieselmotors der Baggermaschine und das Schürfen der Eimer zu hören und mich in mein Unglückszimmer zurückzuziehen.

Kurz nach meiner Ankunft in Loma hatte ich mich mit einem bildhübschen mexikanischen Halbblut angefreundet. Sie hieß Mae Romero, und oft ging ich abends mit ihr am Südhang des Berges spazieren, bis uns der garstige Nebel zurück in den Ort trieb. Wenn ich sie dann nach Hause begleitet hatte, ging ich immer noch auf einen Sprung in die Bar.

So kam ich auch eines Nachts dorthin und unterhielt mich gerade mit Alex Hartnell, dem Eigentümer einer netten kleinen Farm, über das Fischen von Barschen, als plötzlich die Flügel der Eingangstür aufflogen; alle Gespräche verstummten.

»Der Bär Johnny!« Alex Hartnell stieß mich an: »Johnny Bear!« Ich blickte zum Eingang und sah ihn.

Das war der richtige Name für ihn: der Bär – er sah richtig aus wie ein großer täppischer, lächelnder Bär. Wenn man seinen dicken Kopf und die hängenden Arme sah, hatte man den Eindruck, daß das Aufrechtstehen bei ihm nur ein Kunststück war, nicht das Normale. Sein Anzug war dunkelblau, seine Beine waren kurz und krumm, die Füße nackt. Sie waren ebenso breit wie lang. Auf seinem Gesicht stand ein freundlich irres Lächeln, und wie man es bei vielen Irren beobachtet, bewegten sich seine Arme ruckhaft und stoßweise. Er bewegte sich nicht wie ein Mensch, eher wie irgendein lauerndes Nachttier. An der Bar machte er halt. Die kleinen funkelnden Augen gingen von Gast zu Gast. »Whisky?« fragte er: »Whisky?«

Loma ist kein gastfreier Ort. Da zahlt jemand nur dann für einen anderen, wenn er genau weiß, daß der ihm den nächsten Drink ausgibt. Ich war erstaunt, als einer der Männer Geld auf den Schanktisch legte. Fat Carl füllte ein Glas, und das Ungetüm leerte es.

»Ja, zum Donnerwetter –«, wollte ich loslegen, da stieß Alex mich an: »Sch-scht!« Und schon begann das merkwürdigste Schauspiel.

Johnny Bear tappte zur Tür und kam auf allen vieren zurück. Das irre Lächeln stand unverändert in seinem Gesicht. In der Mitte des Raumes legte er sich auf den Bauch. Aus seiner Kehle kam eine Stimme – oh, sie war mir nur allzu bekannt, diese Stimme! Sie sagte: »Aber du bist doch zu schön, um in so einem Drecknest zu leben . . .«

Und nun, in plötzlichem Umschlag, hoch, weich und kehlig, mit leicht mexikanischem Anklang: »Ach, nein, das sagst du bloß so!«

Ich war einer Ohnmacht nah. Das Blut stieg mir in den Kopf. Ich wurde bis über die Ohren rot. Was der Bär da von sich gab, waren meine Worte, die ich am gleichen Abend, vor noch nicht zwei Stunden gesprochen hatte, und zwar in dem gleichen Tonfall, mit genau derselben Betonung. Und die zweite, die veränderte Stimme war die von Mae; bis ins letzte die Stimme Mae Romeros! Hätte ich nicht das Ungetüm am Boden liegen gesehen, ich hätte Mae Antwort gegeben. So aber fuhr Johnny Baer fort – oder sage ich besser: ich fuhr fort? – Oh, unsere verliebten Albernheiten, wie fürchterlich klingen sie, wenn sie uns aus anderem Munde entgegenströmen! Er – ich – sagte Dinge, unvorstellbar! Langsam wandten sich die Gesichter der Anwesenden von Johnny ab und mir zu. Wie sie grinsten! Und ich konnte unmöglich etwas dagegen tun, konnte es nicht auf einen Faust- oder Ringkampf mit diesem Bären ankommen lassen. Und so ging das Zwiegespräch weiter und weiter bis zu – dem Schluß. Ich dankte meinem Schöpfer, daß Mae keine Brüder hatte! Welch eindeutige, notwendigerweise blamablen Worte waren aus Johnny Bears Mund in die Öffentlichkeit von Loma gedrungen.

Endlich erhob er sich, stand mit unverändert irrem Lächeln aufrecht im Saal und fragte: »Whisky . . . Whisky?«

Ich hatte den Eindruck, die Gäste empfanden Mitleid mit mir. Sie sahen beiseite und machten bewußt harmlose Konversation. Der Bär bewegte sich nach hinten, kroch unter einen Spieltisch, rollte sich zusammen und schlief ein.

Alex Hartnell blickte mich teilnahmsvoll an. »Haben Sie ihn noch nie gehört?« fragte er.

»Das ist ja geradezu teuflisch! Was ist denn das überhaupt?«

Er ging nicht gleich auf meine Frage ein. »Wegen Maes Ruf brauchen sie sich keine Sorgen zu machen. Es ist nicht das

erstemal, daß Johnny Bear ihr auf diese Art nachgeschlichen ist
. . .«

»Aber wieso konnte er uns denn hören? Ich habe doch gar
nichts von ihm gesehen!«

»Wenn Johnny auf Streifzügen ist, sieht ihn kein Mensch.
Wissen Sie, was unsere Pärchen tun, wenn sie nicht von ihm
belauscht werden wollen? Einen Hund nehmen sie mit! Die
Hunde wittern seine Nähe und schlagen an.«

»Aber mein Gott, diese Stimmen . . .!«

Alex nickte: »Er ist ein ganz besonderer Fall, allerdings! Wir
haben deshalb sogar an einen Universitätsprofessor geschrieben. Der schickte uns seinen Assistenten, der sich Johnny Bear
ansah. Und dann erzählte er uns vom ›blinden Tom‹. Haben
Sie je von dem blinden Tom gehört?«

Ich erinnerte mich: »Der schwarze Klavierspieler . . .?«

»Ja, ein Psychopath, war kaum imstande, zusammenhängen-
de Sätze zu reden, aber alles, was er nur ein einziges Mal gehört
hatte, selbst die längsten Stücke, konnte er auf dem Klavier
nachspielen. Bedeutende Musiker haben ihm vorgespielt; er
spielte es ohne weiteres nach, und zwar bis in die letzte feinste
Nuance genau. Um ihn auf die Probe zu stellen, machte ein
Musiker absichtlich kleine Fehler – auch diese Fehler hat Tom
haargenau nachgespielt, hat sozusagen das ganze Spiel bis in die
subtilsten Einzelheiten fotografiert. Johnny Bear, erklärte uns
der Assistent, ist ein Parallelfall, nur daß er menschliche Stimmen ›fotografiert‹. Er machte mit Johnny noch einen Test,
indem er ihm ein großes Stück griechische Prosa vorsagte.
Johnny gab es genauso wieder und versteht natürlich kein Wort
Griechisch. Ohne den Inhalt zu fassen, hat er alles richtig wiederholt. Auch von all dem, was er hier vorbringt, versteht er
sozusagen nichts; dazu reicht sein Verstand nicht.«

»Warum tut er es denn, das vestehe ich nicht! Weshalb belauscht er die Menschen, wenn er nicht versteht, was sie
sagen?«

Alex drehte sich eine Zigarette. »Whisky – das ist die Lösung
des Rätsels. Er weiß, wenn er hierher kommt und wiederholt,
was er irgendwo aufgeschnappt hat, findet sich irgendwer, der
ihm Whisky zahlt. Er weiß auch, daß er nicht für alles, was er
so wiedergibt, Whisky bekommt; zum Beispiel mit dem, was
Mrs. Ratz mit ihrer Kundschaft oder Jerry Noland mit seiner
Mutter spricht, verdient er sich nichts; das hat er ausprobiert,
also schleicht er unter Fenster, hinter Türen und Bäume.«

»Daß ihn noch niemand abgeknallt hat, wenn er so spioniert!« wunderte ich mich.

Alex zog an seiner Zigarette. »Das haben schon viele versucht, aber man sieht ihn nicht, und ihn fangen, ist ausgeschlossen. Man hält die Fenster verschlossen, aber selbst dann ist man genötigt, zu flüstern; er hat ein unerhört feines Gehör. Sie hatten noch Glück, lieber Freund, daß es heute finster war. Wenn er Sie hätte sehen können, hätten Sie noch ein ganz anderes Theater erlebt. Wenn dieser Bär sein Gesicht verzieht und auf einmal wie ein junges Mädchen aussieht – grausig, kann ich Ihnen sagen!«

Ich warf einen Blick unter den Spieltisch. Der Bär lag mit dem Rücken zur Bar. Das Licht fiel auf seine strähnigen Haare. Eine Fliege ließ sich auf seinem dicken Kopf nieder, und – ich schwör's – seine ganze Kopfhaut geriet in das nämliche schauernde Zucken wie das von Pferden, wenn sie von Fliegen belästigt werden! Die verscheuchte Fliege ließ sich ein zweites Mal auf Johnnys Skalp nieder – wieder das gleiche Erschauern!

Auch ich erschauerte, eine Gänsehaut lief mir über den Rücken.

Die Unterhaltung der Gäste plätscherte wieder im gleichen Fahrwasser wie zuvor. Am Tisch neben uns kam man von Windhundrennen und Hahnenkämpfen auf Stierkämpfe zu sprechen. »Kommen Sie, trinken wir eins!« lud Alex mich ein.

Wir traten zum Schanktisch. Fat Carl, der während der letzten zehn Minuten mit seiner Schürze ein Glas ausgewischt hatte, stellte es vor uns, ein zweites daneben und fragte: »Was soll's denn sein?« Als keiner von uns beiden antwortete, goß er seinen braunen Whisky ein. Dabei sah er mich grämlich an; seine eine fleischige Augenbraue zwinkerte mir vertraulich zu. Ich weiß nicht, warum – ich empfand es als Auszeichnung. Er wies mit dem Kopf in Richtung Spieltisch. »Hat Ihnen gegolten, was?«

Ich zwinkerte vertraulich zurück: »Nächstes Mal nur mit Hund«, kopierte ich seine abgerissene Ausdrucksweise. Wir tranken aus und kehrten wieder zu unserem Platz zurück. Timothy Ratz gewann seine Partie, legte die Karten zusammen und ging zum Bartisch.

Johnny hatte sich auf den Bauch gewälzt und spähte mit irrem Lächeln durch den Raum. Sein Kopf bewegte sich wie der eines Höhlenbärs, der eben seinen Schlupfwinkel verläßt. Gleich darauf glitt er hervor und stand mühelos auf. Plump, unförmig und dabei mit unbegreiflicher Leichtigkeit schob er sich unter beständigem Lächeln vor. »Whisky...? Whisky...?« Es klang wie der Ruf eines Vogels – ich weiß nicht genau, welchen Vogels, aber den nämlichen Tonfall – das Intervall zweier aufsteigender Zwitschertöne – muß ich schon einmal im Walde gehört haben: »Whisky ... Whisky?«

Die Gespräche verstummten, doch niemand trat vor, um Geld auf die Theke zu legen. Der Bär lächelte kläglich. »Whisky...?« Aus seiner Kehle drang eine keifende Weiberstimme: »Nichts als Knochen, sag' ich Ihnen! Zwanzig Cents das Pfund und die Hälfte Knochen!« Hierauf ein Mann: »Gewiß, Ma'am, es ist ein Versehen. Sie sollen noch ein Paar Würstchen dazu bekommen.«

Der Bär sah sich erwartungsvoll um: »Whisky...« Niemand machte Anstalten zu zahlen. Er wälzte sich bis dicht an eines der Fenster, kauerte nieder –

»Was will er?« wollte ich fragen. »Psst!« machte Alex. »Er hat in ein Fenster gesehen!«

Eine eisige Frauenstimme ging durch den Raum, knapp, schneidend: »Ich verstehe dich nicht. Bist du denn ein Ungeheuer? Nie hätte ich das gedacht. Nie. Bis ich es selber sah.«

Eine zweite weibliche Stimme gab leise, gedeckt, elend und verzweifelt die Antwort: »Vielleicht bin ich ein Ungeheuer, ich kann mir nicht helfen, ich kann es nicht ändern, ich –«

»Du mußt«, unterbrach kalt die erste, »lieber sähe ich dich tot.«

Ein weiches, rührendes weibliches Weinen drang von den dicken, lächelnden Lippen Johnnys, ein Schluchzen hoffnungsloser Verzweiflung. Ich sah auf Alex. Er saß steif, die Augen weit offen und glanzlos. Ich wollte ihn fragen – er winkte ab. Ich sah nach den übrigen Gästen. Sie saßen reglos mit verhaltenem Atem. Das Schluchzen versiegte. »Hast du nie etwas dergleichen gefühlt, Emalin...?«

Bei der Nennung des Namens zuckte Alex zusammen.

»Nie. Nie«, schlug die kalte Stimme zurück.

»Nicht einmal in der Nacht? Niemals in deinem Leben?«

»Und wenn«, tönte es in unbarmherziger Kälte, »hätte ich es mir herausgerissen, das Ding. Hör auf zu winseln, Amy! Das rührt mich nicht. Wenn du deine Nerven nicht in der Gewalt hast, gehörst du in ärztliche Behandlung. Geh jetzt und bete!«

»Whisky...?« lächelte Johnny Bear.

Wortlos gingen zwei Männer nach vorn und legten Geld hin.

Fat Carl füllte zwei Gläser. Der Bär kippte eins nach dem anderen. Carl füllte ein drittes, ein Zeichen, daß es auch ihn gepackt hatte; ein Freitrunk war in der Buffalo-Bar sonst nicht üblich. Der Bär sah sich mit idiotischem Grinsen um und tappte, wie er gekommen, hinaus. Die Schwingtüren schlugen hinter ihm lautlos zusammen.

Es kam kein Gespräch mehr auf. Alle schienen mit ihren Gedanken beschäftigt. Einer nach dem anderen stand auf und ging allein hinaus. Die Schwingtür kam nicht zur Ruhe. Es zog, Sumpfnebel drang in die Bar. Auch Alex eilte davon. Ich folgte ihm.

Die Nacht war von stickig stinkenden Schwaden erfüllt. Sie klebten am Boden, an Häuserwänden und griffen mit dünnen, fasrigen Armen ins Leere. Alex Hartnell war so schnell gegangen, daß ich Mühe hatte, ihn einzuholen. »Was war denn das eben . . . Was hatte das nur zu bedeuten?«

Ich hatte zuerst den Eindruck, er wollte mir überhaupt keine Antwort geben. Er lief weiter.

Plötzlich machte er halt. »Wissen Sie«, wandte er sich an mich – »auch der bescheidenste Ort hat seine – wie soll ich es nennen? – seine Aristokratie, seine Leute, die über jeden Tadel erhaben sind. Das sind bei uns Emalin und Amy Hawkins, zwei gütige, ältere, unverheiratete Damen. Ihr Vater war Kongreßmitglied. Oh, es ist schändlich! Daß Johnny Bear das getan hat! Sie sorgen für seinen Unterhalt. Die zwei Männer hätten ihm auf keinen Fall Whisky dafür zahlen dürfen. Jetzt, wo er weiß, daß es sich lohnt, wird er das Haus nicht mehr in Ruhe lassen.«

»Sind Sie mit den Damen verwandt?« fragte ich.

»Nein . . . Sie bilden hier eine Klasse für sich, sozusagen. Wir sind gewissermaßen Nachbarn, irgendwelche Chinesen bewirtschaften die Farm anteilig. Wie soll ich Ihnen unsere Beziehungen erklären . . .? Die Schwestern Hawkins sind für uns – Symbole. Wenn man bei uns den Kindern Vorbilder vor Augen führt, spricht man von Amy und Emalin Hawkins.«

»Aber was dieser Bär von sich gegeben hat, kann ihnen doch nichts anhaben.«

»Ich weiß nicht, ich verstehe nicht, was dahinter steckt. Aber ich will jetzt nach Hause. Meinen Ford habe ich leider nicht mit, ich muß zu Fuß gehen. Gute Nacht!« Er verschwand in dem wogenden Dunst, und ich wandte mich meiner Behausung zu.

Vom Sumpf her drang das Geschütter der Dieselmaschine; das aufgeklappte eiserne Baggermaul fraß sich knirschend zum Grund. Es war Samstag abend. Der Bagger lief noch bis Sonntag früh um sieben, dann ruhte er bis Mitternacht. Das Maschinengeräusch war normal; ich konnte beruhigt sein.

Ich klomm die enge Stiege zu meinem Zimmer empor. Im Bett ließ ich das Licht noch eine Weile brennen; die beiden Stimmen aus Johnnys Bärenmaul wollten mir nicht aus dem Kopf. Ich sah die Sprecherinnen vor Augen, die kaltschnäuzige Emalin und das jammererfüllte Gesicht Amys. Was mochte die Ursache ihres Elends sein? Das bekannte Leid eines alternden, einsamen Mädchens? Dazu lag im Klang ihrer Worte zuviel unmittelbare Angst. Ich hörte sie immer noch. Nein, das waren keine »Kopien«, das waren die wirklichen Stimmen gewesen . . .! Ohne das Licht zu löschen, sank ich in Schlaf.

Am Morgen um acht ging ich zum Bagger. Die Arbeiter waren dabei, an Stelle eines zerrissenen Kabels ein neues um die Trommel zu winden. Ich führte die Aufsicht bis gegen elf und ging dann nach Loma. Vor meiner Wohnung saß Alex Hartnell im Ford, Modell T, Tourenwagen. »Ich wollte Sie schon an Ihrer Arbeitsstätte aufsuchen«, rief er munter. »Ich habe heute früh zwei Hühnchen geschlachtet und möchte Sie bitten, beim Aufessen behilflich zu sein!«

Ich nahm mit Vergnügen an. Unser Kantinenkoch war gut, aber der schwammige Kerl flößte mir neuerdings Widerwillen ein. Er rauchte kubanische Zigaretten aus einer Bambusspitze. Die Art, wie seine Finger am Morgen zuckten, mißfiel mir. Seine Hände schienen sauber – mehlig wie die eines Müllers. Ich wußte damals noch nicht, daß man die kleinen fliegenden Insekten »Müllermotten« nennt.

Ich stieg in den Ford und setzte mich neben Alex, und wir fuhren den Hügel hinab in das fruchtbare südwestliche Ackerland, dessen schwarze Erde von der Sonntagssonne beglänzt war. Sonntags scheint immer, wenn auch nur ganz wenig, die Sonne, hatte mir einst in meiner Kindheit ein kleiner katholischer Junge gesagt: »Es ist ja der Tag des Herrn!«

Wir ratterten durch die Ebene, und Alex rief: »Erinnern Sie sich an unser gestriges Gespräch?«

»Gewiß.«

Er zeigte geradeaus. »Dort wohnen die Hawkins!«

Von dem Haus war nur wenig zu sehen; eine dichte Zypressenhecke umgab es. Nur das Dach und die oberste Kante der

Fenster im Oberstock sah drüber hinaus. Zwischen Hecke und Haus lag wohl ein kleiner Garten. Das Gebäude war gelbbraun gestrichen, die Einfassung dunkelbraun – wie in Kalifornien die Bahnhofs- und Schulgebäude. Vorn und an der Seite der Zypressenhecke befanden sich zwei Pförtchen. Die Stallung lag hinter dem Haus, außerhalb der Umwallung. Die Hecke war rechteckig zugestutzt und wirkte unglaublich stark und dicht.

»Hält gut den Wind ab!« rief Alex mir zu.

»Aber nicht Johnny Bear«, entfuhr es mir. Ein Schatten fiel über Hartnells Gesicht.

Im Weitergehen deutete er auf ein Haus draußen im Feld, einen weißgetünchten Kasten. »Da wohnen die chinesischen Landarbeiter, tüchtige Burschen. Ich wünschte, ich hätte ein paar von der Sorte!«

Hinter der Hecke kam ein Einspänner hervorgefahren und bog in die Straße ein. Das graue Pferd war nicht mehr jung, aber gut gehalten, der Wagen blank, und das Geschirr blitzte. Auf den Scheuklappen prankte ein großes silbernes H. Der Außenzügel schien mir, namentlich für ein so altes Pferd, viel zu kurz. »Das sind sie«, erklärte Alex. »Sie fahren zur Kirche.« Wir zogen grüßend die Hüte; sie dankten gemessen.

Der Anblick der beiden Damen hatte mir einen Schock versetzt. Sie sahen genauso aus, wie ich sie mir vorgestellt hatte. Dieser Bär war ein noch ungeheuerlicheres Phänomen, als ich anfänglich angenommen; seine Töne gaben zugleich ein Bild! Ich brauchte nicht erst zu fragen, welche der beiden Emalin, welche Amy war. Das hart gemeißelte Kinn, der mit Diamantenschärfe geschnittene Mund, die eisklaren Augen und die Gestalt, flach wie ein Brett – das war Emalin. Amy sah ihr sehr ähnlich und war doch vollkommen anders. Ihre Gestalt war sanft, ihre Brust hob sich; warm blickten die Augen; ihr Mund war voll, und doch glich sie Emalin. Diese mochte wohl fünfzig Jahre alt sein. Amy etwa zehn Jahre jünger. Ich habe beide nur einen Moment gesehen und niemals wieder. Und doch gibt's nicht viele Menschen auf dieser Welt, die ich genauer kenne als sie.

»Verstehen Sie jetzt, was ich damit meinte, als ich von Aristokraten sprach?« fragte Alex.

Ich verstand. Jedes Gemeinwesen konnte auf solche Mitglieder stolz sein. Für einen Ort wie Loma mit seinen höllischen Sümpfen und Dünsten mochten sie geradezu eine Notwendigkeit bedeuten: Ohne solche Frauen, schien mir, konnten einem Mann nach ein paar Jahren Aufenthalt hier die schlimmsten Dinge in den Sinn kommen.

Das Essen war ausgezeichnet. Die Schwester meines Freundes hatte die Hühner in frischer Butter gebacken und alles wundervoll hergerichtet. Ich dachte mit immer größerer Verachtung an unseren Kantinenkoch. Als wir nach dem Lunch bei einem hervorragenden alten Brandy saßen, bemerkte ich: »Ich verstehe nicht, daß Sie in die Buffalo-Bar gehen! Wo Sie es hier soviel gemütlicher haben!«

»Gewiß«, meinte Alex, »aber die Buffalo ist das Gehirn von Loma: unsere Zeitung, unser Theater und unser Klub.«

So war es. Als er gegen Abend den Wagen anließ, um mich zurück in den Ort zu fahren, wußte er wie ich, wir würden jetzt noch auf ein paar Stunden in den Saloon gehen.

Kurz vor der Stadt kam uns ein älteres Auto entgegengerattert. Im vagen Licht unserer Scheinwerfer sahen wir es schon von weitem. Alex lenkte sein Auto quer über die Straßenseite und hielt. »Das ist unser Arzt«, erklärte er mir. Der Wagen des Doktors stoppte. »Entschuldige, Doktor; ich wollte dich nur bitten, nach meiner Schwester zu sehen! Ihr Hals scheint etwas geschwollen.«

»Ist recht, Alex«, sagte der Arzt. »Ich komme. Willst du so gut sein und mir Platz machen? Ich habe es eilig.«

Alex machte noch keine Anstalten, die Straße freizugeben. »Wer ist denn krank?« wollte er wissen.

»Miss Amy hat einen kleinen Anfall gehabt. Miss Emalin rief mich an, es sei dringend. Wirst du mich jetzt gefälligst durchlassen?«

Alex manövrierte den Wagen zurück, gab die Passage frei, und wir fuhren weiter. Ich wollte eben meiner Freude über die sternhelle Nacht Ausdruck geben, als von den Sümpfen her Nebelstreifen den Hügel empor und gleich riesigen Schlangen über uns und das Dorf krochen. Mit einem Ruck hielt der Ford bald darauf vor der Buffalo-Bar. Wir traten ein.

Fat Carl wischte ein Glas an der Schürze, langte unter dem Schanktisch die nächste Flasche hervor, glotzte uns an und fragte: »Was soll's denn sein?«

»Whisky!«

Ein schwaches Lächeln schien über das Fettgesicht zu huschen. Der Barraum war voll. Auch meine Baggermannschaft, mit Ausnahme des Kochs, war anwesend. Der Kerl lag gewiß wieder im Fährboot und rauchte kubanische Zigaretten aus einer Bambusspitze. Daß er nie trinken ging, bestärkte mich in meinem Verdacht. Meine beiden Matrosen, der Ingenieur und drei Mechaniker fachsimpelten und scherzten gemächlich.

Die Buffalo-Bar war wohl die ruhigste Bar in den Südstaaten. Es gab keinen Streit, kaum einmal Gesang und keine Darbietungen. Trinken war hier ein ruhiges Geschäft, dem man gewissenhaft oblag, kein lärmendes Vergnügen. Vielleicht waren Fat Carls mürrische Augen daran schuld. An einem der runden Tische spielte Timothy Ratz Solitaire.

Alex und ich tranken unseren Whisky im Stehen beim Schanktisch; die Stühle waren besetzt. Wir plauderten über Sport, Geschäft und Abenteuer, die wir erlebt oder uns ausgedacht hatten – es war die typische Barkonversation. Das ging wohl so etliche Stunden. Alex hatte bereits die Absicht geäußert, nach Hause zu gehen: ich trug mich mit dem gleichen Gedanken. Die Baggermannschaft brach auf; um Mitternacht begann ihre Schicht. Da öffneten sich die Schwingtüren lautlos, und herein kam wie auf Katzenpfoten und mit baumelnden Armen, nickendem haarigem Kopf und halbidiotischem Lächeln Johnny, der Bär.

»Whisky . . .?« zwitscherte er. Niemand ermunterte ihn, und er begann seinen üblichen Handel. Er legte sich auf den Bauch. Aus seinem Maul kamen unverständliche Worte, ein nasaler Singsang, der wie chinesisch klang. Und dann kamen – so schien es mir wenigstens – die gleichen Worte von einer anderen Stimme, langsamer und ohne nasalen Beiklang. »Whisky . . .?« Mühelos stand er auf seinen nackten Quadratfüßen.

Ich war gespannt, wie das fremdartige Hörspiel weitergehen würde und warf einen Vierteldollar auf den Bartisch. Johnny schluckte den Drink und augenblicklich bereute ich, was ich getan! Ein Blick auf Alex zeigte mir, daß Schlimmes im Anzug war.

Der Bär kroch wieder zum Fenster und nahm seine Horchpose ein. »Sie ist da drin«, sagte Emalins kalte Stimme. Ich schloß die Augen und – sah den Arzt, den wir unterwegs gesprochen hatten, und hörte seine Stimme: »Du sagtest doch etwas von einer Ohnmacht?«

»Ja, Doktor.«

Eine Pause entstand. Dann kam des Arztes Stimme sehr leise: »Emalin! Warum hat sie das getan?«

»Wieso: getan? Was denn?« Die Frage klang drohend spitz.

»Ich bin euer Arzt, Emalin. Ich war schon Hausarzt bei euren

Eltern. Mir kannst du die Wahrheit sagen. Meinst du, ich hätte an ihrem Hals nicht die Spuren gesehen? Wie lange hat sie gehangen, bis du sie heruntergenommen hast?«

Pause. Dann ein schwaches Flüstern: »Ein paar Minuten, Doktor ... Wird sie wieder gesund?«

»O ja, sie kommt wieder in Ordnung; es ist keine schwere Verletzung. Warum hat sie das getan?«

Von neuem vereiste die Stimme. »Ich weiß es nicht!«

»Was heißt das? Du willst es mir nur nicht sagen.«

»Es heißt genau das, was ich gesagt habe.«

Die Stimme des Arztes erteilte einige Verhaltungsmaßregeln: »Ruhe, Milch, etwas Whisky ... Und vor allem: sei lieb mit ihr! Das ist die Hauptsache: Güte und Zärtlichkeit!«

Emalins Stimme zitterte ein wenig. »Doktor ... Sie werden es nicht erzählen ...?«

»Ich bin Arzt«, sagte er mild. »Von mir erfährt niemand etwas. Ich schicke noch ein Beruhigungsmittel, für die Nacht.«

»Whisky ...?« Ich tat die Augen auf. Da stand der entsetzliche Bear und lächelte blöd. Die Männer saßen und standen verlegen, als schämten sie sich. Fat Carl hatte den Kopf gesenkt. Schuldbewußt wandte ich mich an Alex: »Verzeihen Sie! Ich hatte keine Ahnung, daß er wieder davon anfangen würde.« Damit ging ich hinaus und begab mich auf meine triste Bude bei Mrs. Ratz.

Ich riß das Fenster auf und starrte in die wallenden Nebel. Weit hinten im Sumpfgebiet hörte ich den Dieselmotor langsam anlaufen und bald darauf die schwappenden, knirschenden, rasselnden Geräusche des eisernen Baggermaules. Die Arbeit am Kanal ging weiter.

Am folgenden Morgen setzte eine Serie von Unfällen ein, wie sie bei solchen Aushebungsarbeiten leider so häufig sind. Eines der neuen Kabel riß während des Einschwungs – das Baggermaul krachte auf einen der Pontons und drückte ihn mit dem ganzen Getriebe acht Fuß tief ins Moor. Bei den Bergungsarbeiten sprang ein Drahtseil aus der Halterung und schnitt einem Matrosen beide Beine ab. Mit verbundenen Stümpfen schafften wir ihn nach Salinas.

Kleinere Zwischenfälle folgten. Der Koch rechtfertigte meinen Verdacht. Er wurde bei einem Rauschgifthandel erwischt. Jeden Tag etwas anderes! Es vergingen zwei Wochen, bis ein neuer Matrose, ein neuer Brückenkahn und ein neuer Koch zur Stelle waren. Der neue Koch war schlau, dunkel, langnasig und versuchte ständig, sich einzuschmeicheln.

Meine gesellschaftlichen Beziehungen im Ort waren inzwischen eingeschlafen. Erst als wieder der alte Diesel sumpfwärts ratterte und das eiserne Baggermaul von neuem seinen Moorbrei verschlang, begab ich mich zu einem Abendbesuch zu den Hartnells.

Als ich bei Hawkins vorüberkam, spähte ich durch das Seitenpförtchen in der Zypressenhecke. Das Haus lag in Dunkelheit. Ein gedämpftes Licht hinter einem der Fenster ließ es noch düsterer erscheinen. Ein leichter Wind jagte die Nebelballen wie Pusteblumen. Einmal war ich in Dunst eingehüllt – im nächsten Augenblick hatte ich über mir Sterne, in deren Licht ich fliehende Nebelfetzen geisterhaft über die Felder davonjagen sah. Gleich darauf war ich wieder vom Nebel verschlungen.

Mir war, als hörte ich hinter der Hecke in Hawkins' Hof leises Weinen. Der Nebel verflog. Ich sah eine dunkle Gestalt querfeldein rennen. Dem schleifenden Gang nach schien es einer der chinesischen Feldarbeiter zu sein, der da in Sandalen einherlief. Chinesen essen ja allerhand Dinge, deren man nur bei Nacht habhaft wird.

Alex öffnete mir und schien über meinen Besuch erfreut. Seine Schwester war abwesend. Ich nahm beim Ofen Platz. Er brachte von seinem trefflichen Brandy. »Ich hörte, Sie hatten allerhand Unannehmlichkeiten?« erkundigte er sich teilnehmend.

Ich gab Bericht. »Eine ausgesprochene Pechsträhne! Meine Leute haben herausgefunden, daß sich Unglücksfälle in Serien von drei, fünf, sieben und neun ereignen.«

Er nickte. »Es kommt mir selber so vor!«

»Wie geht's den Schwestern Hawkins? Als ich eben vorüberkam, war mir, als hörte ich jemanden weinen.«

Alex zögerte. Das Thema war ihm sichtlich unangenehm, und doch schien er nach einer Aussprache zu verlangen. »Vor einer Woche sprach ich dort vor«, erzählte er. »Ich bekam Miss Amy nicht zu Gesicht. Sie fühle sich nicht wohl, sagte mir Miss Emalin.« Er konnte nicht länger an sich halten: »Es gibt ein Unglück«, stieß er hervor; »ein neues Unglück liegt in der Luft; ich fühle es deutlich, ich sehe, wie es sich um das Haus zusammenzieht.«

»Sie müssen Ihnen sehr nahestehen«, sagte ich, »weil Ihnen ihr Schicksal so sehr am Herzen liegt!«

»Schon unsere Eltern waren befreundet. Als Kind habe ich ›Tante‹ zu ihnen gesagt. Sie können nichts Unrechtes tun, und es wäre für alle hier furchtbar, wenn die Schwestern Hawkins nicht mehr – die Schwestern Hawkins wären.«

»Sie sind so etwas wie das gute Gewissen von Loma ...?« vermutete ich.

»Unsere Zuversicht«, rief er, »der Ort, wo ein Kind ein liebes hübsches Geschenk bekommt; wo ein junges Ding Hilfe findet! Sie sind stolz, gewiß, aber sie glauben an Dinge, von denen wir Armen nur hoffen, sie möchten wahr sein. Ihr ganzes Leben ist so, als ob – ja, als ob Anstand und Ehrlichkeit wirklich die beste Politik sei und Güte und Hilfsbereitschaft sich selber belohne. Wir brauchen sie!«

»Das kann ich verstehen.«

»Aber Miss Emalin kämpft gegen etwas Furchtbares an, und ich fürchte, sie wird dabei unterliegen.«

»Wie meinen Sie das?«

»Ich weiß es selbst nicht. Aber ich habe schon daran gedacht, Johnny Bear zu erschießen und seine Leiche in den Sumpf zu werfen.«

»Er kann nichts dazu«, verteidigte ich den Bären. »Er ist nichts als ein seltsamer Gedächtnis- und Reproduktions-Automat, nur daß man statt eines Nickels ein Glas Whisky hineinwirft.«

Ich blieb nur noch kurz; wir sprachen von anderen Dingen, dann machte ich mich auf den Heimweg.

Im Hause Hawkins brannte kein Licht mehr. Mir war, als stauten sich Nebelschwaden an der Zypressenhecke, als drängte es sich immer dichter um Dach und Fenster. »Wie es sich um das Haus zusammenzieht!« Ich mußte lächeln. Als ob unsere Gedanken den Gang der Nebel beeinflussen könnten! Sind sie nicht selber nur Nebelgewölk?

Die Kanalarbeiten gingen flott vonstatten. Der Bagger fraß sich stetig und sicher durch den Sumpf. Die Mannschaft fühlte, die Pechserie war zu Ende! Das wirkte allgemein förderlich. Dazu schmeichelte der neue Koch den Leuten mit solchem Erfolg, daß sie weiß Gott gebackenen Zement gefressen hätten. Die Persönlichkeit eines Kochs kann mehr zum Wohlbehagen einer Baggermannschaft beitragen als seine Menüs.

Zwei Tage nach meinem Besuch bei Alex ging ich wieder einmal über das Holztrottoir in die Buffalo-Bar, und als sich Fat Carl, sein ewiges Glas an der ewigen Schürze reibend, mir zukehrte, schrie ich – noch bevor er zu seinem ewigen »Was soll's den sein?« ansetzen konnte – ihm ein lautes: »Whisky!« entgegen und begab mich mit meinem Glas zu einem der steifen Stühle.

Alex war nicht da. Timothy Ratz hatte eine phänomenale Glückssträhne. Viermal ging sein Solitaire auf, und jedesmal gewann er einen Drink. Die Bar füllte sich mehr und mehr. Ich weiß wirklich nicht, wie Loma ohne Buffalo-Bar hätte leben können.

Gegen zehn Uhr wurde die Nachricht bekannt. Als ich später darüber nachdachte, fand ich nicht mehr heraus, wie sie eigentlich aufkam. Irgendwer kam herein ... ein Flüstern begann, und mit einem Mal wußten alle, was geschehen war.

Miss Amy hatte Selbstmord begangen.

Wer brachte die Kunde? Ich weiß es nicht. Sie hatte sich erhängt.

Man hat nicht viel in der Bar darüber gesprochen. Die Leute konnten es gar nicht fassen. Sie versuchten es. Aber es wollte ihnen nicht in den Kopf. Es widersprach ihren Vorstellungen. Sie standen in murmelnden Gruppen herum.

Langsam öffnete sich die Schwingtür, Johnny, der Bär, mit schaukelndem haarigem Kopf und idiotischem Lächeln, glitt auf nackten Tatzen herein, sah sich um und zwitscherte: »Whisky ...? Whisky für Johnny ...?«

Alle Männer, wie sie da waren, brannten darauf, etwas zu hören. Sie schämten sich ihrer Neugier, und doch war ihre ganze Geistesverfassung so, daß sie nicht dagegen ankonnten. Sie wollten, sie mußten Genaues erfahren. Fat Carl goß einen Whisky ein. Timothy Ratz legte die Karten beiseite und stand auf. Johnny schluckte den Whisky.

Ich schloß die Augen.

Die Stimme des Arztes klang rauh: »Wo ist sie, Emalin?«

Die antwortende Stimme war so, wie ich nie wieder eine hören sollte: nichts als kalte Beherrschung. Aber durch alle Schutzschichten der Selbstbeherrschung drang es, das Leid. Die Antworten waren kurz, tonlos, gefühllos, aber das Leid zitterte durch.

»Sie ist hier drin, Doktor.«

»Hm-m ...« Lange Pause. »Sie hat lange gehangen.«

»Ich weiß nicht, wie lange, Doktor.«

»Warum hat sie es getan, Emalin?«

»Ich – weiß – es nicht, Doktor.«

»Hm-m-m . . .« Noch längere Pause. »Emalin, hast du gewußt, daß sie ein Kind erwartete?«

Die kalte Stimme brach. Ein Seufzer stieg auf. Sehr sanft:
»Ja, Doktor.«

»War das der Grund, daß es so lange dauerte, bis du sie
fandest – nein, nein, ich behaupte es nicht, ich glaube es nicht –
du Arme!«

Emalins Stimme klang wieder beherrscht. »Doktor, können
Sie den Totenschein ausstellen, ohne zu erwähnen –«

»Das geht; das kann ich natürlich. Ich werde auch den Leichenbestatter anweisen – mach dir darüber keine Sorgen!«

»Ich danke Ihnen, Doktor.«

»Ich werde sogleich telefonieren. Aber du sollst hier nicht
allein bleiben. Komm mit ins andere Zimmer, Emalin! Ich
gebe dir ein Beruhigungsmittel . . .«

»Whisky . . .? Whisky für Johnny . . .?« Ich sah wieder das
Lächeln, das schaukelnde haarige Haupt. Fat Carl goß ein.
Johnny trank, schob durch den Raum, kroch unter den Spiel-
tisch und schlief.

Niemand sprach. Die Männer gingen nach vorn und legten
schweigend, bestürzt, verwirrt ihr Geld auf den Tisch. Etwas
war in ihnen zusammengebrochen. Wenige Minuten darauf
kam Alex.

Er trat rasch auf mich zu. »Wissen Sie schon . . .?« fragte er
leise.

»Ja.«

»Ich habe es geahnt, gefürchtet, ich sagte es Ihnen vor wenigen Tagen . . .«

»Wußten Sie, daß sie schwanger war?«

Er stand steif, hart ging sein Blick durch die Bar und wieder
zurück zu mir. »Johnny Bear?« fragte er. Ich nickte.

Er schlug die Hand vor die Augen. »Ich kann es nicht
fassen.«

Ich wollte ihm antworten, als ich ein leichtes Schlurfen vernahm. Wie ein Dachs aus seinem Bau kroch Johnny unter dem
Tisch hervor, schwang sich auf und ging zum Bartisch.

»Whisky . . .« Erwartungsvoll lächelte er Fat Carl an.

Alex trat vor. »Jungens«, wandte er sich an den Saal, »ich
bitte, mich anzuhören! Das geht jetzt lang genug. Ich habe es
satt, für immer!« Er war auf Widerspruch gefaßt, allein die
Anwesenden nickten sich zu.

»Whisky für Johnny . . .?«

Alex wandte sich an den Idioten. »Du solltest dich schämen! Miss Amy gab dir zu essen. All deine Kleider hast du von ihr!«

Johnny lächelte ihn an. »Whisky...?«

Er begann seine Tricks, gab wieder jenen nasalen Singsang zum besten, der wie chinesisch klang.

Und dann kam die andere Stimme; langsam, zögernd wiederholte sie die Worte ohne nasalen Beiklang.

So schnell sprang Alex hinzu, daß ich ihn erst sah, als seine Faust auf Johnnys lächelnden Mund traf. »Genug, habe ich gesagt, genug!« schrie er.

Johnny Bear gewann sein Gleichgewicht wieder. Seine Lippen bluteten und lächelten zugleich. Er bewegte sich langsam und ohne Anstrengung. Wie die Fühlfäden einer Anemone den Käfer, umschlossen die Bärenarme den Angreifer und bogen Alex zurück.

Ich sprang zu, packte einen der Arme, zerrte daran, riß, ohne ihn loszubringen. Fat Carl, mit einem Spundschlegel bewaffnet, wälzte sich über die Theke und hämmerte auf das struppige Haupt, bis sich die Arme lockerten und Johnny sich krümmte. Ich fing Alex auf, half ihm in einen Stuhl. »Sind Sie verletzt?«

Er rang nach Atem. »Mir scheint, mein Kreuz ist verrenkt ... ist nicht so schlimm.«

»Ich fahre Sie nach Hause; Sie haben doch Ihren Ford draußen?«

Weder er noch ich warfen im Vorbeifahren einen Blick auf das Haus der Schwestern. Ich paßte nur auf die Straße auf, fuhr Alex zu seinem dunklen Haus, brachte ihn zu Bett, bereitete ihm einen heißen Brandy. Auf der ganzen Fahrt hatte er keine Silbe gesprochen. Erst im Bett fragte er: »Glauben Sie, daß es jemand gemerkt hat? Ich denke, ich hab' ihn rechtzeitig zum Schweigen gebracht.«

»Wovon reden Sie? Ich weiß überhaupt nicht, warum Sie auf ihn losgestürzt sind.«

»Ich habe eine Bitte an Sie«, sagte er. »Mit dem Rücken hier muß ich wohl eine Weile liegen. Wenn in der Zeit jemand etwas Derartiges behaupten sollte, treten Sie ihm entgegen, bitte! Mit aller Entschiedenheit!«

»Ja, ich weiß wirklich nicht, wovon Sie reden.«

Prüfend sah er mir in die Augen. »Ich weiß, ich darf Ihnen vertrauen«, sagte er dann. »Die zweite Stimme – war Miss Amy.«

Peter Randall war einer der meistgeachteten Farmer im Bezirk Monterey, und als er einmal bei einer Freimaurertagung einen kleinen Vortrag hielt, stellte ihn der Präsident den jungen Brüdern Kaliforniens als nachahmenswertes Beispiel hin. Er war nah an Fünfzig. Sein Auftreten war ernst und gemessen, sein Bart sorgsam gepflegt, und überall erfreute er sich des Ansehens, das bärtige Männer zu genießen pflegen. Peters Augen waren blau, ernst und fast schwermütig. Die Leute sagten oft, in dem Mann stecke eine unbändige, aber beherrschte Kraft. Manchmal, aus unerfindlichen Gründen, wurden seine Augen giftig, ein gemeiner Zug wie bei einem bissigen Hund trat hervor, schwand aber sogleich, und die alte Biederkeit kam wieder zum Vorschein. Er war groß und breitschultrig; die Schultern hielt er stramm, die Brust vorgewölbt und den Bauch eingezogen wie ein Soldat. Bauern lassen sich sonst in ihrer Haltung gern gehen. Die aufrechte, straffe Haltung erhöhte Peters Ansehen bedeutend.

Was nun seine Frau Emma anging, so konnten die Leute sich gar nicht genug darüber wundern, daß so ein Gestell aus Haut und Knochen überhaupt zu leben imstande war, zumal sie obendrein fast immer kränkelte. Sie war klein, wog nicht mehr als siebenundachtzig Pfund, und mit fünfundvierzig war ihr Gesicht verhutzelt und braun wie das eines uralten Weibleins. Aber aus ihren schwarzen Augen sprühte ein unglaublicher Lebenswille. Sie war stolz; sie klagte nie. Ihr Vater war Freimaurer vom Dreiunddreißigsten Grad und Meister vom Stuhl der Großloge von Kalifornien gewesen und hatte sich bis zu seinem Ableben die freimaurerische Karriere seines Schwiegersohnes Peter sehr angelegen sein lassen.

Einmal im Jahr pflegte Peter Randall seine Frau auf der Farm allein zu lassen und zu verreisen. Den Nachbarn, die sie besuchen kamen, erklärte Mrs. Randall, er sei auf einer Geschäftsreise.

Kam Peter von so einer Geschäftsreise zurück, so war Emma regelmäßig ein bis zwei Monate bettlägerig. Das war für ihn keine geringe Last; denn Emma beschäftigte keinen dienstbaren Geist; sie war gewohnt, alle Arbeit allein zu besorgen. Und nun mußte er es tun.

Randalls Ranch lag am Salinas River und erstreckte sich von der Flußniederung bis über die Höhe ins Oberland. Zwanzig Hektar des fruchtbarsten Bodens lagen in der Ebene. Vor Zeiten hatte der Fluß den besten Grund des Landes hier angeschwemmt und glatt wie ein Brett in die Breite gewalzt. Dahinter stiegen an die vierzig Hektar Weide- und Obstland bergan. Es war die beste Zusammenstellung, die man sich denken konnte.

Das weiße Farmhaus wirkte so stattlich und sauber wie seine Besitzer, der Hof war eingezäunt, und im Garten züchtete Peter nach Emmas Angaben rote und fleischfarbene Dahlien und Immortellen.

Von der Vorderveranda blickte man über das Flachland zum Fluß, seinen Pappeln und Weiden, und jenseits des Ufers auf Rübenfelder, hinter denen die runden Kuppeln des Stadthauses von Salinas aufragten. Oft saß Emma hier ganze Nachmittage in ihrem Schaukelstuhl, strickte ununterbrochen, warf dann und wann einen Blick auf den emsigen Peter, der in der Niederung oder am Hang in der Obstplantage arbeitete. Erst wenn der Abend kam und es ihr zu kühl wurde, ging sie ins Haus zurück.

Randalls Ranch war nicht schwerer mit Hypotheken belastet als auch andere in der Gegend. Für jede Aussaat traf Peter gewissenhaft seine Wahl, bestellte und pflegte die Äcker mit größter Sorgfalt, und so gelang es ihm, nicht nur die Hypothekenzinsen pünktlich zu zahlen und ein standesgemäßes Leben zu führen, sondern auch jährlich einige hundert Dollars von seiner Schuld abzutragen. Kein Wunder, daß er bei seinen Nachbarn ein solches Ansehen besaß! Er sprach nicht viel, aber was er sagte, fand gebührende Beachtung, mochte es sich um das Wetter oder um alltägliche Vorkommnisse handeln. Sagte er: »Ich schlachte Samstag ein Schwein«, so konnte man gewiß sein, daß seine Zuhörer nach Hause gingen und am Samstag auch ein Schwein schlachteten. Sie wußten zwar nicht recht, wozu, aber wenn Randall schlachtete, war es gut, war es vernünftig und umsichtig, jetzt ebenfalls ein Schwein zu schlachten.

Peter und Emma waren seit einundzwanzig Jahren verheiratet. Sie hatten ein Haus voll der besten Möbel, eine Anzahl gerahmter Ölbilder, eine ganze Reihe gebundener Bücher, aber keine Kinder. Die Hausfassade war schmucklos und unverputzt, aber vor jeder Tür lagen Fußkratzer und Kokosmatten, damit ja kein Schmutz in das Innere kam.

Solang sie nicht bettlägerig war, hielt Emma das Haus instand. Die Angeln der Zimmer- und Schranktüren wurden geölt; nicht eine Schraube fehlte. Einmal im Jahr wurden Möbel und Holzverkleidungen frisch gefirnißt. Reparaturen erfolgten im allgemeinen nach Peters Rückkehr von seiner Geschäftsreise.

Jedesmal wenn es hieß, Emma sei wieder krank, hielten die Nachbarn den Arzt, der die Uferstraße gefahren kam, an. »Oh, ich denke, es wird bald wieder besser«, antwortete er auf ihre Fragen. »Sie muß ein paar Wochen das Bett hüten.«

Dann buken die guten Nachbarinnen Kuchen, brachten sie auf Randalls Hof, betraten auf Zehenspitzen das Krankenzimmer, wo ihnen aus einem Gebirge von Kissen und Deckbetten Emmas kleines Vogelgesicht mit schwarzen Äuglein entgegenfunkelte. »Sollen wir ein bißchen die Vorhänge aufziehen?« fragten sie.

»Nein, danke. Das Licht tut meinen Augen nicht gut.«

»Können wir Ihnen in irgendeiner Weise behilflich sein?«

»Nein, danke. Peter sorgt für alles.«

»Also, wenn irgend etwas sein sollte, denken Sie an uns.« Eine tüchtige Frau, meinten die Leute und konnten nichts anderes tun, als Pasteten und Kuchen backen und Peter aushändigen, der in einer sauberen weißen Schürze in seiner Küche Quark zubereitete oder eine Wärmflasche füllte.

So kam wieder einmal ein Herbst und mit ihm die Kunde, Emma sei krank. Wieder buken die Farmersfrauen für Peter und schickten sich zum Krankenbesuch an.

Mrs. Chappell, die Randalls am nächsten wohnte, war eben am Fluß, als Dr. Marn angefahren kam. »Wie steht's mit Emma Randall, Doktor?«

»Ich halte ihren Zustand für nicht sehr günstig«, versetzte der Arzt. Und da er sonst, solange seine Patienten noch nicht unter der Erde waren, zu sagen pflegte, es ginge schon besser, verbreitete es sich wie ein Lauffeuer über die Farmen, Emma Randall liege im Sterben.

Es war eine langwierige Krankheit. Peter gab Emma Klistiere und trug die Bettschüsseln, denn der Rat des Arztes, eine Krankenpflegerin hinzuzuziehen, stieß bei der Patientin auf heftigen Widerspruch, und da sie so krank war, gab man ihr nach. Peter fütterte, badete und bettete sie. Die Fenster blieben verhängt. Aber es dauerte noch zwei Monate, bis sich die schwarzen, scharfen Vogelaugen umnachteten und der wache Verstand in Bewußtlosigkeit sank. Nun durfte man auch eine Pflegerin nehmen. Peter selbst war so herunter, daß der Arzt

78

jeden Augenblick einen Zusammenbruch befürchtete. Die
Nachbarn brachten ihm Pasteten und Kuchen, aber beim näch-
sten Besuch fanden sie ihre Gaben noch unberührt in der
Küche.

An dem Nachmittag, da Emma starb, war gerade
Mrs. Chappell bei Peter. Er bekam einen hysterischen Anfall.
Sie telefonierte dem Arzt und holte ihren Mann zu Hilfe. Peter
jammerte wie ein Verrückter, schlug sich die bärtigen Wangen,
rannte mit tränenfeuchtem Gesicht schluchzend durchs Haus,
vergrub den Kopf in die Kissen des Sterbebetts und brüllte von
Zeit zu Zeit wie ein Kalb auf der Schlachtbank. Als Ed ihm
beruhigend die Hand auf die Schultern legte und »aber geh,
Peter . . .« sagte, schüttelte er die Freundeshand ab. Der Arzt
kam und stellte den Totenschein aus.

Als der Leichenbestatter erschien, gebärdete sich Peter wie
ein Irrsinniger. Nur den vereinten Kräften Ed Chappells und
des Leichenbestatters gelang es, ihn festzuhalten; der Arzt gab
ihm eine Spritze; erst dann war es möglich, die Leiche aus dem
Hause zu bringen. Aber selbst auf das Morphium hin schlief
Peter nicht ein. Schwer atmend saß er in einem Winkel und
starrte zu Boden.

»Jemand muß bei ihm wachen«, sagte der Arzt. »Was meinen
Sie?« fragte er die Pflegerin.

»Allein werde ich nicht mit ihm fertig, Herr Doktor.«

»Würden Sie bei ihm bleiben, Chappell?«

»Gern.«

»Gut. Hier eine extrastarke Bromlösung! Wenn er wieder
anfängt, geben Sie ihm davon! Sollte sie noch nicht wirken, so
nehmen Sie hier eine Kapsel Natrium-Amytal; das hilft bestimmt.«

Sie brachten Peter ins Wohnzimmer und legten ihn auf das
Sofa. Hierauf entfernten sich Arzt und Schwester. Ed Chappell
setzte sich in einen Lehnstuhl und beobachtete den Untröst-
lichen. Das Bromid und ein Glas Wasser standen auf dem Tisch.

Das kleine Zimmer war peinlich saubergehalten. Noch am
Vormittag hatte Peter den Fußboden mit feuchtem Zeitungspapier gewischt. Ed zündete im Kamin ein Feuerchen an; als es
gut brannte, legte er einige Scheite Eichenholz obenauf.

Es wurde dunkel. Leichter Regen, vom Wind getrieben,
schlug gegen die Scheiben. Ed putzte die Dochte der Petro-
leumlampen und schraubte die Flammen niedriger. Es prasselte
im Kamin; das Feuer wehte wie Haare im Wind. Ed ließ den

reglos Daliegenden nicht aus den Augen, bis sie ihm zufielen und er einschlief.

Gegen zehn wachte er auf. Peter hatte sich aufgerichtet und sah ihn an. Ed griff nach dem Bromid, aber Peter schüttelte den Kopf. »Nicht nötig, Ed, danke! Was der Doktor gespritzt hat, hat mir vollkommen gereicht. Ich fühle mich wieder wohl, nur noch etwas beduselt.«

»Nimm eine Kapsel, dann kannst du weiterschlafen!«

»Ich will aber nicht.« Er befühlte seinen zerzausten Bart. »Ich werde mich waschen; dann fühle ich mich besser.«

Ed hörte ihn in der Küche plätschern. Gleich darauf kam er, das Gesicht mit dem Handtuch abtrocknend, wieder herein. Er lächelte ... ein ganz merkwürdiges, verschmitztes Lächeln, wie es Ed noch niemals an ihm gesehen hatte.

»Ich habe mich anscheinend etwas gehenlassen, als sie gestorben ist«, sagte Peter.

»Das kann man wohl sagen.«

»Mir war, als ob irgend etwas gerissen wäre ... geplatzt wie ein Hosenträger ..., und ich war auf einmal wie auseinandergefallen. Aber jetzt fühle ich mich wieder in Ordnung!«

Ed sah zu Boden. Da kroch eine kleine braune Spinne. Er zertrat sie.

»Glaubst du an ein Leben nach dem Tod?« fragte Peter plötzlich.

Ed Chappell wand sich: Über solche Sachen spreche man nicht ... weil man damit vielleicht die Gespenster gerade herbeirufe – in seinem eigenen Gehirn natürlich nur, in der Phantasie, denn ... wenn er der Sache auf den Grund gehe, ja – etwas sei schon daran!

»Du glaubst, jemand, der – dahingeschieden ist, sieht von oben herunter, was wir hier tun?«

»So deutlich will ich das gerade nicht behaupten; ich weiß überhaupt nicht ...«

Peter redete weiter; es war ein Selbstgespräch. »Und wenn sie mich sieht ... und sieht, ich tue nicht, was sie gewollt hat – dann kann sie doch froh sein, daß ich es tat, solange sie da war. Das muß ihr Freude machen, daß sie es war, die aus mir einen guten Menschen gemacht hat. Wenn ich nach ihrem Tode ein schlechter Kerl werde, dann beweist das doch, daß alles vorher ihr eigenes Werk war? ... Bin ich kein guter Mensch gewesen?«

»Was verstehst du darunter?«

»Außer einmal im Jahr acht Tage bin ich ein guter Mensch gewesen. Was ich jetzt tun werde, weiß ich nicht –« Er blickte wütend: »Nur eins, das weiß ich genau!« Er fuhr auf, zog Rock und Hemd aus. Über seinem Unterhemd lag ein stählernes Korsett, das seine Schultern nach hinten preßte. Er schnallte den Panzer auf, warf ihn ab und ließ die Beinkleider herunter. Um seinen Bauch lag ein breiter Gummigurt. Er streifte ihn über die Beine, kratzte sich behaglich den Bauch und zog sich dann wieder an. Und wieder das merkwürdig verschlagene Gesicht! »Ich weiß nicht, wie sie das mit mir fertiggebracht hat, aber sie hat's gekonnt. Sie hat dafür gesorgt, daß ich Dinge tat, die ich sonst nie getan hätte. Weißt du, Ed, ich glaube nicht an das Fortleben nach dem Tode. Ja, als sie noch lebte, selbst während sie krank war, mußte ich tun, was sie wollte. Aber in dem Augenblick, als sie starb, da war es wie jetzt. Sie war der Panzer, der eben herunterflog. Alles vorbei! Aber ich kann noch nicht stehen. Ich muß mich erst dran gewöhnen, ohne Korsett zu gehen.« Er stieß mit dem Finger in Richtung auf Ed. »Ed! Ich lege mir jetzt einen Bauch zu«, rief er eigensinnig. »Ich will einen Bauch haben. Ich bin jetzt fünfzig!«

Ed fühlte sich unbehaglich. Er fand das Ganze nicht anständig. Er wollte gehen. »Nimm eine Pille; du wirst sehen, wie gut du dann schläfst!«

Peter saß mit offenem Rock und Hemd auf dem Sofa. »Ich will nicht schlafen. Ich will reden. Beim Begräbnis muß ich ja wohl den Bauchgurt und den Panzer noch einmal anziehen, aber dann – ins Feuer damit! Weißt du was? Im Stall habe ich eine Flasche Whisky; die hole ich jetzt!«

»Nein, nein«, wehrte Ed, »das ist kein Anlaß zum Trinken! Ich könnte jetzt unmöglich trinken.«

»Aber ich!« Peter stand auf. »Wenn du nicht willst, so läßt du es bleiben. Ich sag' dir: es ist alles vorbei.«

Damit ließ er den Ratlosen sitzen, ging hinaus und war im Augenblick mit dem Whisky zurück. »Ich hatte von meinem Leben nichts«, redete er schon im Hereinkommen, »nichts als acht Tage im Jahr. Emma war ja nicht dumm; sie wußte genau, wenn ich nicht einmal im Jahr herauskomme, werde ich wahnsinnig. Gott, hat die mein Gewissen bearbeitet, wenn ich heimkam!« Er dämpfte die Stimme vertraulich. »Weißt du, was ich auf diesen Reisen getan habe?«

Ed sperrte Mund, Augen und Ohren auf. Das war ja ein anderer Mensch, ein Peter Randall, den er gar nicht kannte!

Unwillkürlich nahm er den dargebotenen Whisky. »Nein. Was denn?« fragte er.

Peter stürzte sein Glas herunter, hustete, wischte sich über den Mund. »Gesoffen habe ich. In den Freudenhäusern von Frisco war ich. Eine Woche lang hab' ich gesoffen, und jede Nacht war ich in einem Hurenhaus.« Er schenkte sich wiederum ein. »Ich wäre kaputt gegangen, wenn ich das nicht gehabt hätte!«

Ed nippte an seinem Glas. »Sie hat immer gesagt, du wärst auf einer Geschäftsreise.«

Peter betrachtete sein Glas, leerte es und goß es wieder voll. Seine Augen begannen zu glänzen. »Trink, Ed, trink! Du hältst es für unrecht, so bald nach dem Tod ... Aber außer dir und mir weiß es ja niemand. Ich bin nicht traurig. Schau doch mal nach dem Feuer!«

Ed schürte die glühenden Scheite, daß die Funken wie kleine schimmernde Vögel emporflatterten. Inzwischen goß Peter die Gläser von neuem voll und setzte sich wieder aufs Sofa. Als Ed sich auch auf seinen Platz begab, trank er sein Glas aus und tat, als merke er nicht, daß es wieder gefüllt war. Seine Wangen röteten sich. Es schien ihm nicht mehr sündhaft, an so einem Tag zu trinken. Der Nachmittag und der Todesfall lagen in ferner Vergangenheit.

»Etwas Kuchen?« fragte Peter. »In der Speisekammer sind noch ein halbes Dutzend.«

»Danke, ich habe keinen Appetit.«

»Also, ich kann dir sagen, nie wieder rühre ich ein Stück Kuchen an. Immer wenn Emma krank war, seit nunmehr zehn Jahren, hat man mir Kuchen gebracht. Es war nett von den Leuten, sehr nett, aber ich hab' jetzt die Kuchenkrankheit. Sauf!«

Irgend etwas war in dem Zimmer geschehen. Was mochte es sein? Die beiden sahen sich um. Mit einem Male war etwas anders geworden. Peter lachte sinnlos heraus. »Die Uhr auf dem Kamin ist stehengeblieben. Die zieh' ich nie wieder auf. Ich kaufe jetzt eine kleine Weckuhr, die munter tickt. Das langweilige Klack-klack ist ja trostlos!« Er kippte sein Glas. »Jetzt wirst du also überall herumerzählen, ich sei übergeschnappt?«

Ed schaute auf und lächelte: »Was denkst du! Ich versteh' dich so gut, Peter! Ich hatte keine Ahnung, daß du ein Korsett trugst.«

»Ein Mann muß aufrecht stehen«, betonte Peter. »Ich bin

von Natur aus schlapp.« Er brach los: »Ich bin von Natur aus ein Schaf, und seit zwanzig Jahren hab' ich getan, als sei ich ein weiser, ein edler Mensch – außer die eine Woche im Jahr!« Er schrie auf: »Man hat mir mein Leben nur tropfenweise gegeben – mit einem Tropfenzähler! Mach keine Geschichten, Ed, gib dein Glas her! Im Stall hab' ich noch eine Flasche unter alten Säcken versteckt!« Ed ließ sich sein Glas wieder füllen.

»Ich habe mir ausgedacht«, fuhr Peter fort, »wie schön das jetzt wäre, wenn ich auf meiner Flußniederung spanische Wikken pflanzte! Wunderbar, so auf der Veranda zu sitzen, vor sich, unter sich alles rosa und blau, eine gute und hübsche Sache. Wenn dann der Wind drüber weht, wie das riecht! Ein wundervoller, betäubender Duft!«

»Spanische Wicken?« meinte Ed zweifelnd. »Daran ist schon so mancher zugrunde gegangen. Natürlich erzielt man damit einen schönen Preis, aber bis es so weit ist, kann so manches passieren. «

»Ist mir egal!« brüllte Peter los. »Ich will von allem jetzt massenhaft! Zwanzig Hektar Farbe und Duft! Und fette Weiber mit Brüsten wie Kissen; ich bin ja so ausgehungert nach allem. Alles in Massen!«

Eds Gesicht zog sich bei dem Geschrei schmerzhaft zusammen. »Nimm eine Pille, dann schläfst du so gut wie noch nie!«

»Ich denke das heut' nicht zum erstenmal. Seit Jahren sehne ich mich danach wie ein Kind nach den Ferien. Immer hatte ich Angst, ich würde zu alt, um es noch genießen zu können, oder vor ihr sterben. Aber ich bin erst fünfzig! Noch voll im Saft, Ed! Als ich Emma von spanischen Wicken gesprochen habe, wollte sie nicht. Wie sie mich nur dazu gebracht hat, alles zu tun, was sie wollte?! Keine Ahnung! Sie hat's halt fertiggebracht. Aber sie ist nicht mehr. Ich kann mich gehenlassen, herumschlampen, brauch' mir die Schuhe nicht abzuputzen, kann mir eine große, fette Haushälterin nehmen, eine große Dicke aus San Francisco, und auf den Nachttisch stell' ich mir eine Flasche Brandy – jeden Abend! Sauf, Ed!«

Ed Chappell hob die Hände. »Ich denke, ich geh' jetzt. Ich bin müde, und du fühlst dich ja wieder wohl. Zieh die Uhr auf, Peter! Es tut einer Uhr nicht gut, wenn sie still steht . . .«

Am Tage nach der Beisetzung machte sich Randall an die Feldarbeit. Von ihrem Nachbardorf sahen Chappells in seiner Küche die Lampe schon lange vor Tage brennen. Eine halbe Stunde ehe sie selbst sich erhoben, sahen sie Peter bereits mit der Laterne über den Hof in den Stall gehen.

Binnen dreier Tage stutzte er seine sämtlichen Obstbäume. Vom ersten Frühlicht an, bis es dunkel war, daß man keinen Zweig mehr gegen den Himmel sah, arbeitete er unverdrossen. Gleich danach wandte er sich seinen ebenen Feldern zu, pflügte, eggte, walzte, und eines Tages erschienen zwei Fremde in hohen Stiefeln und Reithosen, besahen das Land, rieben die Erde in ihren Fingern, stachen mit einer Sonde tief in den Boden, und als sie gingen, nahmen sie einige Papiersäckchen voll Erde mit.

Im allgemeinen kamen die Farmer, wenn die Zeit zur Aussaat herannahte, gern zueinander auf Besuch, setzten sich mit ihren Hintern auf den Acker, griffen mit den Händen in die Erde, zerbröckelten einzelne Schollen zwischen den Fingern, erörterten die Marktlage, erinnerten einander an frühere Jahre, in denen man es mit Bohnen gut getroffen, an andere, wo man mit Kichererbsen so wenig erzielt hatte, daß man kaum die Kosten für das Saatgut herausbekam, und aus all den Besprechungen ergab sich dann meistens, daß fast alle Farmer dasselbe anbauten. Da waren bestimmte Leute, deren Ansichten den Ausschlag gaben. Wenn Peter Randall oder Clark De Witt sich für Feuerbohnen und Gerste entschieden, konnte man sicher sein, daß heuer Feuerbohnen und Gerste Trumpf waren. Denn da die beiden als Glückspilze galten, war doch wohl anzunehmen, daß hinter ihren Entscheidungen mehr als bloßer Zufall steckte: tiefere Einsicht, wenn nicht am Ende gar eine prophetische Gabe!

Als nun in diesem Jahr die gewohnten Besuche begannen, merkte man bald, daß mit Peter eine Veränderung vor sich gegangen war. Er hockte auf seinem Pflug und erklärte in aller Liebenswürdigkeit, er habe sich noch nicht entschlossen. Eine gewisse Befangenheit war dabei allerdings unverkennbar. Es war klar: Er wollte nicht mit der Sprache heraus.

Nachdem er auf diese Weise ein paar Besucher hatte abblitzen lassen, stellte man seine Visiten ein und ging vereint zu Clark De Witt, der diesmal Graupen pflanzte. Sein Entschluß entschied den diesjährigen Anbau in weitestem Umkreis.

Aber obwohl die Besuche bei Peter aufhörten, so erlahmte die Neugier doch nicht. Man fuhr oder ritt an seinen zwanzig Hektar vorbei und suchte aus der Art der Bestellung zu erraten, was hier gepflanzt werde. Erst als Peter mit seiner Sämaschine auf seinem Felde hin und her fuhr, ließ sich niemand mehr blicken, denn er hatte bekanntgegeben, seine Ernte solle eine Überraschung werden.

Ed Chappell schwieg und stellte auch keine Fragen. Er schämte sich etwas für Peter, daß er in jener Nacht so zusammengeklappt war, und für sich selbst, daß er all das mit angehört hatte. Dabei beobachtete er Peter genau, ob er seine unanständigen Absichten ausführen werde oder ob alles nur die Folgen von Hysterie und Schmerz über den erlittenen Verlust gewesen sei. Er stellte fest, daß Peters Schultern nicht mehr zurück, dafür aber sein Bauch hervortraten. Er schlich sich in Peters Haus und stellte erleichtert fest, daß im Gang kein Schmutz lag und die Kaminuhr wie ehedem tickte.

Mrs. Chappell sprach oft von jenem Nachmittag: »Als ob er den Verstand verloren hätte, hat er sich aufgeführt. Geheult hat er wie ein Hund. Mein Mann, der die halbe Nacht bei ihm blieb, hat ihm etwas Whisky eingeflößt, damit er sich beruhigt, und da ist er dann endlich eingeschlafen. Aber«, fügte sie weise hinzu, »Sorgen lassen sich nur mit harter Arbeit vertreiben. Jeden Morgen um drei steht er auf. Von meinem Bett aus seh' ich das Licht in seiner Küche.«

Die Weidenkätzchen schimmerten silbern, an den Wegrändern sproß das Unkraut; der Salinas River trat schwarz über die Ufer, überschwemmte die Fluren vier volle Wochen, um sich dann wieder in kleinen grünen Pfützen zu sammeln.

Peter hatte sein Land aufs beste bestellt. Schwarz und weich lag es da, kein einziger Klumpen größer als eine Murmel; nach Regenfällen glänzte es purpurn unter der Sonne.

Dann standen die ersten hauchzarten Striche Grün über dem schwarzen endlosen Beet. Ein Neugieriger kroch in der Dunkelheit unter dem Zaun durch und zog ein Pflänzchen heraus. »Irgendein Gemüse«, erklärte er seinen Bekannten, »anscheinend spanische Wicken. Warum macht er damit ein solches Getue? Ich habe ihn selber gefragt, und er hat's mir nicht verraten.«

»Süße Erbsen ... spanische Wicken ...«, lief die Kunde durch alle Höfe. »Hol uns der Teufel, die ganzen zwanzig Hektar nichts als spanische Wicken!« Man bat Clark De Witt um seine Ansicht. Er äußerte sich folgendermaßen: »Die Leute meinen, weil man fürs Pfund zwanzig bis sechzig Cents einnimmt, könne man ein reicher Mann daran werden. Aber die Ernteaussichten sind halt doch die kitzligsten, die es nur gibt!

Wenn die Käfer nicht drangehen, meint man, alles sei gut. Aber dann kommt ein heißer Tag, die Schoten platzen, und alles ist futsch. Oder es braucht nur ein kleiner Regen zu fallen, und die ganze Herrlichkeit ist zum Teufel. Ein paar Hektar, dagegen will ich nichts sagen; es ist ein Glücksspiel wie jedes andere, aber doch nicht das ganze Land! Seit Emmas Tod scheint Peter nicht mehr ganz richtig im Kopf.« Das war eine Ansicht, die sich bald jeder zu eigen machte.

Schließlich kam sie auch Peter Randall zu Ohren. Aber da brauste er auf. »Was kümmert euch, was ich tue? Gehört das Land euch oder mir? Wenn ich pleite gehen will, ist das mein gutes Recht. Etwa nicht?« Daraufhin schlug die Stimmung um. Peter war schließlich ein tüchtiger Landwirt. Vielleicht hatte er besondere Kenntnisse, Tips! Da waren doch diese zwei Männer in Wasserstiefeln gewesen! Natürlich Sachverständige, Bodenchemiker! So mancher Farmer wünschte nichts sehnlicher, als daß er einige Hektar spanische Wicken gesät hätte.

Der Wunsch wurde allgemein, als sich die Ranken auszubreiten begannen und es schon mit Händen zu greifen war, es werde eine vorzügliche Ernte geben.

Dann kam die Blüte. Zwanzig Hektar Farben, zwanzig Hektar Duft! Es hieß, vier Meilen entfernt in Salinas könne man es noch riechen. Schulen kamen in Autobussen gefahren, um die Pracht anzuschauen. Die Expertenkommission einer Sämereigesellschaft verbrachte einen ganzen Tag mit der Besichtigung der Ranken, des Anbaues, der Erde.

Ganze Nachmittage saß Randall auf seiner Veranda im Schaukelstuhl und blickte hinab auf die Riesenquadrate in Blau und Rosa und auf den bunten Tumult der bunten Felder. Sein blaues Hemd stand am Halse weit offen, als wollte er den süßen Duft in alle Poren einsaugen.

Die Farmer befragten Clark De Witt wieder um seine Meinung, und er orakelte: »Bis zur Ernte können noch gut zehnerlei Zwischenfälle eintreten. Er kann sich noch gratulieren!« Aber an Clarks Erregung merkten die Leute, daß er nur eifersüchtig war. Sie blickten über die Felder voller Farbe; sie schauten auf Peter, der da auf der Veranda saß, und neue Hochschätzung und Bewunderung erfüllte sie.

Ed Chappell kam eines Nachmittags zu ihm. »Das gibt eine Ernte, Mister!« bemerkte er scherzhaft.

»Sieht so aus«, antwortete Peter ernst.

»Die Schoten haben gut angesetzt.«

Peter seufzte. »Bald ist die Blüte vorbei. Mir ist um jedes Blättchen leid, das herunterfällt.«

»Sei froh, daß es soweit ist! Wenn nichts mehr passiert, kannst du das Geld nur so scheffeln.«

Peter zog ein buntseidenes Tuch. Ein Niesreiz war ihm in die Nase gestiegen; er schneuzte sich und rieb ihn weg. »Es macht mich traurig, daß ich den Duft bald nicht mehr riechen werde.«

Mit diskretem Augenzwinkern erlaubte sich Ed eine zarte Anspielung auf die durchzechte Trauernacht. »Nun? Hast du schon jemanden gefunden? ... Um dir das Haus in Ordnung zu halten?«

»Ich habe mich noch nicht umgesehen«, erwiderte Peter. »Keine Zeit!« Um seine Augen zeigten sich Sorgenfalten. Wer hätte auch keine Sorgen, wenn ein einziger Guß die Ernte des ganzen Jahres zerstören kann, sagte sich Ed.

Aber wenn man das Wetter eigens für spanische Wicken bestellt und gemacht hätte – es hätte heuer nicht besser sein können. An den Vormittagen, an denen die Ranken gerupft wurden, lagerte der Nebel dicht am Boden, und als die Ranken bergehoch auf weit ausgebreiteten Segeltuchbahnen lagen, schien die pralle Sonne und dörrte die Schoten zum Drusch. Die Nachbarn sahen, wie sich die hohen Säcke mit den runden, schwarzen Samen füllten, und rechneten sich beim Nachhausegehen aus, was Peter an dieser unglaublichen Ernte verdienen würde. Clark De Witt verlor ein gut Teil seiner Anhängerschaft. Für das kommende Jahr mußten sie unbedingt herausfinden, was Randall anbauen würde. Der Mann verfügte zweifellos über geheime Kenntnisse. Wie wäre er sonst auf den Gedanken gekommen, daß heuer ein Spanisch-Wicken-Jahr sei!

Alle besseren Leute aus dem Salinas-Tal pflegten, wenn sie geschäftlich oder zur Erholung nach San Francisco kamen, im Hotel Ramona zu wohnen. Da traf man meist einen Bekannten von daheim, konnte mit ihm im Vestibül in den angenehm tiefen und weichen Sesseln sitzen und vom Salinas-Tal reden. Natürlich stieg auch Ed Chappell, als er einen aus Ohio erwarteten Vetter seiner Frau abholen kam, im Ramona ab, und da der Zug erst am folgenden Morgen ankommen sollte, sah er sich gleich in der Halle nach Landsleuten um. Aber da saßen nur Fremde. Um die Liste der Gäste durchzugehen, war es zu spät. Er rauchte seine Zigarre zu Ende und wollte sich eben zu Bett begeben, als er vor dem Hotel ein Lärmen vernahm.

Der Empfangschef winkte; ein Boy rannte hinaus. Ed bog sich in seinem Sessel zurück, um zu sehen, was es da draußen gebe. Ein Taxichauffeur hob einen Mann aus seinem Auto, übergab ihn dem Laufburschen, der ihn geschickt durch die Drehtür hereinbugsierte. Der Mann war Peter.

Seine Augen waren verglast, den Hut hatte er unterwegs verloren, sein Haar hing wirr, und sein triefender Mund stand offen. Ed sprang auf, eilte ihm entgegen: »Peter!«

Peter Randall suchte vergebens, den Boy beiseitezuschieben. »Laß mich gehen!« rief er, »mir fehlt doch nichts. Du bekommst fünfzig Pennies von mir, wenn du mich in Ruh läßt!«

»Peter!« rief Ed zum zweitenmal.

Die stieren Augen wandten sich ihm langsam zu. Gleich darauf fiel Peter ihm um den Hals. Ed stellte ihn wieder auf die Beine, wobei der Betrunkene schrie: »Mein alter Freund, mein Ed Chappell, guter Junge, was treibst du hier? Komm mit, wir trinken noch eins!«

»Warum nicht«, meinte Ed, »ein kleiner Schlaftrunk!«

»Schlaftrunk – nichts da! Wir gehen in einen Nachtklub oder sonst wohin!«

Ed schaffte den Nachbar in den Aufzug und von da auf sein Zimmer, wo Peter der Länge nach auf das Bett fiel. Doch sogleich saß er wieder aufrecht. »Im Badezimmer ist eine Flasche Whisky. Hol sie! Schenk ein!«

Ed brachte die Flasche und Gläser. »Na, Peter, du feierst wohl dein Erntefest? Hast ja auch hübsch verdient!«

Peter hob die Linke und tippte mit Zeige- und Mittelfinger der Rechten vielsagend in die Handfläche. »Verdient . . . verdient . . . das haben wir, aber ich kann dir sagen, es war eine Lotterie, ein Lotteriespiel war das! . . .«

»Hauptsache, du hast dein Geld!«

Peter brütete vor sich hin. »Kopf und Kragen hätte es kosten können«, kam es schwerfällig von seinen Lippen. »Das ganze Jahr habe ich in Angst gelebt. Ein Vabanque-Spiel, sage ich dir!«

»Aber jetzt bist du fein heraus.«

»Mir ist schlecht«, wechselte Peter das Thema, »im Taxi ist mir übel geworden. Ich komme von der Van Ness Avenue aus einem Bordell. Ich mußte wieder einmal in die Stadt; ich wäre zerplatzt – ich bin ja noch gut im Saft!«

Ed musterte ihn. Der Kopf wackelte zwischen den Schultern;

der Bart war verdreckt und verwildert. »Peter, damals, die Nacht, wie Emma dahingegangen war, hast du gesagt, du würdest jetzt alles ändern . . .«

Peters schwankender Kopf richtete sich langsam auf. Er starrte umdüstert auf seinen Freund. »Sie ist nicht wirklich gestorben«, kam es verquollen aus seiner Kehle, »sie läßt mir ja keine freie Hand . . . Das ganze Jahr hat sie mir wegen der Wicken zugesetzt, das ganze Jahr . . .« Seine Augen glotzten verwundert. »Ich weiß nicht, wie sie das anfängt.« Sein Blick wurde noch finsterer. »Merk dir, Ed Chappell, ich will den Panzer nicht mehr tragen, verdammt, ich will nicht, nie wieder, das weißt du doch!« Sein Kopf fiel wieder nach vorn. Aber sogleich hob er sich wieder. »Ich bin besoffen«, stellte er feierlich fest, »ich war in der Van Ness Avenue.« Er legte den Arm vertraulich um Ed und flüsterte schwer: »Es ist schon richtig: Ich tu's, ich richte es ein, bestimmt. Wenn ich heimkomme, weißt du, was ich dann tue? Elektrisches Licht werd' ich installieren. Emma hat immer elektrisches Licht haben wollen.« Er sackte auf seinem Bett zusammen.

Ed Chappell zog ihm die Stiefel aus und hob ihm die Beine aufs Bett. Dann begab er sich auf sein Zimmer.

Die Schlange

Es dunkelte schon, als der junge Dr. Philips seinen Rucksack schulterte und den Ebbetümpel verließ. In seinen Gummistiefeln klomm er über die Felsen und stapfte durch die Straßen. Als er in Monterey vor seinem kleinen Laboratorium in der Straße mit den Konservenfabriken anlangte, brannten die Laternen. Es war ein schmales, niedriges Haus, von dem ein Teil über dem Wasser der Montereybucht auf Pfählen ruhte. Rechts und links türmten sich die mächtigen Wellblechschuppen der Ölsardinenfabriken.

Er stieg eine Holztreppe hinauf und schloß auf. Drinnen huschten weiße Ratten in ihren Käfigen umher, krallten sich an ihm fest, gefangene Katzen miauten nach Milch. Dr. Philips knipste die Beleuchtung über dem Seziertisch an, stellte den nassen Rucksack auf den Boden, ging zu den Glasbehältern beim Fenster, die seine Klapperschlangen beherbergten, und beugte sich über sie. Sie ruhten, ineinander verknäuelt, in den Ecken des Käfigs; nur die Köpfe hoben sich ab – die Augen starrten ins Nichts.

Sobald der junge Mann sich ihnen genähert hatte, waren die gespaltenen Zungen, schwarz an der Spitze, rosig im Ansatz, vorgeschnellt und züngelten hin und her. Dann erkannten sie ihren Herrn und zogen die Zungen ein.

Dr. Philips warf seinen Ledermantel ab, machte Feuer in dem eisernen Herd, setzte einen Topf Wasser auf, stellte eine Büchse Bohnen hinein und starrte auf seinen Rucksack.

Er war schlank; seine überanstrengten Augen hatten den Blick eines Menschen, der viel durchs Mikroskop sieht. Sein kurzgeschnittener Bart war blond.

Das Herdfeuer hatte guten Zug. Bald schlug ihm die Wärme behaglich entgegen. Unter der Wohnung plätscherten Wellen gegen die Stützpfähle. Auf Wandbrettern stand reihenweise in Glaszylindern viel präpariertes Seegetier – alle Gattungen und Abarten, mit denen das Laboratorium zu tun hatte.

Dr. Philips öffnete eine Seitentür und betrat sein Schlafgemach. Die Wände waren von Bücherregalen bedeckt. Sonst enthielt es nichts als ein Feldbett, eine Leselampe und einen unbequemen Holzstuhl. Er entledigte sich seiner Gummistiefel und schlüpfte in Schaffellpantoffel.

Das Wasser im Topf fing zu summen an. Er hob den Rucksack unter das grelle Licht, öffnete ihn, schüttelte einige Dutzend gewöhnlicher Seesterne über den Tisch und ordnete sie in Reihen. Seine überanstrengten Augen richteten sich auf die geschäftigen Ratten hinter den Drahtgittern. Er nahm einige Handvoll Körner aus einer Tüte und streute sie in die Futternäpfe. Sogleich fielen die Tiere darüber her. Auf einem Glasregal stand zwischen den Präparaten eines Seepolypen und einer Meduse eine Flasche mit Milch. Er nahm sie herunter und ging damit zum Katzenzwinger. Doch bevor er dort die Behälter füllte, langte er in den Käfig, hob eine große, geschmeidige Tigerkatze heraus, streichelte sie ein wenig, warf sie in einen schwarz gestrichenen Kasten, verschloß den Deckel und öffnete einen Hahn, durch den das Gas in die Todeskammer strömte.

Während in der schwarzen Kiste ein kurzer Todeskampf stattfand, füllte Philips die Schalen mit Milch. Eine der Katzen nahte sich ihm mit gekrümmtem Buckel. Lächelnd kraulte er sie hinter den Ohren.

In der Kiste war es still geworden. Er stellte den Gashahn ab; der luftdichte Kasten war gefüllt.

Auf dem Herd brodelte das Wasser um die Konservenbüchse. Mit einer Zange zog er sie heraus, öffnete sie und schüttete die Bohnen in eine Glasschüssel. Beim Essen beobachtete er die Seesterne auf dem Tisch. Zwischen ihren Zacken schwitzten sie milchige Tropfen aus.

Er verschlang seine Bohnen, stellte die Schüssel in den Ausguß und trat vor einen Schrank, dem er ein Mikroskop und einen Stapel Glasschüsselchen entnahm, füllte sie mit Meerwasser aus einem besonderen Wasserhahn, ordnete sie in gerader Linie neben die Seesterne, nahm seine Uhr aus der Tasche und legte sie auf den Tisch in den weißen Lichtkreis. Mit leisen Seufzern schlugen die Wellen unter dem Boden des Zimmers gegen die Pfeiler. Er entnahm einer Schublade eine Pipette und beugte sich über die Seesterne.

Im selben Augenblick wurde auf der Holzstiege ein rascher, leichter Schritt hörbar und gleich darauf laut an die Tür gepocht.

Der junge Mann schnitt eine unwillige Grimasse und öffnete. Auf der Schwelle stand eine große, hagere Frau. Ihr schwarzes Haar wuchs tief in die flache Stirn; es war glatt, doch – wie es schien – vom Wind zerzaust. Die schwarzen Augen glitzerten in dem grellen Licht. Ihr Kleid war dunkel und streng. »Darf ich eintreten«, fragte sie mit sanft gutturaler Stimme, »ich möchte Sie etwas fragen.«

»Ich habe im Augenblick dringende Arbeit«, antwortete er zerstreut, »bei der es auf die Minute ankommt.« Doch trat er zur Seite. Die Frau schlüpfte herein. »Ich bin ganz still, bis Sie Zeit für mich haben.«

Er schloß die Tür, holte den unbequemen Stuhl aus der Schlafkammer und entschuldigte sich: »Der Versuch hat, wie Sie sehen, begonnen; ich kann ihn nicht unterbrechen.« Es geschah öfters, daß Leute zu ihm hereinkamen und allerhand Fragen stellten. Er hatte genügend Erfahrung, wie man Wißbegierige aufklärte; es kostete ihn kein Nachdenken. »Setzen Sie sich! In ein paar Minuten stehe ich zu Ihrer Verfügung.«

Die Frau beugte sich über den Tisch. Der junge Mann sammelte mit der Saugpipette die Flüssigkeit zwischen den Zacken der Seesterne, spritzte sie in ein Glas, sog noch ein milchiges Fluid mit dem Saugheber auf, füllte es in dasselbe Glas und verrührte die Flüssigkeit mit der Pipette, wobei er trocken erklärte: »Im Zustand sexueller Reife sondern die Seesterne bei Ebbe Sperma und Ova aus. Dadurch, daß ich geschlechtsreife Exemplare aus dem Wasser nehme, unterwerfe ich sie den gleichen Lebensbedingungen, denen sie während der Ebbe ausgesetzt sind. Ich habe nun Samen und Eier miteinander vermischt. Diese Mischung verteile ich jetzt auf diese zehn Schälchen. In zehn Minuten werde ich die in der ersten Schale befindlichen befruchteten Eier mittels einer Menthollösung abtöten, nach zwanzig Minuten die in der zweiten, nach weiteren zwanzig die dritte Gruppe und so fort bis zur letzten. Auf diese Weise fixiere ich den ganzen Entwicklungsvorgang in zehn aufeinanderfolgenden Stadien, die ich zu biologischen Studienzwecken präparieren werde. Wollen Sie sich die erste Gruppe unter dem Mikroskop ansehen?«

»Nein, danke.«

Er wandte sich rasch zu ihr um. Sonst wollten alle immer durchs Mikroskop sehen! Sie aber blickte nicht einmal auf den Tisch. Ihre schwarzen Augen schienen auf Philips zu ruhen, aber sie sahen ihn nicht an. Ihre Iris war ebenso dunkel wie die Pupille; beide gingen, durch nichts geschieden, ineinander über.

Philips ärgerte sich über die Ablehnung. Obwohl ihn sonst die Fragerei langweilte – ein solcher Mangel an Interesse brachte ihn auf und erregte den Wunsch, es zu wecken. »Während der ersten zehn Minuten, die ich jetzt warten muß, habe ich noch etwas anderes vor. Es ist nicht jedermanns Sache, es anzusehen. Vielleicht treten Sie inzwischen hier nebenan ein.«

»Nein«, sagte sie in ihrem flachen gedeckten Ton. »Tun Sie nur, was Sie tun müssen. Ich warte.« Ihre Hände ruhten nebeneinander in ihrem Schoß. So saß sie völlig gelassen da. Ihre Augen schimmerten; im übrigen wirkte sie wie scheintot. Wie auf einer niederen Entwicklungsstufe, dachte Philips, so nieder fast wie ein Frosch; den Eindruck hat man. Das Verlangen, sie aus ihrer Erstarrung zu reißen, packte ihn stärker.

Er trug eine kleine hölzerne Wiege zum Tisch, legte Skalpelle, Scheren und eine Hohlnadel zurecht, hob aus der Gaskiste den schlaffen Katzenkadaver, legte ihn in die Wiege und befestigte die Pfoten seitlich mit Haken. Dabei beobachtete er von der Seite her unauffällig die Frau. Sie regte sich nicht.

Die tote Tigerkatze grinste zum Licht empor; zwischen den spitzigen Zähnchen hing rosig die Zunge. Mit geschicktem Schnitt löste ihr Philips die Haut von der Kehle, führte ein Skalpell ein und fand eine Arterie. Mit untadeliger Technik stieß er die Hohlnadel in das Gefäß und band es mit Katgut ab. »Eine Konservierungsflüssigkeit«, erläuterte er, »ich werde nun in das Venensystem gelben und in die Arterien roten Farbstoff injizieren. Blutkreislauf-Darstellung für Biologie-Klassen.« Und wieder ein Blick auf die Fremde.

Die dunklen Augen schienen von Staub verhüllt. Ohne Ausdruck blickten sie auf die geöffnete Kehle der Katze, aus der kein Blutstropfen quoll. Der Schnitt war fehlerlos sauber. Dr. Philips sah auf die Uhr. »Zeit für Gruppe Eins!« Er schüttete ein paar Mentholkristalle in das erste Glas. Die Frau machte ihn nervös.

Die weißen Ratten kletterten wieder an ihrem Gitter herum und pfiffen leise. Die Wellen unter dem Haus plätscherten stoßweise gegen die Pfeiler.

Er fröstelte, warf einige Schaufeln Kohle in den Herd und setzte sich. »Zwanzig Minuten wäre jetzt nichts zu tun«, sagte er. Wie kurz unter der Unterlippe ihr Kinn ist, fiel ihm auf.

Es war, als tauchte sie langsam vom Grunde des Bewußtseins empor. Ihr Kopf hob sich; die dunkel verschleierten Augen wanderten durch den Raum und zu ihm. »Ich habe gewartet«, sagte sie. Ihre Hände lagen noch immer Seite an Seite in ihrem Schoß. »Haben Sie Schlangen?«

»Sicher«, sagte er laut, »zwei Dutzend Klapperschlangen; ich melke ihr Gift; ich liefere es an ein Impfstoff-Laboratorium.«

Sie sah ihn noch immer an, und doch ruhte ihr Blick nicht auf ihm. Er ging durch ihn hindurch, er umkreiste ihn. »Haben Sie eine männliche Klapperschlange?«

»Zufällig ja, ich weiß es durch reinen Zufall. Ich fand eines Morgens ein sehr großes Exemplar, das gerade ein kleineres begattete – ein äußerst seltener Fall in Gefangenschaft! Sonst wüßte ich nicht, daß ich einen Schlangenmann habe.«

»Wo ist er?«

»Er? Da rechts vom Fenster im Glasbehälter!«

Ihr Kopf wandte sich langsam herum, ihre Hände ruhten noch reglos in ihrem Schoß. »Darf ich ihn sehen?«

Philips stand auf und trat zu dem Käfig am Fenster. Ein Knäuel Klapperschlangen lag eng verflochten im Sand. Nur die Köpfe schwangen, wiegten sich hin und her. Die Zungen zuckten in der Luft hin und her.

Dr. Philips wandte nervös den Kopf. Die Frau stand dicht hinter ihm. Er hatte sie nicht aufstehen hören. In seinen Ohren war nur das Plätschern der Wellen gegen die Pfeiler und das kratzende Klettern der Ratten hinter dem Gittergeflecht gewesen.

»Wo ist das Männchen, von dem Sie sprachen?« fragte sie sanft.

Er zeigte auf eine dicke, staubgraue Schlange, die von den übrigen abgesondert in einer Ecke lag. »Fünf Fuß lang«, erklärte er, »kommt aus Texas. Die Schlangen hier an der pazifischen Küste sind im allgemeinen kleiner. Er frißt den anderen immer die Ratten weg. Vor jeder Fütterung muß ich ihn herausnehmen.«

Die Frau starrte auf das plumpe, trockene Schlangenhaupt. Einen Moment stieß die gespaltene Zunge hervor, züngelte, zuckte . . . »Sie wissen genau, daß es ein Männchen ist?«

»Klapperschlangen sind zwar merkwürdige Tiere«, versetzte er liebenswürdig glatt, »fast jede Verallgemeinerung erweist sich als falsch. Ich würde über Klapperschlangen nie etwas Bindendes aussagen, aber daß das hier ein Männchen ist, kann ich fest versichern.«

Ihre Augen wichen nicht von dem flachen Kopf. »Ich möchte es kaufen.«

»Kaufen?« rief er, »Sie möchten es kaufen?«

»Sie verkaufen doch Exemplare aller Art?«

»Natürlich ... gewiß ... allerdings ...«

»Wieviel? Fünf Dollars? Zehn?«

»Nicht mehr als fünf. Aber – verstehen Sie sich denn auf Klapperschlangen? Wenn Sie gebissen werden ...«

Ihr Blick streifte ihn kurz. »Ich will ihn nicht mitnehmen. Ich lasse ihn hier. Er gehört mir. Ich will hierherkommen, ihn betrachten, ihn füttern und wissen, er gehört mir.« Sie öffnete ein Geldtäschchen und nahm eine Fünfdollarsnote heraus. »Hier! Damit gehört er mir.«

Dr. Philips wurde angst und bange. »Sie können doch kommen und ihn ansehen, ohne ihn zu besitzen.«

»Ich will aber, daß er mir gehört.«

»Um Gottes willen«, schrie er auf, »ich habe die Zeit verpaßt!« Er stürzte zum Tisch. »Drei Minuten drüber! Wird wohl nichts ausmachen«, beruhigte er sich und schüttelte Menthol-kristalle in das zweite Schälchen. Und wieder zog es ihn zu dem Käfig und zu der Frau, die still auf die Schlangen starrte.

»Was frißt er?« fragte sie.

»Ich gebe ihm weiße Ratten – von da drüben!«

»Tun Sie ihn in den anderen Käfig! Ich möchte ihn füttern.«

»Er braucht jetzt nichts. Diese Woche hat er schon eine Ratte gefressen. Manchmal fressen sie drei, vier Monate nichts. Ich hatte eine Schlange, die fastete über ein Jahr.«

»Würden Sie mir eine Ratte verkaufen?« fragte sie leise, monoton.

Er zuckte die Achseln. »Ich verstehe! Sie möchten gern sehen, wie eine Klapperschlange frißt. Gut. Ich werde es Ihnen zeigen. Ratten kosten das Stück fünfundzwanzig Cents. So etwas kann man sich ansehen; es ist aufregender als ein Stier-kampf. Aber man kann es auch anders betrachten – dann ist es nur eine Schlange, die frißt«, kam es ironisch-sarkastisch. Er haßte Menschen, die aus einem natürlichen Vorgang einen Sport machen. Er war nicht für Sensationen. Er war Biologe. Tausend Tiere konnte er um der Wissenschaft willen töten, doch ohne Grund keiner Fliege etwas zuleide tun. Das ent-sprach seiner Überzeugung.

Langsam wandte sie sich ihm zu. Auf ihren dünnen Lippen schien ein Lächeln zu keimen. »Ich will ihn füttern«, sagte sie leise. »Ich will ihn in den anderen Käfig tun.«

Bevor Philips wußte, was geschah, hatte sie den Behälter geöffnet und fuhr mit der Hand hinein. Er sprang hinzu und riß sie zurück. Der geöffnete Deckel knallte herunter. »Haben Sie den Verstand verloren?« schrie er sie an. »Wenn Sie nicht daran sterben, können Sie sich doch eine scheußliche Krankheit holen, trotz aller Gegenmittel, die ich Ihnen verabreichen würde.«

»Schaffen Sie ihn hinüber!« sagte sie ruhig.

Er war verwirrt. Er mied bewußt diese dunklen Augen, den Blick in das Nichts. Er fühlte, es war eine Schande, die Ratte jetzt in den Schlangenkäfig zu setzen; es war eine Sünde. Und dabei wußte er nicht, warum. Oft hatte er früher schon auf besonderen Wunsch Ratten den Schlangen zum Fraß vorgeworfen. Heute aber machte es ihn krank. Er versuchte, sich vor sich selber zu rechtfertigen. »Es ist belehrend und nützlich«, erklärte er, »ein Einblick in das Leben der Schlangen. Man lernt sie schätzen und auf der Hut zu sein. Und dann: die Angstträume von Schlangen, wobei Sie selber die Ratte sind. Der Mensch ist die Ratte. Sobald Sie es aber einmal in Wirklichkeit gesehen haben, ist die Ratte nur noch die Ratte. Die Angst ist in ihr objektiviert. Sie sind sie los.«

Er nahm von der Wand einen langen Stecken, an dessen Ende eine lederne Schlaufe befestigt war, öffnete eine Klappe im Käfigdeckel, stülpte sie über das Schlangenhaupt und zog an. Ein durchdringendes trockenes Geklapper erfüllte den Raum ... Der dicke Schlangenleib ringelte sich, schlug gegen den Stockgriff und Philips' Hände, die das Reptil in den Futterkäfig versetzten. Dort angekommen, beruhigte er sich, beschrieb eine große Acht und lag still.

»Wie Sie bemerkt haben«, erklärt der junge Mann, »sind diese Schlangen im Grunde ganz zahm. Sie sind auch schon lange bei mir. Ich könnte sie sogar, wenn es mir drum zu tun wäre, dressieren. Aber jeder Schlangenbändiger wird früher oder später gebissen. Dazu habe ich nicht die mindeste Lust.« Er sah nach der Frau. Sollte er wirklich die Ratte verfüttern? Der Gedanke war ihm zuwider.

Die Frau war vor den Futterkäfig getreten. Ihre dunklen Augen ruhten auf dem Schlangenhaupt, das wie leblos dalag. »Geben Sie ihm die Ratte!« befahl sie.

Widerwillig ging er zum Rattenzwinger. Das Opfertier tat ihm leid. Nie hatte er eine Ratte bedauert. Es war für ihn ein neues Gefühl. Er blickte in das Gewimmel, das sich ihm munter entgegendrängte. Welche? ... überlegte er, welche soll ich herausgreifen? ... Jäh warf er sich herum und fuhr die Fremde an: »Soll ich nicht eine Katze hineintun? Sie könnten dann einen richtigen Kampf erleben, bei dem vielleicht die Katze gewinnt! Sie könnte die Schlange töten. Kaufen Sie eine Katze!«

Sie sah ihn nicht an. »Die Ratte«, wiederholte sie. »Er soll sie fressen.«

Philips öffnete den Rattenzwinger, steckte blindlings die Hand hinein, bekam einen Schwanz zu fassen. Die Ratte wollte ihn in den Finger beißen; als es ihr nicht gelang, ließ sie alle viere hängen und rührte sich nicht mehr. Er trug sie rasch zum Futterkäfig hinüber und ließ das Opfertier durch die geöffnete Klappe auf den Sandboden fallen. »Jetzt passen Sie auf!« rief er.

Keine Antwort. Kein Blick, der ihm galt. Sie hatte nur Augen für die Giftschlange, die unbewegt dalag. Sie züngelte . . .

Die Ratte war auf die Pfoten gefallen, schnupperte an ihrem nackten, rosigen Schwanz und trippelte dann, immerzu schnüffelnd, ahnungslos durch den Sand.

Hatten die Wellen zwischen den Pfeilern – hatte die Frau geseufzt? Philips wußte es nicht. Der Raum lag totenstill.

Ohne den Kopf zu wenden, beobachtete er seine Besucherin mit verstohlenem Seitenblick. Ihr Körper beugte sich vor und straffte sich.

Sacht begann sich das Schlangentier zu verschieben; man merkte es kaum. Die Zunge flackerte. Am anderen Ende des Käfigs stellte die Ratte sich auf die Hinterbeine und leckte die feinen weißen Härchen an ihrer Brust. Der Giftwurm bewegte sich weiter; sein Hals hatte die Form eines S.

Die Stille drückte auf den jungen Mann. Er spürte sein Blut durch den Körper jagen. Er sagte laut: »Das ist die Kampfhaltung, schauen Sie! Er hat seine Kampfstellung bezogen. Klapperschlangen sind vorsichtig, fast könnte man sagen, feige; sie sind von sehr empfindlichem, heiklem Körperbau. Ihr Mahl vollzieht sich mit einer Gewandtheit wie die eines Chirurgen bei der Operation; mit derselben Treffsicherheit benützen sie ihre Werkzeuge.«

Die Schlange war in der Mitte des Käfigs angelangt. Die Ratte sah auf, bemerkte die Schlange, fuhr dann jedoch unbekümmert damit fort, ihre Brust zu lecken.

»Es ist das Fabelhafteste, was man nur sehen kann«, sagte der junge Mann. Seine Adern pochten. »Und es ist das Fürchterlichste, was man nur sehen kann.«

Die Schlange war nun ganz nah. Ihr Haupt hob sich einige Zoll über den Sand, wiegte sich vor und zurück, zielte, nahm Abstand, zielte wiederum . . . Philips' Blick streifte die Frau und fuhr zurück. Ihr Körper arbeitete mit, wiegte sich leise, fast wie der des giftigen Reptils.

Die Ratte sah auf und erkannte den Feind. Sie fiel auf die Vorderfüße, wollte sich wehren – da kam der Biß. Man sah ihn kaum, es war wie ein Blitz. Die Ratte kreischte wie unter einem unsichtbaren Schlag. Die Schlange schnellte zurück in den Winkel, aus dem sie hervorgekrochen war und lag still; nur die Zunge flackerte immerzu.

»Vollkommen!« rief Dr. Philips: »Genau zwischen die Schulterblätter! Die Giftzähne müssen fast bis zum Herz gedrungen sein.«

Die Ratte stand still. Sie atmete wie ein kleiner, weißer Blasebalg. Plötzlich ein Luftsprung – dann fiel sie auf die Seite. Die Beine verkrampften sich. Sie war tot.

Die Frau stand erschlafft. Wie zum Schlaf lösten sich ihre Glieder.

»Nun«, meinte der junge Mann, »das bringt die Gefühle in Aufruhr, was?«

Sie wandte ihm ihre umschleierten Augen zu. »Wird er sie jetzt fressen?«

»Natürlich! Aus bloßem Nervenkitzel hat sie das Tier nicht getötet, sondern aus Hunger.«

Die Lippen der Frau kräuselten sich leicht. »Ich möchte ihn fressen sehen.« Sie sah wieder die Schlange an, die schon aus ihrem Winkel hervorkam, nun nicht mehr mit angriffsbereiter S-Krümmung des Halses, sondern behutsam darauf gefaßt, im Fall von Gefahr sich zurückzuziehen. Vorsichtig stieß die Klapperschlange mit stumpfer Nase das tote Tier, fuhr ihm beruhigt mit dem Kinn über den ganzen Leib, fast als messe, als küsse sie es, öffnete endlich das Maul, sperrte es weit auf und hob ihre Kinnladen aus den Scharnieren.

Mit aller Willenskraft nahm sich Dr. Philips zusammen, sich nicht nach der Frau umzusehen. Er konnte nicht anders, er mußte denken: Sie öffnet den Mund; mir wird schlecht, wenn ich es sehe. Er sah sie nicht an.

Die Schlange fügte ihre Kinnladen dicht um den Rattenkopf und begann in langsamem, gleichmäßigem Schlingen die Ratte sich einzuverleiben. Die Kinnbacken griffen und packten; die Kehle kroch vorwärts, und wieder packten die Lefzen zu.

Philips blickte nach seinem Arbeitstisch. Jetzt habe ich ihretwegen eine Gruppe versäumt, klagte er. Der Satz ist jetzt unvollständig. Er brachte ein Plättchen unter das Mikroskop, sah hindurch – und goß ärgerlich alle zehn Schalen in den Ausguß. Die Flut unter dem Haus war gesunken. Nur noch ein flüsterndes Wogen drang feucht nach oben. Der junge Mann hob eine Falltür im Boden und schüttete seine Seesterne in das Brackwasser. Vor der in der hölzernen Wiege gekreuzigten Katze machte er halt. Mit verzerrtem, erstarrtem Ausdruck grinste sie in das kalte Licht. Ihr Leib war von dem Konservierungsfluid aufgeschwollen. Er zog die Hohlnadel heraus und band die Ader ab.

»Wünschen Sie einen Kaffee?« fragte er.

»Danke. Ich muß bald gehen.«

Er trat neben sie vor den Schlangenkäfig. Bis auf ein Stück des rosigen Schwanzes, das wie eine Teufelszunge aus dem Schlangenmaul ragte, war die Ratte verschwunden. Noch einmal öffnete sich der Schlund – da verschwand auch das Schwanzende. Die Kinnladen schnappten wieder in ihre Scharniere zurück. Der Riesenwurm verzog sich schwerfällig in seinen Winkel, beschrieb eine große Acht; der Kopf legte sich in den Sand . . .

»Jetzt schläft er«, sagte die Frau. »Jetzt gehe ich. Aber ich komme wieder. Ich füttere ihn von Zeit zu Zeit. Die Ratten werde ich Ihnen bezahlen. Und einmal werde ich ihn mitnehmen.« Ihre Augen tauchten einen Moment aus verschleiertem Traum. »Vergessen Sie nicht, er gehört mir! Nehmen Sie ihm das Gift nicht! Er soll es behalten. Gute Nacht!«

Rasch ging sie zur Tür und hinaus. Auf der Stiege konnte Philips noch ihre Schritte vernehmen – draußen nicht mehr.

Er rückte den Stuhl vor den Schlangenkäfig und setzte sich. Während er auf das erstarrte Gewürm blickte, suchte er seine Gedanken zu ordnen. »Ich habe alles Erdenkliche über Sexualsymbole gelesen«, dachte er, »aber darin liegt die Erklärung nicht . . . Vielleicht bin ich zuviel allein. Ich sollte die Schlange töten. Wenn ich wüßte – nein . . . ich kann zu keinem Gott mehr beten . . .«

Wochenlang wartete er auf ihre Rückkehr. Wenn sie wiederkommt, lasse ich sie allein und gehe weg, sagte er sich, ich mag das nicht mehr mit ansehen.

Sie kam nicht wieder.

Wenn Dr. Philips in die Stadt ging, hielt er nach ihr Ausschau – monatelang. Einige Male lief er hinter einer großen Frau her, weil er dachte, sie sei es. Aber er traf sie nie wieder.

Wie ein Dach aus grauem Flanell schied der hochlagernde Winternebel das Salinas-Tal von Himmel und Welt – wie ein Deckel saß er rings an den Bergeshöhen und machte das Tal zu einem riesigen Topf, in dessen Boden sich Pflüge tief einfraßen. Die durchschnittenen Schollen glänzten metallen. Auf die gelben Stoppelfelder beim Fluß schien die Sonne zu strahlen. Doch es war keine Sonne; die gab es jetzt im Dezember nicht – es war das leuchtende, flammende Gelb des dichten Blattwerks der Weidenbüsche, die den Flußlauf entlang wuchsen.

Stille, Erwartung und milde Winterluft. Ein leichter Südwestwind ließ die Farmer auf Regen hoffen. Doch auch am Salinas wandern Regen und Nebel nicht Hand in Hand.

Auf Henry Allens Farm zwischen Fluß und Berg gab es wenig zu tun. Das Heu war geschnitten und eingebracht, die Obstplantagen waren gepflügt und bereit, den Regen zu trinken – wenn er nur käme! Das Vieh auf den Höhen hatte bereits sein rauhes, zottiges Winterfell.

Elisa Allen schaffte fleißig in ihrem Blumengarten. Dabei ging ihr Blick von Zeit zu Zeit hinüber zum Hof, wo Henry mit zwei Männern, Geschäftsleuten der Kleidung nach, etwas verhandelte. Jeder der drei hatte einen Fuß auf dem Trittbrett des kleinen Fordson. Sie rauchten und beguckten sich den Motor.

Elisa war fünfunddreißig Jahre, ihr Gesicht schmal und kräftig, die Augen waren klar. Ihre Gestalt wirkte in der Gärtnertracht und den derben Bauernschuhen etwas plump, zumal sie sich obendrein einen schwarzen, breitrandigen Männerhut tief ins Gesicht gedrückt hatte. Sie trug eine einfache Arbeitsschürze mit vier großen Taschen für Spachtel, Baumschere, Schaber und Messer; sie trug auch Handschuhe zum Schutz ihrer Finger.

Mit einer kräftigen Schere schnitt sie Stiele der vorjährigen Chrysanthemen. Ihr hübsches, reifes Gesicht glühte vor Eifer, vor Übereifer! Die Chrysanthemenstengel schienen zu schwach, zu leicht für die Kraft, die sie aufwendete. Dazwischen sah sie immer wieder einmal nach den Männern und wischte sich dabei mit dem Rücken der behandschuhten Hände die heruntergefallenen Haarsträhnen aus dem Gesicht. Ein Schmutzflecken Erde blieb ihr auf der Wange.

Hinter ihr erhob sich das schmucke, weiße Farmhaus, dicht umwachsen von roten Geranien; sie reichten bis zu den Fensterbrüstungen. Es war ein sauberes Häuschen mit blitzblanken Fenstern. Selbst die Matte vor den Eingangsstufen wies keinen Flecken auf.

Wieder warf Elisa einen Blick nach dem Traktorschuppen. Die Fremden stiegen in ihren Wagen. Sie zog einen Handschuh aus, versenkte die kräftigen Finger in einen Wald junger, grüner Chrysanthemensprößlinge, die rings um die alten Wurzeln emporschossen, zerteilte das Blattwerk und blickte forschend zwischen die dichtstehenden Stengel. Keine Blattläuse, Asseln, Schnecken, Larven? Ihre Jagdfinger hatten all diese Plagen längst im Entstehen vernichtet.

Beim Ton von Henrys Stimme fuhr sie zusammen. Ihr Mann war unbemerkt näher gekommen, hatte sich neben ihr über das Drahtgitter gelehnt, das sie zum Schutz ihrer Blumen gegen Vieh, Hunde und Hühner gezogen hatte. »Schon wieder dabei?« fragte er, »das muß ja eine prächtige Ernte geben!«

Elisa richtete sich auf, zog den Handschuh wieder an. »Ja, es kann gut werden«, bestätigte sie etwas selbstgefällig.

»Du hast dafür eine besondere Gabe«, bemerkte Henry. »Da waren dieses Jahr Chrysanthemen darunter, weißt du, die gelben – davon hatten doch etliche gut und gern fünfundzwanzig Zentimeter im Durchmesser. Ich wünschte mir bloß, du brächtest das auch mit unseren Äpfeln fertig.«

Ihr Blick wurde gespannt; abwehrbereit erwiderte sie: »Vielleicht wäre mir das gar nicht unmöglich. Ich habe darin wirklich eine besondere Gabe, von meiner Mutter her. Die konnte in den Boden stecken, was sie nur wollte – es ist gediehen. ›Man muß Pflanzerhände haben‹, sagte sie einmal, ›die wissen von selbst, was sie zu tun haben.‹«

»Mit Blumen mag das stimmen«, meinte er etwas geringschätzig.

»Henry, wer waren die zwei, mit denen du da gesprochen hast?«

»Dazu bin ich ja hier, um es dir zu erzählen! Die waren von der Western Meat Company. Ich hab' ihnen unsere dreißig dreijährigen Stiere verkauft. Sie zahlen, was ich gefordert habe.«

»Gut«, fand sie, »das ist sehr gut für dich!«

»Ja, und da dachte ich mir: heut ist Samstag, wie wär's, wir fahren zur Feier des Tages nach Salinas, essen fein zu Abend und sehen uns dann einen Film an – was meinst du?« Er sah sie erwartungsvoll an.

»Gut«, wiederholte sie, »o ja, das wäre mir recht.«

»Heut sind auch Boxkämpfe«, begann Henry sie aufzuziehen, »willst du nicht lieber dorthin statt ins Kino?«

Sie schüttelte sich: »Boxkämpfe mag ich nicht.«

»Ich hab' ja nur Spaß gemacht, Elisa. Es bleibt beim Kino! Jetzt ist es zwei. Ich bringe mit Scotty die Stiere hinunter – das dauert bis kurz nach vier. Um fünf fahren wir in die Stadt und essen im Hotel Cominos. Einverstanden?«

»Natürlich; es ist hübsch, einmal auswärts zu essen.«

»Also dann werde ich jetzt die Pferde herbeischaffen.«

»Und ich hier die Setzlinge umpflanzen.«

Da rief er auch schon nach Scotty, der drunten im Stall war.

Bald darauf sah Elisa beide Männer hügelan auf Stiersuche reiten und machte, eifriger noch als zuvor, ein Sandbeet zur Aufnahme der Chrysanthemen bereit. Mit dem Pflanzenstecher wendete sie den Boden um und um, glättete und klopfte ihn fest und hob zehn parallele Furchen aus, die die Setzlinge aufnehmen sollten. Hierauf wandte sie sich dem alten Chrysanthemenbeet zu, zog die kleinen frischen Schößlinge heraus, stutzte sie und legte sie ordentlich auf einen Haufen.

Räderquietschen und Hufschlag kamen von der Landstraße. Elisa blickte auf. Es war mehr ein Feldweg, den hohe kanadische Pappeln und dichtes Weidengebüsch vom Fluß trennten, und auf diesem holprigen Weg näherte sich ein wunderliches Gefährt mit einem wunderlichen Gespann, ein altmodischer alter Kastenwagen wie ein alter Präriekarren, mit rundem Leinwanddach, davor ein Brauner, kaum weniger alt, und ein grauweißes Langohr. Auf dem Bock zwischen den Bahnen des Zeltdachs saß ein großer, stoppelbärtiger Mann und lenkte das langsam dahinkriechende Fahrzeug. Unter dem Wagen, zwischen den Hinterrädern, zottelte gemächlich ein magerer Bastard von einem Vorstehhund. Auf der Zeltleinwand aber standen in krakelig plumpen Buchstaben zwei Reihen verschiedener Wörter geschrieben: »Kessel, Töpfe, Pfannen, Messer, Scheren, Gartengeräte«, und darunter vielverheißend und zuversichtlich sechs Buchstaben: »Wie neu!« Und um jeden der schwarzen Buchstaben temperamentvolle Pinselspritzer. Elisa, am Boden hockend, versuchte, den Vorbeizug des närrischen

Rumpelkarrens mit anzusehen. Aber das Fahrzeug zog nicht vorbei, sondern bog mit knirschenden Rädern in die Auffahrtsstraße zur Farm ein. Der Vorstehhund sprang zwischen den Rädern hervor und rannte voraus. Augenblicklich stürzten die beiden Schäferhunde der Ranch hervor und auf ihn los. Doch plötzlich hielten die drei wütenden Gegner inne und strichen mit bebend erhobenen Schwänzen, schnuppernd, mit der würdevollen Behutsamkeit von Berufsdiplomaten umeinander herum. Die Karawane bewegte sich auf Elisas Drahtzaun zu und hielt an. Der fremde Hund, da er sich in der Minderheit sah, zog sich mit eingezogenem Schweif, gekrümmtem Rücken und zähnefletschend unter den Wagen zurück.

»Feigling«, rief der Mann auf dem Bock ihm zu. »Bist doch sonst so ein Draufgänger, wenn du gereizt wirst!«

»Man merkt's«, lachte Elisa, »wann ist er denn zum letzten Mal ›gereizt‹ worden?« Der Mann lachte herzlich mit: »Das ist schon lange her«, und stieg steif über das Vorderrad vom Bock. Pferd und Esel ließen wie welke Blumen die Köpfe hängen.

Elisa sah, es war ein stattlicher Mann von ungewöhnlicher Größe. Haar und Bart begannen schon grau zu werden, doch wirkte er immer noch jugendlich. Sein Rock war abgetragen, verknittert und voller Flecken. Im Augenblick, da das laute Gelächter endete, war auch jegliche Heiterkeit aus seinem Gesicht verschwunden. Seine dunklen Augen hatten den sinnenden Blick in die Ferne, wie man ihn nur bei Seefahrern und Fuhrleuten findet. Seine schwieligen Hände, die auf dem Gitterzaun ruhten, waren durchfurcht, jede Furche ein schwarzer Strich. Er zog den verbeulten Hut. »Kommt man auf diesem Dreckweg über den Fluß zur Hauptstraße nach Los Angeles – entschuldigen Sie, Ma'am; ich bin nämlich von meiner gewohnten Route abgekommen!«

Elisa stand auf, schob die Gartenschere in ihre Schürzentasche. »Sie müßten durch eine Furt und danach einen Serpentinenweg hinauf. Ich glaube nicht, daß Sie mit Ihrem Gespann durch den Sand kommen; die Biester schaffen das nicht!«

»Sie dürften staunen, Ma'am«, antwortete er würdevoll, »wenn Sie sehen würden, was diese Biester alles schaffen!«

»Wenn sie gereizt sind?« spottete Elisa.

»Wenn sie gereizt sind, jawohl«, versetzte er lächelnd.

»Am besten«, erklärte sie, »fahren Sie zurück zur Straße nach Salinas; dort stoßen Sie auf die Hauptstraße.« Er strich mit den

Fingern über den Drahtzaun wie über eine Harfe. »Ich habe es nicht eilig, Ma'am. Jahr für Jahr ziehe ich von Seattle bis San Diego – Monate brauch' ich dazu. Bis ich wieder zurück bin, ist das Jahr um. Ich ziehe dem schönen Wetter nach.«

Elisa streifte die Handschuhe ab, stopfte sie zu der Schere in ihre Schürzentasche, griff unter die breite Krempe ihres Männerhutes und suchte ihr Haar in Ordnung zu bringen. »Es klingt eigentlich wunderschön ... so ein Wanderleben ...«

Er lehnte sich über den Zaun und sagte vertraulich: »Bemerkten Sie die Inschrift an meinem Wagen? Ich flicke Pfannen und schleife Messer und Scheren. Da gibt's hier sicher manches für mich zu tun.«

»Nein, nein«, fiel sie rasch ein, »nichts, wir brauchen nichts!« Ihr Blick wurde abweisend.

»Die meisten Menschen ruinieren ihre schönen Scheren, weil sie selber daran herumschleifen; das ist Pfuscherei. Bei mir geschieht's mit einem Spezialapparat – patentiert, garantiert unfehlbar, ein kleines Wunder von einer Maschine!«

»Meine Scheren sind noch scharf.«

»Schön. Nehmen wir einen Topf«, fuhr er schwungvoll fort, »einen verbeulten Topf oder einen mit einem Loch! Ich mache ihn wieder wie neu! Das bedeutet für Sie eine Ersparnis!«

»Nein«, schlug sie das Angebot ab, »hier gibt's nichts.«

Sein Gesicht legte sich automatisch in Kummerfalten; die Stimme bebte vor Schmerz. »Ich hatte heute den ganzen Tag noch keinen einzigen Auftrag. Ich habe mich von der Hauptstraße verirrt und für heute nichts zu essen. Und dabei wartet Kundschaft auf mich – von Seattle bis San Diego –, lauter gute Bekannte; sie heben alles zum Schleifen und Flicken auf, bis ich da bin. Sie wissen, sie sparen auf diese Weise viel Geld!«

»Tut mir leid«, sagte Elisa gereizt, »ich habe nichts für Sie.«

Seine Augen wanderten suchend umher, zu dem Chrysanthemenbeet. »Was sind das für Pflanzen, Ma'am?«

»Oh, das sind Chrysanthemen«, antwortete sie, und Widerstand und Gereiztheit schwanden aus ihrer Miene, »gelbe und weiße; ich ziehe sie jedes Jahr, größer als irgendwer weit und breit.«

»Blüten auf hohem Stiel! Wie ein rasch ausgestoßenes farbiges Rauchwölkchen sieht jede einzelne aus, nicht wahr?« meinte er.

»Wie ein farbiges Rauchwölkchen, wirklich! Das haben Sie hübsch gesagt.«

»Sie riechen auch nur so lange schlecht, bis man sich dran gewöhnt«, meinte er.

»Sie riechen nicht schlecht!« widersprach sie, »es ist ein angenehm bitterer Geruch.«

»Gewiß, gewiß«, beeilte er sich ihr beizupflichten, »ich rieche es selber sogar sehr gern.«

»Ich hatte dieses Jahr Blüten – zehn Zoll im Durchmesser«, sagte sie stolz.

Der Mann beugte sich weiter über den Zaun. »Ich kenne da eine Dame, einige Meilen von hier an der Chaussee – die hat den nettesten Garten, den man sich denken kann, alle möglichen Blumen, nur keine Chrysanthemen. Als ich letztes Mal den Kupferboden ihrer Badewanne repariert habe – ein schwieriges Geschäft, aber ich habe es tadellos fertiggebracht –, da bat sie mich: ›Wenn Sie je unterwegs irgendwo schöne Chrysanthemen sehen, schauen Sie, bitte, ob Sie nicht für mich etwas Samen bekommen!‹ Hat sie mir selber gesagt.«

»Dann versteht sie aber von Chrysanthemen nicht viel«, meinte Elisa mit nachsichtigem Lächeln, »die zieht man nicht aus Samen; es geht viel einfacher, wenn man die jungen Setzlinge nimmt, wie Sie sie hier sehen.«

»Aha! Davon könnte man wohl keine bekommen?« fragte er schüchtern.

»Das können Sie«, rief Elisa angetan, »ich könnte Ihnen ein paar in feuchten Sand setzen, und Sie nehmen sie einfach mit. Wenn Sie gut aufpassen und den Sand feucht halten, schlagen sie in dem Topf Wurzeln; die Dame kann sie dann umpflanzen.«

»Da wäre sie sicher sehr froh, Ma'am. Und sie werden so schön?«

»Wunderbar werden sie, prachtvoll!« Ihre Augen glänzten. Sie riß ihren alten Hut herunter und schüttelte ihr volles und schönes Schwarzhaar. »Ich setze sie in einen Blumentopf; Sie können ihn dann mitnehmen. Kommen Sie bitte herein!« Und schon eilte sie, während der Mann ihrer Einladung folgte, aufgeregt den geranienumsäumten Pfad hinter das Haus, von wo sie alsbald mit einem schönen, großen, rotglasigen Blumentopf zurückkehrte. Sie kniete neben dem Setzbeet nieder und schöpfte, ohne an Handschuhe zu denken, mit den Fingern die Erde in den blitzblanken Blumentopf, nahm den eben vorbereiteten Stapel Schößlinge, drückte ihn hinein und klopfte die Erde mit den Knöcheln fest. Neben ihr, über ihr stand der Mann. »Ich werde Ihnen sagen, wie man sie zu behandeln hat«, erklärte sie eifrig. »Können Sie es sich merken und der Dame ausrichten?« fragte sie.

»Ich werde mir alle Mühe geben.«

»Dann passen Sie auf! In etwa einem Monat schlagen sie Wurzeln. Dann muß sie sie herausnehmen und in Abständen von ungefähr einem Fuß in gute Gartenerde – wie diese hier – einsetzen.« Sie hob eine Handvoll der fetten Erde und zeigte sie ihm. »Sie wachsen rasch und werden sehr groß. Passen Sie gut auf! Im Juli soll sie sie ganz kurz abschneiden: acht Zoll vom Boden!«

»Vor der Blüte?« fragte der Mann.

»Vor der Blüte!« Ihr Gesicht war von Eifer gespannt. »Sie wachsen nachher erst recht. Gegen Ende September kommen die Knospen.« Sie hielt inne, etwas verwirrt. »Die Knospen erfordern besondere Pflege ...« Sie zögerte. »Wie soll ich es Ihnen nur klarmachen?« Sie sah ihm tief in die Augen, forschend. Ihr Mund öffnete sich ein wenig. Es war, als lauschte sie. »Haben Sie je von Pflanzerhänden gehört?« fragte sie leise.

»Nicht, daß ich wüßte, Ma'am.«

»Ich kann Ihnen auch nur sagen, wie ich es empfinde. Beim Auslesen der Knospen – wenn man die ungeeigneten abpflückt –, dann spürt man es in den Fingerspitzen und sieht zu, wie die Finger arbeiten; sie arbeiten von selbst, pflücken die Knospen und irren sich nie. Sie sind eins mit den Pflanzen. Man fühlt das bis in den Arm hinauf. Nie begehen sie einen Irrtum; man fühlt es. Wenn Sie auch so sind, machen Sie nie etwas falsch. Können Sie das verstehen? ... Verstehen Sie mich?« Sie kniete noch; ihre Brust hob sich erregt. Sie sah zu ihm auf.

Seine Augen wurden schmal. Er blickte verloren beiseite. »Vielleicht kenne ich das ... Manchmal in meinem Wagen bei Nacht ...«

Ihre Stimme war heiser, als sie ihm ins Wort fiel: »Ich hatte nie ein Leben wie Sie, aber ich weiß, was Sie meinen. Die Nacht ist finster, die Sterne strahlen glitzernd, und ringsum ist alles still. Sie fahren auf, stehen auf. Jeder der glitzernden Sterne ist wie ein Nagel in Ihren Körper getrieben; so ist es, ja ... so heiß und scharf und – wunderschön.«

Da kniete sie; ihre Hand hob sich, streckte sich aus, fast rührten die Fingerspitzen an seine schwarzen, schmierigen Hosen.

Die Hand fiel, lag auf der Erde. Elisa duckte sich, krümmte sich wie ein Hund.

»Sehr hübsch, wie Sie das sagen«, meinte der Mann, »wenn man aber nichts zu Abend gegessen hat, ist es weniger hübsch.«

Sie richtete sich auf, stand beschämt, hielt ihm den Blumentopf hin, legte ihn freundlich in seine Arme. »Hier! Stellen Sie ihn in Ihrem Wagen neben sich auf den Sitz, damit Sie ihn unter Beobachtung haben. Vielleicht läßt sich doch etwas für Sie finden.«

Hinter dem Haus wühlte sie im Blechhaufen und fand zwei alte, beschädigte Schmortiegel, die sie ihm brachte. »Hier, vielleicht können Sie die instand setzen!« Sogleich war er wie ausgewechselt. »Die werden wie neu«, sagte er sachlich mit Kennerblick.

Schon hatte er hinten aus seinem Wagen einen kleinen Amboß und aus einem öligen Werkzeugkasten ein Hämmerchen hervorgeholt. Elisa war durch das Pförtchen getreten und sah ihm zu, wie er aus den Pfannen die ausgezackten Ränder herausklopfte. Sein Blick war sicher und kundig. Als seine Arbeit zum schwierigsten Punkt gelangte, leckte er an seiner Unterlippe.

»Schlafen Sie immer in Ihrem Wagen?« fragte Elisa.

»Immer, Ma'am. Ob Regen, ob Sonnenschein – ich liege da drin so trocken wie eine Kuh im Stall.«

»Das muß herrlich sein«, fand Elisa. »Schade, daß eine Frau so etwas nicht kann!«

»Ist nicht das richtige Leben für eine Frau.«

Ihre Oberlippe hob sich ein wenig, so daß man ihre Zähne sah. »Warum nicht? Wie können Sie das behaupten?« Sie sah ihn fragend erwartungsvoll an.

»Will ich auch gar nicht behaupten, natürlich nicht, Ma'am. Hier sind ihre beiden Pfannen, fix und fertig. Sie brauchen keine neuen zu kaufen.«

»Und wieviel –?«

»Sagen wir, fünfzig Cents. Ich arbeite billig und gut, daher sind auch meine Kunden überall hochbefriedigt.«

Sie holte ein Fünfzigcentsstück aus der Küche und legte es in seine Hand: »Ich kann selber Scheren schleifen, jawohl, ich mache Ihnen Konkurrenz, und aus kleineren Töpfen bringe ich auch die Beulen heraus. Ich könnte Ihnen schon zeigen, wozu eine Frau imstande ist.«

Er versorgte den Hammer im Werkzeugkasten, den Amboß unter der Wagenplane. »Für eine Frau«, meinte er, »wäre das ein zu einsames Leben, ein karges, ein hartes Dasein; jede Nacht mit den Tieren unter den Wagen kriechen.« Er stieg auf die Deichsel, wobei er sich an dem weißen Rücken des Esels festhielt, setzte sich auf den Bock, nahm die Zügel auf. »Herzlichen Dank, Ma'am! Ich folge Ihrem Rat und fahre zurück nach Salinas.«

»Vergessen Sie nicht«, rief sie, »wenn Sie sich länger aufhalten, den Sand zu befeuchten!«

»Was für Sand – ach so, den Blumensand! Wird besorgt!« Er schnalzte mit der Zunge. Klepper und Esel legten sich bequem ins Geschirr, das Hundevieh lief zwischen die Hinterräder auf seinen Platz, der Wagen wendete, rumpelte durch die Einfahrt und fuhr den Weg zurück, auf dem er gekommen war.

Elisa stand am Drahtzaun. Ihre Schultern waren gestrafft, ihr Kopf zurückgeworfen, die Augen halb geschlossen, so daß das Bild der abziehenden Karawane in ihnen verschwamm. Stumm bewegten sich ihre Lippen zu einem Lebewohl ... »Lebe wohl!« Sie flüsterte: »Ein guter Weg ... hell und klar ... da ist Glut«, und fuhr beim Ton ihrer Stimme zusammen. Hatte sie jemand gehört? Nein, nur die Hunde. Sie hoben die Köpfe, blinzelten schläfrig aus ihrer Hütte, reckten sich und schliefen weiter. Elisa schüttelte sich und eilte ins Haus.

In der Küche griff sie an den Boiler; er war voll, das Wasser vom Mittag noch heiß. Im Badezimmer riß sie sich die erdigen Kleider vom Leib, schleuderte sie in die Ecke, stieg in ihr Bad, scheuerte sich mit Bimsstein Beine, Schenkel, Lenden, Brust und Arme, bis die Haut rot und zerkratzt war. Nachdem sie sich trocken gerieben, stellte sie sich im Schlafzimmer vor einen Spiegel und betrachtete ihren Körper. Sie straffte den Unterleib, hob die Brüste, drehte sich und besah über die Schultern den Rücken. Dann kleidete sie sich sehr langsam an.

Sie zog ihre neue Unterwäsche und ihre zartesten Strümpfe an. Sie legte ein Kleid zurecht, das für sie ein Sinnbild der eigenen Schönheit war, frisierte sich mit der größten Sorgfalt, zog die Brauen nach und legte Rouge auf. Bevor sie fertig war, vernahm sie den leichten Donner der Hufe und Henrys und Scotts Geschrei, womit sie die Stiere der Hürde zutrieben. Sie hörte das Gittertor hinter ihrem eintretenden Mann zuschlagen und seine Schritte auf der Veranda. Mit dem Ruf »Elisa, wo bist du?« betrat er das Haus.

»Hier!« rief sie, »in meinem Zimmer, ich ziehe mich an, ich

bin noch nicht fertig. Eil dich, es ist schon spät! Heißes Wasser für dein Bad ist bereit!«

Sie hörte ihn in der Wanne plätschern, legte ihm den schwarzen Anzug aufs Bett, daneben Hemd, Socken, Krawatte, stellte die polierten Schuhe davor, ging auf die Veranda, setzte sich steif und geziert auf den Stuhl und blickte hinab auf den Uferweg, die dichte, winterlich gelbe Weidenreihe, die wie ein gemalter Sonnenstrahl unter dem hohen, stumpfgrauen Nebeldach lag, die einzige Farbe im Lichtlosen. Unbewegt saß sie, kaum daß ihre Augen zuckten . . .

Die Tür laut hinter sich zuschlagend, kam Henry heraus und rückte noch die Krawatte zurecht. Erstaunt sah er Elisa an. »Nanu! Nett siehst du aus, Elisa!« rief er gutgelaunt.

»Nett? Was willst du damit sagen?«

»Ich weiß nicht«, antwortete er täppisch, »so anders, so stark und glücklich. «

»Stark?« fragte sie betroffen. »Was meinst du mit ›stark‹?«

»Du, ist das ein neues Spiel, das du dir ausgedacht hast?« fragte er hilflos verwirrt. »Du siehst so stark aus, als könntest du ein Kalb überm Knie auseinanderbrechen, und so glücklich, als könntest du es wie eine Melone zum Nachtisch verspeisen!«

Ihre Erstarrung wich. »Du sollst so nicht reden, Henry!« Sie hatte sich wieder in der Gewalt. »Ja, ich bin stark«, rühmte sie sich, »nie hab' ich gewußt, wie stark ich bin. «

Henry sah zum Traktorschuppen. »Ich fahre den Wagen vor. Zieh nur inzwischen den Mantel an!«

Sie hörte ihn, wie er beim Gittertor vorfuhr und anhielt. Der Motor surrte. Es währte lange, bis die den Hut richtig aufgesetzt hatte. Sie schob und rückte, dahin, dorthin. Als Henry den Motor abschaltete, schlüpfte sie in den Mantel und ging hinaus.

Der kleine Zweisitzer holperte über die starren Furchen des Uferweges, jagte die Vögel auf und scheuchte wilde Kaninchen in die Gebüsche. Zwei Kraniche strichen dicht über die Weiden und fielen in das Flußbett ein.

Weit vor ihnen, mitten auf dem Weg bemerkte Elisa einen dunkleren Fleck. Sie erkannte ihn. Sie wußte, was es war. Sie wollte nicht hinsehen, als sie vorüberfuhren, doch ihre Augen gehorchten ihr nicht.

Traurig sprach sie zu sich selbst: »Er hätte sie nicht auf den Weg werfen sollen . . . Aber den Topf hat er behalten«, redete sie sich ein. »Den Topf wollte er behalten. Drum mußte er sie auf den Weg werfen.«

Der Wagen nahm eine Kurve. Vor sich sah Elisa den Planwagen.

Sie wandte sich ganz zu ihrem Mann hin, und so geschah es, daß sie nichts von dem bespannten Wägelchen sah, nichts von dem ungleichen Gespann und nichts von dessen Lenker. Ihr Wagen sauste vorüber.

Sie waren vorbei. Es war geschehen. Sie sah nicht zurück und sagte laut, um das Motorengeräusch zu übertönen: »Das wird heut' abend schön! Ich freu' mich schon auf das Essen!«

»Jetzt bist du wieder ganz anders«, fand Henry, nahm die Hand vom Volant und klopfte ihr zärtlich das Knie. »Ich sollte dich öfter ausführen. Es täte uns beiden gut. Auf der Ranch wird man schwermütig.«

»Henry«, fragte sie unvermittelt, »bestellst du zum Dinner Wein?«

»Gern«, rief er, »es soll heut' lustig werden!«

»Henry«, fragte sie wieder nach längerem Schweigen, »bei diesen Boxkämpfen – tun da die Männer sich sehr weh?«

»Manchmal schon, nicht oft. Warum?«

»Ich habe gelesen, daß sie sich die Nasen zerschlagen, bis ihnen das Blut über die Brust fließt und die Fausthandschuhe davon nur so triefen.«

Er sah sie erstaunt an. »Solches Zeug liest du, Elisa? Ja, was ist denn heut' in dich gefahren?« Er verlangsamte die Fahrt, drehte nach rechts und fuhr über die Salinasbrücke.

»Gehen auch Frauen zu Boxkämpfen?« fragte sie.

»Gewiß, viele. Möchtest du hin, Elisa? Ich dachte, du magst nicht, aber wenn du Lust hast, nehme ich dich gern mit.«

Matt lehnte sie sich zurück. »Nein, nein ... ich will nicht hin, sicher nicht, nein!« Sie wandte sich ab, »mir genügt, wenn wir Wein trinken; das ist mehr als genug«, und stellte den Kragen ihres Mantels hoch, damit er ihr Weinen nicht sähe, ein dünnes, kraftloses Weinen wie das einer alten Frau.

I

Ein mächtiges Atelierfenster nahm die dem Kamin gegenüber-
gelegene Wand des Wohnzimmers ein. Es bestand aus einzelnen, in Blei gefaßten Scheiben und reichte von den Polstersit-
zen fast bis zur Decke. Von diesem Fenster aus hatte man – vor
allem, wenn man auf dem Fensterplatz saß – einen weiten Blick
auf den Garten, den schattigen Rasen unter den Eichen, die
sorgsam gepflegten Blumenbeete mit vielfarbigen Zinerarien,
die sich unter der zauberischen Last ihrer von scharlachrot bis
ultramarin spielenden Blütenpracht zur Erde neigten, auf das
Fuchsienspalier am Ende des Gartens und daneben auf den kleinen, seichten Weiher, dessen Spiegel mit Absicht fast auf der
gleichen Ebene wie der Rasen lag.

Hinter dem Garten ging es bergan. Da wuchsen spanische
Cascarabüsche, vielerlei Sträucher und wilde Gräser bunt
durcheinander. Es war eine Wildnis, und niemand, der nicht
ums Haus herum und zur Vorderseite ging, hätte vermuten
können, daß er sich hier am Rande einer größeren Stadt befand.

Mary Teller, genauer gesagt: Mrs. Harry E. Teller, war davon überzeugt, daß dieser Blick durch das Fenster und dieser
Garten der Inbegriff der Vollkommenheit waren. Es konnte
nicht anders sein. Hatte sie doch den Platz für Garten und Haus
schon Jahre, bevor sie gebaut wurden, ausgesucht! Hatte sie
Haus und Garten nicht schon im Geiste gesehen, deutlich und
tausendmal, als das Grundstück noch kahl und unbebaut dalag?
Deshalb allein hatte sie fünf Jahre lang jeden Mann, der sich um
ihre Gunst bewarb, nur daraufhin angesehen, ob er und der
geträumte Garten »zusammengehen« würden. Sie hatte nicht
etwa gedacht: Wird dieser Mann so einen Garten lieben?, sondern: Wird mein Garten so einen Mann lieben? Denn der Garten war sie, und schließlich mußte sie ja jemanden heiraten, den
sie liebte.

Als sie Harry Teller begegnete, schien ihn der Garten zu
lieben. Aber Harry war doch ein wenig erstaunt, als Mary,

nachdem er ihr seinen Antrag gemacht hatte und beklommen ihre Antwort erwartete, von einem großen Atelierfenster zu reden begann und anschließend einen Rasen mit Eichen, Fuchsien und Zinerarien beschrieb.

»Gewiß ... allerdings ...«, meinte er unsicher.

»Hältst du das für verkehrt?« fragte sie.

Er wußte nicht recht, was er sagen sollte, und antwortete daher: »Keinesfalls«, worauf sie den Antrag annahm, sich küssen ließ und erklärte: »Dahinter liegt ein kleiner Weiher auf gleicher Ebene mit dem Rasen. Weißt du, warum? Im Bergwald sind so viele Vögel, wie du es dir gar nicht vorstellen kannst: Goldammern, wilde Kanarienvögel, Amseln, Schwarzdrosseln, Hänflinge und viele Wachteln, natürlich auch Spatzen. Die werden herüberfliegen und trinken, was meinst du?«

Sie war bildhübsch. Er wollte sie immerzu küssen. Sie ließ ihn gewähren und sagte: »Vergiß nicht die Fuchsien! Sie sehen wie kleine exotische Christbäume aus.« Er küßte weiter. »Den Rasen muß man täglich rechen, damit sich kein Eichenlaub darauf herumtreibt.«

Er lachte: »Du bist ein komischer Käfer! Das Grundstück ist noch nicht gekauft, das Haus noch nicht gebaut, der Garten noch ungepflanzt, und du machst dir wegen heruntergefallener Eichenblätter Gedanken! Du bist so schön, ich habe ein solches Verlangen nach dir!«

Dieses Verlangen verursachte ihr ein Unbehagen; das hübsche Gesicht verzog sich, doch ließ sie ihn weiter küssen und schickte ihn dann nach Hause, ging auf ihr Zimmer, wo sie einen kleinen blauen Schreibtisch und darauf ein Tagebuch hatte, nahm einen Federhalter, der oben in eine Pfauenfeder auslief, und schrieb: »Mary Teller Mary Teller«, immerzu: »Mary Teller.« Ein paarmal schrieb sie auch: Mrs. Harry E. Teller.«

2

Die Parzelle war gekauft, das Haus wurde gebaut, und die beiden waren verheiratet. Mary hatte einen genauen Plan des Gartens entworfen und war den Handwerkern keinen Augenblick von der Seite gewichen. Haargenau wußte sie, wo alles hinkommen und wie es sein sollte. Den kleinen Weiher zeichnete sie den Handwerkern auf: Er war fast herzförmig, zementiert, ohne Kanten, die Ränder abgeschrägt, denn die Vögel sollten bequem trinken.

Henry staunte. »So ein schönes Mädchen und dabei so tüchtig!« rief er, und das gefiel ihr. Sie war so glücklich, daß sie ihm antwortete: »Du kannst in dem Garten alles pflanzen, wozu du Lust hast«, aber das lehnte er ab: »Nein, der Garten soll ganz deinen Wünschen entsprechen und deiner Art.«

Sie fand das sehr lieb von ihm, aber es war ja auch wirklich ihr Garten. Sie hatte ihn erfunden und bis in jede Einzelheit mit Sorgfalt bestimmt. Es wäre nicht nett von Henry gewesen, wenn er Blumen gewollt hätte, die nicht in den Garten hineinpaßten.

Endlich war der grüne Rasen gesprossen; die Zinerarien standen in eingegrabenen Töpfen rings um die Eichen und blühten, und die Fuchsienstöcke waren so behutsam eingepflanzt worden, daß nicht ein Blättchen zu Boden fiel.

Auf der langen Fensterbank beim Atelierfenster lagen viele Kissen, alle in lichtunempfindlichem, hellem Überzug; die Sonne schien ja den größten Teil des Tages herein.

Als alles fertig war und so dalag, wie sie es im Geiste gesehen hatte, führte sie eines Abends ihren Mann, als er vom Büro nach Hause kam, zum Fenstersitz und sprach sanft: »Siehst du, so habe ich es gewollt, genau so.«

»Wunderbar«, fand Harry, »einfach fabelhaft.«

»Fast tut es mir leid, daß es fertig ist«, meinte sie, »aber ich bin doch auch froh. Es soll jetzt nichts mehr daran geändert werden, nicht wahr, Harry? Wenn ein Busch stirbt, setzen wir den gleichen wieder an dieselbe Stelle.«

»Komischer kleiner Käfer!«

»Ja, weißt du, ich habe so lange an diesen Garten gedacht, daß er ein Teil meiner selbst geworden ist, und wenn man daran etwas umändern wollte, wäre es so, als risse man mir etwas aus der Seele.«

Er streckte die Hand aus, wollte Mary berühren, doch er zog sie wieder zurück. »Ich liebe dich, Mary, liebe dich sehr. Aber« – setzte er nach einer Pause hinzu – »ich habe auch Angst vor dir.«

»Du hast Angst vor mir? Was ist denn an mir, das dich ängstigt?«

»Das weiß ich selbst nicht richtig, Mary; es ist etwas Uner-
klärliches, diese Unberührbarkeit . . . Du bist wie dein Garten –
festgelegt bis in jede Einzelheit; man hat Angst, sich darin zu
ergehen. Es könnte irgendwo eine Störung eintreten.«

Sie dankte ihm für sein zartes Verständnis. »Du bist lieb, du
hast mich gewähren lassen; du hast ihn zu meinem Garten
gemacht. Oh, du bist lieb«, und überließ sich seinen Umar-
mungen.

3

Bei der ersten Abendgesellschaft im neuen Haus konnte er auf
seine junge Frau stolz sein und war es auch. So hübsch wie sie
war, so kühl und vollendet. Der Blumenschmuck in den Gesell-
schaftsräumen war zauberhaft. Von ihrem Garten sprach sie so
zögernd, so bescheiden, als spräche sie von sich selbst.

Manchmal geschah es, daß sie einen Besucher durch den Garten geleitete, auf einen Fuchsienstock wies und lächelnd bemerkte: »Ich wußte nicht, ob er sich durchsetzen würde«, und es
war, als spräche sie von einem Menschen: »Er brauchte viel
kräftige Nahrung, bis er sich endlich dazu entschloß, in die
Höhe zu schießen.«

Sie sah reizend aus, wenn sie im Garten arbeitete. Ihr lichtes
Kleid war hell gemustert, ärmellos und sehr lang. Dazu trug sie
einen schönen, altmodischen Sonnenhut und zum Schutz ihrer
Hände kräftige Handschuhe. Es machte Harry Freude, ihr zuzu-
sehen, wie sie mit ihrem Korb sich von Pflanze zu Pflanze begab
und mit einem großen Löffel den Wurzeln ihr »Futter« verab-
reichte oder wenn sie gemeinsam des Nachts auf Schneckenjagd
auszogen. Dann hielt Mary die Taschenlaterne, und Harry wü-
tete unter den Schnecken und Asseln und dachte, während er sie
zu Brei zertrat, wie furchtbar der Anblick für Mary doch sein
müsse, aber das Licht in ihrer Hand zitterte nicht. Tapferes
Kind, dachte er, was für ein unerschrockenes Herz wohnt doch
in diesem zerbrechlich zarten und schönen Körper! Sie spornte
noch seinen Jagdeifer an: »Da, das Riesenvieh! Es will an die
große Levkoje; rasch, mach es tot!« Unter glückseligem Lachen
kehrten sie nach beendeter Jagd in ihr Haus zurück.

Wegen der Vögel war Mary in Sorge. »Sie kommen nicht«, klagte sie, »kaum, daß einmal einer zur Tränke kommt. Was hält sie nur von dem Weiher zurück?«

»Sie haben sich noch nicht daran gewöhnt; sie werden schon kommen! Vielleicht streicht da auch eine Wildkatze herum.«

»Wenn eine Katze in der Gegend ist«, rief Mary hochrot vor Empörung, »lege ich vergiftete Fische aus. Es dürfen keine Katzen hinter meinen Vögeln her sein.« Sie knirschte mit den Zähnen vor Wut; ihr Atem ging schwer.

Harry besänftigte sie. »Weißt du, was ich machen werde? Ich kaufe ein Luftgewehr. Wenn sich dann eine Katze blicken läßt, brenne ich ihr eins auf den Pelz. Davon stirbt sie nicht; es tut nur verdammt weh. Du wirst sehen: Sie läßt sich dann nie wieder blicken.«

»Ja«, meinte sie getröstet, »das wird das richtige sein!«

Nachts war das Wohnzimmer besonders gemütlich. Das Feuer loderte wie eine Wand von Flammen.

Bei Vollmond schaltete Mary die Lichter aus, und sie saßen beisammen am Fenster und blickten hinaus in die blaue Kühle des Gartens, auf die dunklen Eichen . . . ruhig und ewig lag das Grundstück vor ihnen gebreitet, und dahinter begann die Wildnis, der Berg. »Der Feind!« nannte ihn Mary einmal, »die Welt, die in die unserige einbrechen möchte, eine wilde, wirre, ungeordnete Welt! Aber sie darf nicht herein; die Fuchsien erlauben es nicht; sie halten Wache. Die Vögel dürfen herein. Sie leben zwar in der Wildnis, aber in meinem Garten finden sie Frieden und Wasser.« Sie lächelte sanft. »Es ist wie ein Wunder, Harry. Die Wachteln werden schon zutraulich. Heute abend sind zwölf vom Berg her zu meinem Weiher gekommen, ist das nicht ein Wunder?« Sie lachte beglückt.

»Ich wollte, ich könnte in dich hineinsehen«, gestand er. »Alles an dir ist Unruhe, Bewegung – und dabei bist du deiner so sicher, bist so abgeklärt und so kühl . . .«

Sie setzte sich ihm auf den Schoß. »Gar nicht so sicher, du weißt davon nichts, Gott sei Dank, ich bin froh«, und stand wieder auf.

Eines Nachts – Harry saß neben der Stehlampe und las die Zeitung – fuhr Mary auf: »Ich habe meine Gartenschere draußen gelassen. Sie wird ja rostig!«

Er sah auf. »Soll ich sie dir holen?«

»Nein, ich gehe selbst, Harry, du findest sie nicht.« Sie eilte hinaus, suchte und fand die Schere. Dann blickte sie von draußen durchs große Fenster ins Wohnzimmer.

Harry las. Das Zimmer war hell. Es war wie ein Bühnenbild – gleich mußte das Spiel beginnen. Ein feuriger Vorhang loderte aus dem Kamin empor. Mary stand und sah, sah den tiefen, breiten Sessel, aus dem sie sich vor einer Minute erhoben hatte. Was täte sie wohl jetzt, wenn sie da sitzengeblieben und nicht hinaus in den Garten gegangen wäre? Vielleicht war nur ihr Sehen, ihr geistiges Auge hinaus ins Freie gewandelt und hatte Mary dort drinnen gelassen. Saß sie nicht immer noch dort?

Ihr war, als sähe sie ihre runden Arme, die schmalen Finger auf der Lehne des Sessels. Das feine, nervöse Profil blickte nachdenklich in die Flammen. »Woran denkt sie?« flüsterte sie. »Ich wollte, ich könnte in sie hineinsehen ... Ob sie wohl aufsteht? ... Nein, sie bleibt. Der Ausschnitt des Kleides ist ein wenig zu weit; es gleitet ihr über die Schultern ... Es steht ihr gut; es hat etwas Freies, Sorgloses und wirkt dabei schön und rein. Sie lächelt ... Sie denkt wohl an etwas sehr Angenehmes.«

Sie kam wieder zu sich und war sich darüber klar, was geschehen war. Sie war darüber entzückt. Ich war doppelt, dachte sie, als hätte ich zwei Leben. Mir ist es gegeben, mich selber zu sehen. Wie schön! Ob ich das immer kann, so oft ich will? ... Ich sah, was die andern sehen, wenn sie mich betrachten. Das muß ich Harry erzählen! Aber im gleichen Augenblick entstand ein zweites Bild: Sie versucht, ihm das Geschehene zu erklären, und sieht ihn mit angestrengtem, ja fast gequältem Blick sie über die Zeitung prüfend betrachten; er gibt sich stets solche Mühe, sie zu verstehen – und es gelingt ihm nie! Würde sie ihm von ihrer nächtlichen Erscheinung erzählen, er würde sie ausfragen, die Sache nach allen Seiten hin erörtern, um dahinterzukommen – und alles wäre zerstört. Es ist nicht seine Absicht, gewiß nicht, aber so würde es kommen, so kam es immer ... Er wollte Licht auf Dingen, die das Licht nicht vertrugen.

Nein, sie wird ihm nichts sagen. Sie wird bald wieder hinaus und vors Fenster treten. Wenn er es verdirbt, kann sie es nie mehr.

Sie sah durchs Fenster. Harry ließ die Zeitung sinken und schaute zur Tür. Sie eilte hinein, zeigte ihm die Schere, zum Beweis, daß ihr Verweilen zweckmäßig war: »Siehst du, da hat sie schon Rost angesetzt. Morgen früh wäre sie braun und verdorben gewesen.«

Er lächelte und nickte. »Nach dem, was ich eben in der Zeitung gelesen habe, wird es mit dem Anleihegesetz Schwierigkeiten geben. Es sind Gegenströmungen vorhanden. Ich finde aber, wenn ein Bedürfnis nach Kapital vorhanden ist, so muß jemand es vorstrecken!«

»Von Anleihen verstehe ich nichts«, sagte sie. »Mir hat jemand gesagt, deine Gesellschaft hat schon auf jedes Auto Anspruch, das hier über die Straße fährt.«

Er mußte lachen. »Ganz so ist's nicht, aber beinah. Wenn die Zeiten schlecht sind, verdienen wir.«

»Schrecklich«, fand sie, »das kommt mir nicht anständig vor.«

Er legte die Zeitung zusammen. »Ich halte es keineswegs für unanständig. Das Volk braucht Geld; wir liefern es. Der Zinssatz wird gesetzlich festgelegt; damit haben wir nichts zu tun.«

Sie legte die schönen Arme, die schmalen Finger über die Sessellehne, so wie sie es eben durchs Fenster an sich beobachtet hatte. »Ich halte es auch nicht für unfair; es sieht nur so aus, weil ihr Nutzen aus Menschen zieht, denen es schlecht geht.«

Er starrte lange ins Feuer. Sie fühlte, ihre Worte hatten ihn getroffen. Es kann ihm nichts schaden, dachte sie, wenn er einmal merkt, was Business wirklich ist! Wenn man selber das gute Geschäft macht, sieht es natürlich ganz anders aus, wie wenn man als ein Außenstehender darüber nachdenkt. Eine kleine seelische Reinigung kann Harry nur guttun!

Er sah zu ihr auf. »Sag, Kind, du hältst es doch nicht für unanständig?«

»Aber nein! Ich versteh' nichts von Anleihen. Wie kann ich da sagen, ob etwas richtig oder nicht richtig ist?«

Er ließ nicht locker. »Aber du hast das Gefühl, es sei unanständig. Sag mal! Hältst du es für eine Schande, solche Geschäfte zu machen? Schämst du dich meiner? Das täte mir leid.«

Sie war plötzlich wie ausgewechselt. »Bist du dumm!« lachte sie. »Ich schäme mich nicht. Jeder hat das Recht, Geld zu verdienen, wenn er es kann. Du tust, was du kannst, und du kannst es! Bist du jetzt beruhigt?«

»Gewiß, mein Schäfchen!«

Als sie im Bett lag, in ihrem eigenen, hübschen Schlafzimmer, vernahm sie ein leises Klinken, sah den Türknopf sich drehen und langsam wieder zurückgehen. Ihre Tür war verschlossen; das war für ihn das Zeichen, daß da etwas war, worüber sie nicht reden wollte. Der Riegel war die Antwort auf eine Frage, eine klare, rasche und saubere Antwort.

Merkwürdigerweise war es Harry unangenehm, wenn sie wußte, er habe versucht, zu ihr zu kommen. Aber sie wußte es immer. Er war lieb und zartfühlend und genierte sich sehr, wenn er den Knopf drehte und die Tür geschlossen fand.

Sie schaltete das Licht aus. Ihre Augen gewöhnten sich an das Dunkel. Sie sah zum Fenster hinaus in den Garten, der im Lichtschein des Halbmondes dalag. Harry war taktvoll und lieb. Neulich erst: die Geschichte mit dem Hund! Wie er da hereingestürzt kam, richtig hereingestürzt, mit hochrotem Gesicht, so aufgeregt, daß es ihr einen Schreck einjagte; sie dachte, es sei ein Unglück geschehen. Sie hatte bis tief in die Nacht hinein Kopfweh! »Joe Adams« – hatte er da gerufen – »seine irische Terrierhündin hat Junge! Er will mir eins schenken! Prima Stammbaum! Rot wie Erdbeeren!« Er freute sich so auf das Junge, und es tat ihr weh, daß nichts daraus werden konnte. Aber sie war stolz darauf, wie rasch er es einsah! Als sie ihm nämlich erklärte, was ein Hund im Garten an ihren Pflanzen anstellen würde . . . er würde sogar in den Beeten wühlen, und was das schlimmste wäre, die Vögel vom Weiher verscheuchen – da sah er es ein. Kompliziertere Dinge wie jene Vision im Garten würden ihm natürlich Kopfzerbrechen verursachen, aber das mit dem Hund verstand er sogleich. Als ihr damals der Kopf wehtat, rieb er ihr Schläfen und Stirn mit Florida-Wasser ein. Das war der Fluch ihrer lebhaften Einbildungskraft! Hatte sie nicht im selben Moment den Hund im Garten gesehen, wie er ihre Blumen besudelte und in den Beeten scharrte! Furchtbar! Genau, als geschähe es wirklich! Harry war hernach unglücklich und konnte doch nichts für diese zu lebhafte Einbildungskraft! Sie durfte ihm keine Vorwürfe machen; er konnte es ja nicht wissen.

5

Die Zeit gleich nach Sonnenuntergang nannte Mary »die eigene Stunde des Gartens«; es war so etwas wie eine Weihestunde. Dann arbeitete die Studentin, die für Hausarbeiten bestellt war, in der Küche, während Mary über den Rasen auf eine Eiche zuschritt, hinter der ein Liegestuhl stand. Von hier aus konnte sie die Vögel beim Trinken beobachten. Hier fühlte sie sich ganz in den Garten ein. Kam Harry aus dem Büro, so blieb er drinnen im Haus, las die Zeitung und wartete, bis sie mit verklärtem Antlitz aus ihrem Garten kam. Sie konnte dort keine Störung vertragen; es machte sie ungehalten.

Der Sommer neigte sich seinem Ende zu. Mary warf einen Blick in die Küche. Es war alles in Ordnung, im Wohnzimmer lag das Holz im Kamin bereit; sie brauchte es nur anzuzünden und tat es. Die Sonne war hinter dem Berg verschwunden. Blaue Abendschatten senkten sich über das Tal. Es ist, als kämen Millionen von Feen in meinen Garten, dachte sie, niemand sieht sie, aber sie geben der Luft eine andere Farbe. Sie fand den Gedanken hübsch und lächelte zufrieden. Der Rasen war frisch gemäht und gesprengt. Die schimmernden Zinerarien bildeten in der Luft kleine farbige Heiligenscheine; die Fuchsienstöcke waren von Blüten schwer, die roten Knospen hingen wie Christbaumschmuck, und die geöffneten Blüten glichen reizenden Mädchen im Tanzkostüm. Sie waren vollkommen, ihre Fuchsien, sie waren wohlgeraten und brav; sie schreckten den Feind dort im Walde – das Dickicht, die wilde, unwirtliche Baumwelt, den Busch.

Sie schritt über den Rasen in den Abend hinein. Sie ließ sich auf den Liegestuhl nieder, hörte, wie sich die Vögel am Weiher einfanden. Sie haben heute eine Einladung, spintisierte sie, eine Abendgesellschaft in meinem Garten. Wie schön wäre es, wenn ich heute zum ersten Male meinen Garten besuchen könnte! Wie freundlich würde ich mich empfangen! Guten Abend, Mary, komm nur! Komm in den Garten, Mary! – Wie lieblich, o wie schön! – Ja, Mary, besonders um diese Stunde – still, Mary, still! Du erschreckst sonst die Vögel!

Erwartungsvoll saß sie, still wie ein Mäuschen, den Mund halb geöffnet. Im Busch rief die Wachtel ein scharfes Signal. Eine Goldammer ließ sich am Weiherrand nieder. Zwei kleine

Fliegenschnäpper flatterten über das Wasser, still, immerzu über der gleichen Stelle.

Und dann der Wachtelschwarm ... Mit drolligen Schrittchen näherten sich die scheuen Vögel, hoben prüfend ihre Köpfchen, ob die Luft auch rein sei; ihr Leithahn, groß, mit braunschwärzlichem Kamm, ließ seinen waldhornartigen Ruf ertönen; das hieß soviel wie: keine Gefahr! Der Zug trippelte zur Tränke.

Und nun geschah das Zauberische ... Aus dem Busch kam eine weiße Wachtel hervor. Mary stockte der Atem. Es war eine Wachtel, ja! Kein Zweifel war möglich, und sie war weiß wie Schnee, wunderschön ... Ein Schauer, ein lustvolles Fieber überfiel die Lauschende, Staunende.

Die zierliche kleine Wachtelhenne begab sich zum gegenüberliegenden Ufer des Weihers, als halte sie sich dem gewöhnlichen Haufen fern, blieb stehen, lugte umher und tauchte den Schnabel in die Flut.

Sie ist wie ich, sie ist mir gleich, durchzuckte es Mary. Sie bebte, von heiliger Lust durchflutet. Sie ist mein Wesen, meine Seele, mein Sein in höchster Reinheit! ... In ihr wird alles, was je ich erfuhr, zur Beglückung. Sie ist die Wachtelkönigin ... sang es in ihr.

Wieder tauchte die weiße Wachtelhenne den Schnabel ins Wasser, warf das Köpfchen zurück und schluckte.

Erinnerungen durchwogten Mary; die Brust tat ihr weh – Erinnerung kam über Erinnerung; ihre Einbildungskraft wob sie zusammen; jede enthielt bebende Unrast ... Da war eine leckere Süßigkeit aus Italien, ein Bonbon – »iß ihn nicht!« hatte es geheißen; »er schmeckt nicht so gut, wie er aussieht«. Sie hat ihn wirklich nie gegessen. Aber wenn sie ihn ansah, empfand sie dieselbe Verzückung wie jetzt.

»Was für ein schönes Mädchen Mary geworden ist, wie Enzian, so still und entrückt!« hatte sie einstmals gehört. Auch das war eine Lust gewesen wie diese.

»Mary, geliebtes Kind, du mußt künftig sehr brav sein. Dein guter Vater ist sanft entschlafen ...« Auch im ersten Moment dieses Verlusts hatte sie so empfunden wie jetzt.

Die weiße Wachtel hob einen Flügel und glättete die Federn mit ihrem Schnabel. Dies bin ich, die ich immer sehr schön war ... Sie ist mein Herz, sang es in Mary.

Im Garten wurde die blaue Dämmerung purpurn. Die Fuchsienknospen leuchteten wie kleine Kerzen. Ein grauer Schatten bewegte sich plötzlich vom Busch her zum Garten. Mary saß vor Schreck wie gelähmt. Ihr Mund stand offen. Wie der Tod kam aus dem Dickicht ein grauer Wildkater und beschlich die trinkenden Vöglein am Weiher.

Mary starrte entsetzt. Ihre Hand fuhr zur Kehle. Dann aber brach der lähmende Bann. Mary schrie. Ein markerschütternder Schrei – der Wachtelschwarm stob empor, das Katzentier huschte zurück in den Busch – sie schrie, schrie. Harry kam aus dem Zimmer gestürzt: »Mary! Was hast du, was ist dir?« Als er sie anrührte, fuhr sie schaudernd zusammen.

Sie weinte hysterisch. Er nahm sie auf den Arm und trug sie ins Haus auf ihr Zimmer. Zitternd lag sie auf ihrem Bett. »Was war denn, Geliebtes? Was hat dich erschreckt?«

»Eine Katze hat die Vögel beschlichen.« Stöhnend, wimmernd richtete sie sich auf. In ihren Augen loderte es. »Harry! Du mußt Gift ausstreuen. Heut abend noch mußt du unbedingt dieser Katze Gift streuen.«

»Leg dich hin, mein Liebstes, ruhe dich aus nach dem Schreck, schlaf!«

»Versprich, daß du Gift legst!« Sie sah ihm streng in die Augen und gewahrte einen Widerspruch. »Versprich es mir!«

»Liebling! Nachher frißt ein Hund das vergiftete Zeug; ein vergiftetes Tier leidet entsetzlich.«

»Es ist mir gleich«, rief sie, »in meinem Garten hat kein Hund etwas zu suchen. Ich will es nicht!«

»Nein«, entschied er, »das bringe ich nicht übers Herz. Aber morgen in aller Frühe nehme ich das neue Luftgewehr! Das wird der Katze einen Denkzettel versetzen, daß sie für immer genug hat.« Es war das erstemal, daß er ihr eine Bitte abschlug.

Sie vermochte nichts gegen ihn auszurichten. Ihr Kopf schmerzte sie wahnsinnig und dabei versuchte der Mann immerzu, ihr seine Weigerung verständlich zu machen.

Mit einem in Florida-Wasser getränkten Wattebausch betupfte er ihr die Stirn. Ob ich ihm von der weißen Wachtel erzähle? ging es ihr durch den gequälten Kopf. Er wird mir nicht glauben. Vielleicht aber sieht er dann ein, wie wichtig es ist, Gift zu streuen. Als sich ihre Nerven etwas beruhigt hatten, begann sie: »Harry ... im Garten war eine weiße Wachtel.«

»Eine weiße Wachtel? War es nicht vielleicht eine Taube?«

Natürlich. Das mußte kommen. Alles verdarb er schon mit dem ersten Wort! »Ich kenne Wachteln«, rief sie erregt, »sie kam dicht an mich heran, es war eine weiße Wachtelhenne.«

»Das wäre ja geradezu ein Naturwunder. Davon habe ich noch nie gehört.«

»Ich hab' sie gesehen! Wenn ich es dir sage!«

Er betupfte ihr weiter die Stirn. »Ich nehme an, es war ein Albino ... Die weiße Farbe kommt von einem Mangel an Farbstoff im Gefieder.«

Sie wurde wieder hysterisch. »Du verstehst mich nicht. Die weiße Wachtel war ich, mein heimliches Ich, das niemand erfaßt, tief innen mein Ich!«

Er mühte sich krampfhaft, sie zu verstehen. Sie redete verzweifelt auf ihn ein. »Verstehst du mich? Liebster! Die Katze war hinter mir her, sie wollte mich töten. Also mußt du sie vergiften, siehst du denn das nicht ein?« An seinem Gesicht erkannte sie: nein, er versteht sie nicht. Er hat sie nie verstanden. Warum hat sie es ihm nur gesagt?

»Ich werde den Wecker stellen«, versicherte er eifrig, »morgen früh bekommt das Tier seinen Denkzettel.«

Um zehn Uhr wünschte er ihr gute Nacht. Als er draußen war, stand Mary auf und verschloß die Tür.

Das Rasseln des Weckers ließ sie am Morgen aufwachen. Im Zimmer war es noch dunkel, doch durch die Scheiben kam schon der graue Frühschimmer. Sie hörte, wie Harry sich rasch fertig machte, auf Zehen zur Haustür schlich, sie leise hinter sich schloß, um ihren Schlaf nicht zu stören. Das neue, blanke Gewehr trug er in der Hand.

Mit vollen Zügen atmete er den frischen Frühmorgen und schritt durch das taufeuchte Gras zum äußersten Ende des Gartens. Dort legte er sich im feuchten Rasen auf die Lauer.

Der Garten hellte sich auf. Schon hörte man das metallische Schlagen der Wachteln. Am Waldrand tauchte die braune Schar auf; sie reckten die Köpfchen, der Hahn rief »Alles in Ordnung!«, und rasch trippelten alle zum Weiher.

Einen Augenblick später folgte die weiße Wachtel.

Sie ging zum entgegengesetzten Ufer, tauchte den Schnabel ein, warf den Kopf zurück – Harry hob das Gewehr.

Die weiße Wachtel neigte das Köpfchen und sah ihn an. Boshaft zischte das Luftgewehr.

Der Wachtelschwarm flog auf und zum Walde hin. Die weiße Wachtel sank um, zuckte noch einmal; dann lag sie still.

Langsam ging Harry auf seine Jagdbeute zu, hob sie auf. Ich wollte sie nicht totschießen, dachte er, nur verscheuchen, und betrachtete den toten Vogel in seiner Hand. Der Schuß hatte die weiße Wachtel unter dem rechten Augen getroffen.

Er ging zum Fuchsienspalier und warf den kleinen Leichnam hinauf in die Büsche. Und legte gleich darauf sein Gewehr beiseite, kletterte durch Unterholz den Hang hinauf, suchte die weiße Wachtel und trug sie weiter über den Berg, tiefer ins Dickicht, wo er sie unter einem Haufen welker Blätter begrub.

Mary hörte, wie er das Haus betrat. »Hast du die Katze erschossen, Harry?«

»Die kommt nicht wieder«, schallte es zurück.

»Hoffentlich ist sie tot; du kannst dir alle Einzelheiten ersparen!«

Harry ging in das Wohnzimmer. Es lag noch im Zwielicht. Der Garten glühte durch das große Fenster; die Eichenwipfel glänzten im ersten Sonnenschein.

Ich bin doch gemein, sagte sich der Mann, ein elender Schurke – etwas zu zerstören, was sie so liebt! Er senkte den Kopf, starrte zu Boden. »O Gott, bin ich einsam«, murmelte er vor sich hin, »elend allein . . .«

I

Das Geschenk

Bei Tagesanbruch trat Billy Buck aus seiner Unterkunft, stand einen Augenblick auf der Veranda und sah zum Himmel auf. Er war untersetzt, hatte krumme Beine, einen Schnauzbart und Hände, breit wie Spaten, deren Handflächen knollig und sehnig zugleich waren. Seine Augen waren wässerig grau und in sich gekehrt; borstig stachen die Haare unter dem breitrandigen Filzhut hervor. Er stopfte das Hemd in die blauen Jeans und zog den abgetragenen Gürtel zurecht; die Schnallenabdrücke hinter jedem Gurtloch ließen genau erkennen, wieviel Billy Buck im Lauf der Jahre zugenommen hatte. Nachdem er die Wetterlage geprüft hatte, schneuzte er jedes Nasenloch einzeln, wobei er das andere mit dem Zeigefinger zuhielt und kräftig schnaubte. Dann ging er, die Handflächen gegeneinander reibend, zur Stallung. Dort striegelte und bürstete er zwei Reitpferde, wobei er immerzu beruhigend auf sie einredete, und kaum war er damit fertig, als auch schon der Triangel vom Farmhaus herüber zu läuten begann. Billy packte Striegel und Bürste zusammen, tat beides aufs Querbrett und ging zum Frühstück. Dabei verfuhr er so geschwind und ohne den mindesten Zeitverlust, daß er bereits beim Haus war, als Mrs. Tiflin noch den Triangel schlug. Ihr grauer Kopf nickte Billy zu und zog sich in die Küche zurück.

Billy setzte sich auf die Stufen, denn er war nur ein Knecht, und es hätte sich nicht für ihn geschickt, als erster ins Eßzimmer zu gehen. Er hörte, wie Mr. Tiflin drinnen im Haus die Füße in seine hochschäftigen Stiefel hineinstampfte.

Das schrille Triangelgeklingel hatte auch Jody in Bewegung gesetzt. Jody war ein kleiner Junge von zehn Jahren mit Haaren wie vergilbtes Weideland und mit scheuen, höflichen, grauen Augen. Wenn er über etwas nachdachte, bewegten sich seine Lippen. Der Triangel hatte ihn aus dem Schlaf aufgestöbert, aber er dachte nicht daran, dem Schrillton den Gehorsam zu versagen; weder er noch irgendeiner, den er kannte, hatte das je getan. Er strich sich das wirre Haar aus den Augen, zog sein Nachtgewand aus und stand gleich darauf fertig in blauleinenem Overall da; es war Spätsommer, da brauchte er sich nicht mit Schuhen zu plagen. In der Küche wartete er, bis die Mutter vom Spülstein weg und wieder beim Ofen war. Nun konnte er sich waschen. Das nasse Haar kämmte er mit allen zehn Fingern zurück.

»Deine Haare gehörten längst geschnitten«, tadelte die Mutter und musterte ihn scharf. Jody guckte scheu beiseite. »Das Frühstück steht auf dem Tisch«, fuhr sie fort, »geh voran; Billy wartet schon!«

Jody setzte sich an den langen Tisch, der mit einem an mehreren Stellen durchgescheuerten Wachstuch bedeckt war. In einer flachen Schüssel lagen Spiegeleier auf dicken knusperigen Speckscheiben. Jody nahm sich von beiden drei Stück. An einem der Dotter war noch eine Blutspur; die kratzte er sorgfältig weg.

Billy Buck stapfte herein. »Das macht nichts«, erklärte er, »das ist bloß so ein Zeichen, das der Hahn dranläßt.«

Jodys hochgewachsener, ernster Vater kam herein; an seinem Schritt hatte Jody bereits gemerkt, daß er die hohen Stiefel trug, aber er sah zur Sicherheit doch noch unter den Tisch. Der Vater blies die Hängelampe aus; das Frühlicht kam voll durch die Fenster.

Jody stellte keine Frage, wohin der Vater und Billy Buck reiten wollten; er hätte gern mitgewollt. Aber Carl Tiflin war ein gestrenger Herr, und Jody folgte ihm in allem, ohne zu fragen.

Carl Tiflin setzte sich und griff nach der Eierplatte. »Sind die Kühe bereit, Billy?«

»In der unteren Hürde; könnte sie ebensogut allein hintreiben.«

»Sicher. Aber der Mensch braucht Gesellschaft. Außerdem wird einem die Kehle ziemlich trocken.« Carl Tiflin war anscheinend guter Laune.

Seine Frau steckte den Kopf durch die Tür. »Wann denkst du wieder zurück zu sein, Carl?«

»Läßt sich schwer sagen; ich muß in Salinas ein paar Leute sprechen. Vielleicht bis zum Einbruch der Dunkelheit.«

Die Eier, der Kaffee und große Zwiebäcke verschwanden in großer Geschwindigkeit. Jody ging hinter den beiden Männern hinaus und sah zu, wie sie aufsaßen, sechs Milchkühe aus der Hürde trieben und bergan in Richtung Salinas ritten. Sie wollten die alten Kühe dem Metzger verkaufen.

Als sie hinter der Höhe verschwunden waren, ging Jody ums Haus und dahinter bergauf. Die beiden Hofhunde waren ihm schon entgegengesprungen, fletschten vor Freude die Zähne und krümmten die Rücken. Jody tätschelte ihnen die Köpfe – dem alten Doubletree Mutt mit dem langen dicken Schweif und den gelben Augen und dem jungen Schäferhund Smasher, der bereits einen Kojoten totgebissen und dabei ein Ohr eingebüßt hatte; das noch vorhandene Ohr war dafür ein Stück länger, als es bei Schäferhunden der Fall sein sollte, aber Billy Buck behauptete, so etwas komme vor. Nach stürmischer Begrüßung senkten die Hunde ihre Schnauzen geschäftig zu Boden und liefen voraus. Dann und wann sahen sie sich um, ob ihnen der Junge nachkomme. So ging es über den Hühnerhof, wo eine Wachtel mitten unter den Küken ihr Futter suchte. Smasher jagte ein bißchen die Hühner, bloß als Vorübung, falls er jemals Schafe hüten mußte.

Jody war bereits im Gemüsegarten, wo ihm der grüne Mais schon über den Kopf wuchs; die Kürbisse waren noch unreif und klein. Er ging zum Salbeifeld und zum Brunnen, aus dessen hölzerner Röhre der kalte Strahl in einen runden Holzzuber floß, beugte sich darüber und trank, den Mund dicht an dem grünbemoosten Holz, denn da schmeckte das Wasser am besten. Dann wandte er sich um und blickte zurück zu der Farm, dem niedrigen, weißgetünchten, von roten Geranien umstandenen Haus, dem langen Unterkunftshaus bei der Zypresse; dort wohnte Billy Buck ganz allein. Unter der Zypresse sah er den großen schwarzen Kessel, in dem die geschlachteten Schweine abgebrüht wurden.

Nun kam die Sonne über die Hügelkette, beglänzte die weißen Häuser, Scheunen und Ställe und ließ das feuchte Gras sanft erglühen. Hinter Jody in dem weiten Salbeifeld stoben die Vögel mit großem Gelärm durch die trockenen Blätter. Eichhörnchen pfiffen schrill von oben. Jodys Blick strich über die Farmhäuser hin; er fühlte eine Ungewißheit, es lag etwas in der Luft, ein Gefühl von Veränderung, von Verlust oder Gewinn, von etwas Neuem und Unvertrautem.

Zwei mächtige schwarze Bussarde kamen über die Hügel geflogen, senkten sich dicht über die Erde, und ihre Schatten strichen geschmeidig und rasch vor ihnen her. In der Nachbarschaft war wohl ein Tier verendet. Jody kannte das – vielleicht eine Kuh oder auch bloß ein Kaninchen; den Bussarden entgeht ja nichts – er verabscheute sie; das tat jede anständige Kreatur, aber man durfte ihnen nichts tun, weil sie doch mit dem Aas aufräumten.

Nach einer Weile ging der Junge langsam den Hügel wieder hinab. Die Hunde hatten ihn längst verlassen und jagten sich in den Büschen. Im Gemüsegarten blieb er stehen und zertrat mit bloßen Füßen eine Warzenmelone. Aber es machte ihm keinen Spaß; es war häßlich von ihm, das wußte er ganz genau. Er scharrte Erde auf die zerstörte Frucht, damit niemand es sehe.

Zu Hause mußte er seiner Mutter die Hände und Fingernägel vorweisen. »Was hat es für einen Sinn, einen Jungen sauber zur Schule zu schicken, wenn er unterwegs sich wieder zehnmal verdreckt«, seufzte sie, einige Schwärze von den Fingern herunterreibend, gab ihm dann seine Schulsachen, wikkelte ihm ein Frühstücksbrot ein und schickte ihn fort; die Schule lag eine Meile von der Farm entfernt. Jodys Lippen arbeiteten schon den ganzen Morgen, sein Mund kaute stumme Gedanken; Mrs. Tiflin hatte es wohl bemerkt.

Jody machte sich auf den Weg. Auf der Straße stopfte er sich die Taschen voll weißer Kiesel, die da herumlagen. Damit warf er nach Vögeln oder einem wilden Kaninchen, das mitten auf dem Weg in der Sonne hockte. An der Kreuzung hinter der Brücke traf er zwei Freunde, mit denen er weiterschlenderte und allerhand Unfug trieb. Der Unterricht hatte erst seit zwei Wochen wieder begonnen; da waren die Kinder noch außer Rand und Band.

Am Nachmittag um vier stapfte Jody wieder den Hügel empor und sah hinab über die Farm nach den Reitpferden, aber die Hürde war leer, der Vater noch nicht zurück. Da begab er sich denn gemächlich an seine häuslichen Arbeiten. Auf der Veranda stopfte die Mutter Socken. »In der Küche sind zwei Pfannkuchen für dich«, rief sie ihm zu. Schon war er drinnen und kam, auf beiden Backen kauend, wieder heraus. Als ihn die Mutter fragte, was er heute in der Schule gelernt habe, war sein Mund derart von Pfannkuchen verstopft, daß sie kein Wort verstand. »Heute abend machst du mir aber die Holzkiste richtig voll, Jody«, unterbrach sie sein Kauen, »gestern hast du die Scheite kreuz und quer geschmissen; da war sie nur halb voll. Ja, und dann: Eine der Hennen versteckt ihre

Eier, oder die Hunde fressen sie weg. Sieh dich gut um; vielleicht findest du im Gras irgendwo ein Nest!«

Jody, noch immer kauend, ging an die Arbeit, streute den Hühnern Futter und sah die Wachteln sich niederlassen und mitfressen. Sein Vater war darauf stolz; warum, wußte man nicht. Er erlaubte auch nicht, daß nahe beim Haus geschossen wurde, damit der Wachtelschwarm nicht verscheucht werde.

Nachdem die Holzkiste voll war, nahm Jody seine Zweiundzwanziger-Büchse, ging zu dem kalten Brunnen bei den Sträuchern und trank; dann zielte er mit dem Gewehr auf alle möglichen Dinge: Steine, Vögel im Flug und den großen, schwarzen Kessel unter der Zypresse, schoß aber nicht, denn er hatte keine Patronen; die sollte er erst haben, wenn er zwölf war. Wenn ihn der Vater so mit der Büchse in Richtung auf das Haus zielen sähe, könnte er gut noch ein Jahr länger auf seine Patronen warten! Das kam Jody auf einmal in den Sinn, und da zielte er nicht mehr auf etwas im Hof oder Garten. Zwei Jahre noch auf Patronen warten, war schon reichlich lang. Zu dumm! An fast alle Geschenke knüpfte der Vater eine Bedingung, wodurch ihr Wert sehr vermindert wurde. Aber es war eine gute Schule für Jody.

Mit dem Abendessen wurde bis zur Rückkehr des Vaters gewartet. Es war schon ganz finster, als er endlich mit Billy Buck ankam. Jody roch beglückt den Brandyduft ihres Atems. Er freute sich immer, wenn der Vater nach Branntwein roch, denn dann sprach er meist mehr mit ihm und erzählte Geschichten aus seiner Jugend.

Nach dem Essen saß Jody beim Herd. Seine scheuen, höflichen Augen wanderten unstet umher. Er wartete, was der Vater berichten würde; sicher steckte er voll von Neuigkeiten. Aber er wurde enttäuscht. Ernst deutete der Vater mit dem Finger auf ihn. »Geh du jetzt schlafen, Jody; morgen früh brauche ich dich!«

Nicht schlecht, fand Jody. Er tat gern etwas anderes als das gewöhnliche Einerlei. Er guckte zu Boden; sein Mund arbeitete an einer Frage, bis er endlich damit herauskam: »Was tun wir denn morgen früh, Vater, ein Schwein schlachten?« fragte er leise.

»Das geht dich nichts an. Leg dich schlafen!«

Als sich die Tür hinter ihm schloß, hörte er Billy Buck und den Vater kichern. Also irgendein Spaß!

Bald darauf, als er schon im Bett lag und etwas von dem

Gemurmel im Nebenzimmer zu verstehen suchte, hörte er, wie der Vater der Mutter entgegnete: »Aber Ruth, ich habe ja nicht viel dafür bezahlt.«

Jody hörte die Waldkäuze bei der Stallung schreiend nach Mäusen jagen, hörte einen Baumast im Wind wieder und wieder gegen die Hauswand schlagen und, während er einschlief, das Gebrüll einer Kuh.

Als am Morgen der Triangel tönte, zog er sich rascher als sonst an. Als er sich in der Küche wusch und die Haare kämmte, sagte die Mutter etwas gereizt: »Bevor du nicht ordentlich gegessen hast, darfst du mir nicht hinaus!«

Jody ging ins Eßzimmer, setzte sich an den langen weißen Tisch, nahm einen dampfenden Maiskuchen von der Platte, setzte zwei Spiegeleier darauf, bedeckte sie mit einem zweiten Maiskuchen und zerdrückte das Ganze mit seiner Gabel.

Als der Vater mit Billy Buck eintrat, hörte es Jody am Schritt, daß beide flache Schuhe trugen, lugte aber zur Sicherheit unter den Tisch. Carl Tiflin löschte die Öllampe, denn der Tag war angebrochen. Er blickte ernst und erzieherisch drein; Billy Buck sah Jody überhaupt nicht an. Er wich den scheu fragenden Augen des Knaben aus und stippte eine Toastschnitte in seinen Kaffee.

»Komm nach dem Frühstück mit uns!« bemerkte der Vater mürrisch.

Das klang gefährlich; Jody blieb der Bissen im Halse stecken. Nachdem Billy den Kaffee aus seiner Untertasse geschlürft und sich die Finger an den Arbeitshosen abgewischt hatte, standen die Männer vom Tisch auf und traten hinaus in den dämmernden Morgen, Jody ehrfurchtsvoll hinterdrein.

»Carl, laß ihn deswegen nicht die Schule versäumen!« rief die Mutter.

Sie schritten an der Zypresse vorbei, von deren einem Ast ein Querholz und ein Messer zum Schweineschlachten herabhingen, vorbei an dem schwarzen Eisenkessel – also kein Schweineschlachten!

Die Sonne schien über den Berg und warf lange, dunkle Baumschatten. Sie gingen quer über ein Stoppelfeld, um den Weg zum Stall abzukürzen. Jodys Vater hakte die Stalltür auf, und sie traten ein.

Sie hatten die Sonne bis jetzt im Gesicht gehabt; im Stall aber war es schwarz wie die Nacht und warm von Tieren und Heu.

Jodys Vater näherte sich einem der Pferdestände. »Komm!« Nun sah Jody schon deutlicher, spähte in den Stand und prallte zurück.

Ein roter Ponyhengst schaute ihn an. Die Ohren reckten sich steil nach vorn, widerspenstiges Leuchten sprang aus den Augen. Das Fell war rauh und dicht wie bei einem Airedale, die Mähne lang und zottig. Ein Kloß stieg in Jodys Kehle auf; sein Atem ging schwer.

»Er muß gestriegelt werden«, sagte der Vater, »und wenn ich je höre, du fütterst ihn nicht pünktlich oder läßt seinen Stand verdrecken, verkauf' ich ihn auf der Stelle.«

Jody konnte es nicht ertragen, länger noch in die Augen des Füllens zu sehen; er guckte einen Augenblick auf seine Hände. Endlich fragte er scheu: »Mein? . . .« Niemand antwortete. Er streckte die Hand nach dem Pony aus. Laut schnuppernd näherten sich die grauen Nüstern, die Lippen gingen zurück; kräftige Ponyzähne schlossen sich fest um Jodys Finger.

Das Füllen schlenkerte den Kopf und schien vor Ergötzen zu lachen. Jody betrachtete seine gequetschten Finger. »Fein!« meinte er stolz, »der kann, glaube ich, ganz gut beißen.« Die zwei Männer lachten etwas erleichtert. Carl Tiflin ging hinaus, ein Stück bergauf, um sich zu sammeln; er war ein wenig verlegen. Billy Buck blieb. Mit ihm konnte man leichter reden. »Mein? . . .« fragte Jody nochmals.

Billys Ton wurde fachlich. »Aber ja! Das heißt, wenn du auf ihn schaust und ihn ordentlich abrichtest. Ich zeig' dir schon, wie. Er ist noch ein Füllen. Reiten kann man ihn vorläufig nicht.«

Jody streckte noch einmal die gequetschte Hand aus. Diesmal ließ sich der rote Pony die Nüstern streicheln. »Schade, daß ich keine Mohrrüben da habe«, bedauerte Jody. »Wo habt ihr ihn denn her, Billy?«

»Gekauft«, erklärte Buck, »bei einer Auktion. In Salinas ist ein Zirkus pleite gegangen; ein Haufen Schulden . . . Da hat der Sheriff das Zeug versteigert.«

Der Pony streckte die Nüstern vor und schüttelte die Stirnhaare aus den ungezähmt blickenden Augen. Jody streichelte ihn sanft und fragte ebenso sanft: »Hat er keinen – Sattel?«

Billy Buck lachte. »Komm! Das habe ich ganz vergessen.«

Im Geräteraum hob er einen kleinen Sattel aus rotem Maroquinleder empor. »Halt ein Zirkussattel«, sagte er verächtlich, »für den Busch ist das nichts . . . Den haben wir ganz billig bekommen.«

Jody traute sich kaum, den Sattel anzusehen; er war sprachlos, strich mit den Fingerspitzen über das glänzende Leder; erst nach einiger Zeit sagte er: »Ich werde gut auf ihn aufpassen«, und er dachte an die größten, herrlichsten Dinge, die es auf dieser Welt für ihn gab, und fuhr fort: »Wenn er noch keinen Namen hat, denk' ich, ich nenne ihn Gabilanberge . . .«

»Gabilanberge?« Billy Buck verstand, was der Junge fühlte. »Der Name ist ein bißchen lang. Nenn ihn doch einfach Gabilan, das heißt ›Falke‹! Das wäre der richtige Name für ihn.« Er freute sich. »Wenn du Schwanzhaare sammelst, drehe ich dir ein Seil. Das kannst du dann als Zaum brauchen.«

Immer wieder zog es Jody zum Stand. »Was meinst du, Billy . . . ob ich ihn mit in die Schule nehmen darf und den Kindern zeigen?«

Buck schüttelte den Kopf. »Er ist noch nicht einmal auf Halfter abgerichtet. Wir haben lange gebraucht, bis wir ihn hier hatten. Fast mußte man ihn schleifen. Geh du jetzt lieber allein in die Schule!«

»Ich bring' die Kinder nachmittags mit, daß sie ihn sehen«, erklärte Jody.

Sechs Buben fegten am Nachmittag, eine halbe Stunde früher als sonst, über den Berg. Die Köpfe gesenkt, die Arme arbeitend wie Maschinenkolben, mit pfeifendem Atem bogen sie vor dem Farmhaus ab und sausten den Abkürzungsweg quer über das Stoppelfeld zum Stall. Und standen mit kundigen Mienen vor dem Pony und blickten auf Jody mit Augen, in denen eine neue, hochachtungsvolle Bewunderung stand. Bis heute war Jody ein Junge in blauem Hemd und blauen Hosen gewesen, ruhiger als die meisten; man hielt ihn sogar ein bißchen für feige. Nun war es anders. Aus Jahrtausenden strömte in sie das uralte Staunen des Fußgängers über den Reiter, ein Instinkt, der ihnen sagte, auf einem Pferd sei der Mensch seelisch wie körperlich größer als auf dem Erdboden. Wie durch ein Wunder war Jody nun über ihresgleichen entrückt, ihnen hoch überlegen. Gabilan streckte den Kopf aus seiner Box und schnupperte.

»Warum reitest du ihn nicht?« schrien die Buben. »Warum flichtst du ihm keine Schnüre in den Schweif wie auf dem Jahrmarkt?« Und: »Wann wirst du ihn reiten?«

Jody war hochgestimmt; auch er spürte die Überlegenheit des Reiters. »Er ist noch nicht alt genug. Den kann man noch lange nicht reiten, niemand! Aber ich werde ihn zureiten; Billy Buck zeigt mir, wie!«

»Ah! Dürfen wir ihn ein bißchen herumführen?«

»Er ist doch noch nicht auf Halfter abgerichtet«, erklärte Jody sachkundig. Wenn er das erste Mal mit dem Pony herausging, wollte er ganz allein mit ihm sein. »Kommt, seht euch den Sattel an!«

Fassungslos standen die sechs vor dem Maroquinsattel. »Im Busch taugt der nicht viel«, belehrte sie Jody, »da reit' ich ihn ungesattelt. Aber er wird sehr gut damit aussehen.«

»Wie willst du denn da eine Kuh festbinden, da ist ja kein Sattelhorn dran?«

»Vielleicht kriege ich noch einen gewöhnlichen Sattel für alle Tage. Mein Vater will, daß ich ihm beim Vieh behilflich bin.«

Sie durften den roten Sattel anfassen; er zeigte ihnen den messingbeschlagenen Kehlriemen und an den Bügeln, wo sich Kopfstück und Stirnband kreuzen, die großen blitzenden Messingknöpfe. Wunderbar, zu wunderbar! Als sie sich endlich losrissen, suchte jeder der Freunde in Gedanken unter seinen Schätzen nach einem Gegenstand, der es wert wäre, gegen einen Ritt auf dem Pony eingetauscht zu werden, wenn die Zeit soweit war.

Jody war froh, daß sie gingen. Er nahm von der Wand Bürste und Striegel, klappte die Schranke der Box herunter und betrat vorsichtig den Stand. Die Augen des Ponys funkelten; er rückte zur Seite, bereit auszuschlagen. Aber da strich ihm Jody den hohen gewölbten Hals; das hatte er Billy Buck abgesehen, und dazu brummte er »So-o-o, Boy!« mit tiefer Stimme. Die Spannung des Füllens lockerte sich allmählich, und Jody striegelte und bürstete, bis ein ganzer Haufen von Haaren auf dem Stallboden lag und das Fell tief rot erglänzte. Als er fertig war, fand er, es sei noch nicht genug, es könne noch besser sein; und er fing wieder von neuem an. Er drehte Stirnhaare und Mähne in Zöpfchen, dann flocht er sie wieder auf und kämmte sie glatt.

Er hörte nicht die Mutter in den Stall kommen. Sie kam zornig an, aber als sie den Pony und Jody so eifrig arbeiten sah, stieg ein seltsamer Stolz in ihr auf.

»Hast du die Holzkiste vergessen?« fragte sie freundlich. »Es wird dunkel, und im ganzen Haus ist kein Stückchen Holz; die Hühner sind auch nicht gefüttert.«

Jody raffte flink seine Sachen zusammen. »Ich habe es ganz vergessen, Ma!«

»Dann wirst du in Zukunft zuerst fürs Haus arbeiten, dann erst im Stall. Dann wirst du's nicht vergessen. Ich glaube, ich muß von jetzt an ganz besonders auf dich achtgeben.«

»Darf ich Mohrrüben aus dem Garten für ihn haben, Ma?«

Mrs. Tiflin überlegte. »Ich denke, ja . . ., wenn du nur die großen, festen nimmst . . .«

»Mohrrüben geben ein schönes Fell«, sagte Jody, und wieder fühlte die Mutter den insgeheimen Stolz.

Seit der Pony da war, brauchte Jody zum Aufstehen keinen Triangel mehr. Bereits vor der Mutter wachte er auf, kroch aus den Federn, schlüpfte in seine Kleider und verließ leise das Haus. Wenn in der ersten Frühe trübgrauer Tage Feld, Busch und Häuser schwarz und silbergrau wie ein fotografisches Negativ dalagen, lief er unter den noch schlafenden Bäumen, über noch schlafende Steine zur Stallung, zu Gabilan. Truthühner, im hohen Geäst der Bäume vor Kojoten geschützt, kollerten schläfrig zufrieden. Die Felder lagen in graufrostigem Schimmer, in ihren Tau scharf eingezeichnet sah man Fährten von Wild und Feldmäusen. Mit tiefem, grollendem Knurren krochen die braven Hunde gereckten Leibes aus ihren Hütten, aber sobald sie Jodys Witterung in die Nase bekamen, gingen die Schweife steil in die Höhe und wedelten den Morgengruß – der dumme Doubletree mit den gelben Augen und Smasher, der angehende Schäferhund, dann krochen sie wieder faul auf ihr warmes Lager zurück.

Für Jody war es eine wunderliche Zeit; jedesmal war der Weg voller Geheimnis, ein verlängerter Traum. In der ersten Zeit, in der er den Pony besaß, war es ein quälender Angsttraum, der ihm vorgaukelte, Gabilan sei nicht im Stall, sei niemals dort gewesen. Noch mit anderen Martergedanken beschäftigte er sich: Ratten hätten in den roten Sattel rauhe Löcher genagt, Mäuse Gabilans Schweif angeknabbert, und nun sei er ausgefasert und dünn. Das letzte Stück des Weges bis zum Stall rannte er wie gehetzt, klappte den rostigen Torverschluß auf – aber so sacht er auch die Stalltür auftun mochte, immer sah Gabilan über die Schranke der Box hinweg ihn an, wieherte leise und stampfte mit den Vorderbeinen; in seinen Augen glomm es wie Funken aus Aschenglut.

An Tagen, an denen die Arbeitspferde gebraucht wurden, fand Jody im Stall Billy Buck, der sie striegelte und schirrte, dann aber sich zu ihm gesellte, Gabilan lange, lange betrachtete und viel von Pferden erzählte. Sie hätten schreckliche Angst um ihre Füße; man müsse daher sehr geschickt ihre Beine heben, ihnen Hufe und Fesseln streicheln, um ihnen die Scheu zu nehmen, und sie hätten es gern, wenn man sich mit ihnen unterhielt. »Du mußt immer mit ihm sprechen und ihm die Gründe für alles sagen!« Billy war zwar nicht sicher, ob ein Pferd alles verstehe, was man ihm sage, doch ebensowenig könne man wissen, wieviel es verstand. Nie schlage ein Pferd unwillig aus, wenn ihm jemand die Dinge freundlich erkläre; darüber gebe es viele Berichte. Er habe zum Beispiel ein Pferd gekannt, das konnte halbtot vor Müdigkeit sein – sobald man ihm aber sagte, nun sei es nicht mehr weit bis zum Ziel, reckte es sich und hielt aus. Ein anderes Pferd, das er gekannt habe, war einmal vor Angst wie gelähmt, als ihm aber sein Reiter erklärte, was das für ein Ding sei, vor dem es sich fürchte, überwand es sein Entsetzen.

Während dieser Frühgespräche schnitt Billy zwanzig bis dreißig Strohhalme in saubere Stücke von drei Zoll Länge und steckte sie in sein Hutband. Wenn er dann tagsüber in den Zähnen zu stochern hatte oder auch nur etwas kauen wollte, langte er sich einen herunter. Jody hörte voll Andacht zu, denn er und die ganze Gegend wußten: Billy Buck verstand sich auf Pferde. Sein eigenes Tier war ein sehniger Cayuse, ein arg vernagelter Dickschädel, aber bei den Zuchtprüfungen bekam er fast immer den ersten Preis. Billy Buck konnte einen Stier ans Seil nehmen, ihm mit der Rista-Schlinge einen Doppelknoten übers Horn werfen, und wenn er dabei auch selbst aus dem Sattel flog – sein Pferd spielte mit dem Stier wie der Angler mit einem Fisch und hielt den Strick gestrafft, bis der Stier, ob er wollte oder nicht, nachgab.

Jeden Morgen, wenn er den Pony gestriegelt und gebürstet hatte, ließ Jody die Boxschranke herunter, und Gabilan preschte hinter ihm drein durch den Stall, hinaus in die Hürde, dort im Galopp immerzu im Kreise; manchmal ein Sprung, doch stand er dann immer wieder fest und steif auf den Vorderbeinen, bebend, die Ohren steil nach vorn gerichtet, mit rollenden Augen, daß man das Weiße sah – nicht, als ob sich der Pony gefürchtet hätte, das sah nur so aus! Schnaubend lief er zur Tränke und senkte die Nase bis über die Nüstern ins Wasser. Daran erkannte man, daß er von gutem Schlage war; das wußte Jody und war stolz darauf. Armselige Pferde rühren nur grad mit den Lippen ans Wasser, doch ein kühnes, feuriges Tier taucht mit Nase und Maul unter und läßt nur eben Raum zum Atmen.

Jody beobachtete an dem Ponyhengst Dinge, die er zuvor noch an keinem Pferd wahrgenommen hatte: das geschmeidige Spiel der Weichen, die Schließmuskeln der Hinterbacken, die sich ballten und öffneten wie eine Faust, den Sonnenschein auf dem roten Fell. Weil er Pferde von jeher kannte, hatte er sie nie genau angesehen; jetzt aber lernte er die Sprache der Ohren, die dem Kopf Ausdruck, sogar sehr verschiedenen Ausdruck gaben – ja, der Pony sprach mit den Ohren. Je nachdem, wohin sie zeigten, wußte man, was er gerade empfand. Manchmal standen sie steif und kerzengerade, manchmal hingen sie schlaff. Wenn er scheu und ängstlich war, legten sie sich zurück; war er jedoch ausgelassen und neugierig, so strebten sie nach vorn; jedes seiner Gefühle lag offen zutage.

Billy Buck hielt sein Wort. Im Frühherbst begann das Training. Zuerst kam der Halfter; das war am schwierigsten, denn es war der Anfang. Jody hielt Gabilan eine Mohrrübe vor, schmeichelte, redete ihm gut zu und zog an der Leine. Der Pony sperrte sich wie ein gereizter Esel. Aber allmählich lernte er es, und Jody führte ihn am Halfter über die ganze Farm. Nach und nach lockerte er das Halteseil, bis ihm das Füllen folgte, wohin er auch ging.

Nun wurde Gabilan an die »Longe« genommen, eine langwierige Arbeit! Jody stand in der Mitte des Kreises, hielt die Leine und schnalzte mit der Zunge; der Pony setzte sich in Bewegung und ging im Schritt, von der Longe gehalten, im weiten Kreis. Abermals schnalzte Jody, da setzte Gabilan sich in Trab, und beim dritten Schnalzen ging er in Galopp über, brauste wie der Teufel im Kreis herum und fühlte sich glücklich, bis Jody »Huah!« rief – und da stand er still. Bald machte er seine Sache hervorragend. Aber manchmal war er auch schlimm, biß Jody in die Hosen oder trat ihm auf den Fuß. Ja, mitunter legten sich seine Ohren zurück; er zielte und schlug nach dem Jungen aus. Und nach jedem derartigen Schelmenstreich blieb er zufrieden stehen und schien über sich selbst zu lachen.

Abends am Herd arbeitete Billy Buck an dem Haarseil. Jody hatte die Schweifhaare in einem Sack gesammelt und sah nun zu, wie Billy immer einige Haare zur Faser, hierauf zwei Fasern zur Schnur zusammendrehte und dann einige Schnüre zum Seil ineinanderflocht, das er dann mit den Füßen so lange auf dem Boden fest hin und her rollte, bis das Geflecht rund und hart war.

Das Longe-Training näherte sich der Vollendung. Jodys Vater, als er einmal zusah, wie der Pony ansprang, still stand, trabte und galoppierte, hatte ein wenig Bedenken: »Das reinste Zirkuspony! Das sind ja Kunststückchen! Alle Würde und Ursprünglichkeit geht dabei flöten. Ein Pferd, das auf Tricks dressiert ist, kommt mir vor wie ein Komödiant: keine Ehre im Leib, kein eigener Charakter!« Und er meinte, es sei gescheiter, den Ponyhengst nun an den Sattel zu gewöhnen.

Jody stürzte zum Geräteraum. Er hatte dort schon einige Male im Sattel auf einem Sägebock gesessen; er hatte die Steigbügelriemen bald kürzer, bald länger geschnallt, war damit nie zurecht gekommen, aber er hatte oben gesessen, und während rings um ihn und über ihm Kummete, Halfter, Decken und Töpfe herumhingen, ritt er immer frei weg, seine treffliche Büchse quer über den Sattel, hinaus in die Ferne. Wälder und Felder flogen an ihm vorbei; er hörte den Schall der dahingaloppierenden Hufe.

Es war eine kitzlige Sache, den Pony zum ersten Male zu satteln. Er bäumte sich, machte einen Buckel und hatte den Sattel abgeworfen, bevor der Gurt sich noch anziehen ließ. Immer wieder mußte man den Sattel von neuem auflegen, bis er ihn endlich duldete. Das Schnallen war eine Heidenarbeit. Tag für Tag schnallte Jody den Gurt ein klein wenig fester, bis endlich der Pony den Sattel vertrug.

Dann kamen die Zügel, und Billy Buck zeigte, wie man zuerst ein Stück Süßholz dazu benutzt, das Tier daran zu gewöhnen, etwas im Maule zu haben. »Wir könnten gewiß auch Gewalt anwenden«, erklärte er, »aber dann würde er kein so gutes Pferd; er bliebe immer etwas schreckhaft und könnte doch selbst nichts dazu.«

Als Gabilan zum erstenmal Zügel spürte, schnellte sein Kopf empor, und die Zunge stieß gegen die Trense, bis ihm das Blut aus den Maulwinkeln troff. Das Kopfstück wollte er an der Krippe wegscheuern; seine Augen wurden rot vor Ungestüm und Verzweiflung. Aber Jody war froh im Herzen; er wußte ja, nur ein edles Pferd widersetzt sich der Zähmung.

Aber er zitterte bei dem Gedanken an seinen ersten Ritt. Sicher würde ihn der Pony abwerfen. Das wäre kein Unglück.

Ein Unglück wäre es erst, wenn er nicht dennoch hinauf käme, immer wieder hinauf. Manchmal träumte er, er liege im Straßenkot, weine und könne den Pony allein nicht besteigen. Den halben Tag lastete dann die geträumte Schande auf ihm.

Gabilan wuchs schnell. Von der Langbeinigkeit des Füllens war schon nichts mehr zu sehen; die Mähne wurde länger und dunkler. Dank dem unablässigen Striegeln und Bürsten war sein Fell glatt und glänzend wie Lack. Jody ölte und pflegte die Hufe, damit sie keine Risse bekamen.

Das Haarseil war soweit fertig. Der Vater gab Jody ein Paar alte Sporen, bog ihre Seiten ein, kürzte die Riemen und feilte die Zacken ab, bis alles paßte. Und dann sagte er eines Tages: »Dein Pony wächst schneller, als ich erwartet habe. Ich denke, zum Erntedankfest kannst du ihn reiten. Glaubst du, du schaffst es?«

»Ich weiß nicht«, sagte Jody verlegen. Das Fest war bereits in drei Wochen. Wenn es nur dann nicht regnete; das würde den roten Sattel verderben.

Gabilan kannte und liebte Jody. Er wieherte, wenn sein Herr über das Stoppelfeld kam; er hörte auf seinen Pfiff und bekam dafür jedesmal eine Mohrrübe.

Billy Buck gab immerzu Ratschläge. »Wenn du oben sitzt, Schenkeldruck nehmen und dich nicht am Sattel anklammern! Wenn du 'runterfliegst, darf dich das nicht kümmern; so etwas passiert selbst dem besten Reiter. Sofort wieder 'rauf, bevor das Tier dazu kommt, sich als Sieger zu fühlen! Dann wird's sehr bald keine Lust mehr haben, dich abzuwerfen, und schließlich bringt es das überhaupt nicht mehr fertig.«

»Hoffentlich regnet es nicht«, meinte Jody.

»Das macht doch nichts. Hast du Angst, er wirft dich in eine Pfütze?«

Das war das wenigste. Aber wenn Gabilan, im Eifer, ihn abzuwerfen, ausglitte, auf ihn stürzte, ihm Rippen und Beine bräche! Es wäre nicht das erste Mal, daß so etwas geschah; er hatte einmal einen Reiter gesehen, der auf dem Boden lag wie eine gequetschte Wanze und sich vor Schmerzen krümmte. Davor hatte Jody Angst.

Auf dem Sägebock übte er, wie er die Zügel in der linken und einen Hut in der rechten Hand halten würde. Wenn beide Hände etwas zu tun hatten, konnte er, wenn es schiefging, nicht nach dem Sattelknauf fassen. Gar nicht dran denken wollte er, was dann geschähe, wenn sich anklammern würde!

Vielleicht, daß dann Vater und Billy Buck kein Wort mehr mit ihm redeten; sie würden sich ja seiner so schämen! Er würde zum allgemeinen Gespött; auch seine Mutter würde sich schämen. Und auf dem Schulhof – es war nicht auszudenken ...

Wenn Gabilan gesattelt dastand, legte sich Jody bereits mit ganzem Gewicht in den Steigbügel. Aber das rechte Bein warf er noch nicht über des Ponys Rücken. Bis zum Erntedankfest war das verboten.

Jeden Nachmittag legte er dem Pony den Sattel auf und zog den Gurt fest. Gabilan hatte bereits gelernt, sich dabei aufzublähen und, wenn die Riemen geschnürt waren, die Luft aus dem Bauch herauszulassen. Manchmal führte Jody ihn zu den Büschen und ließ ihn aus dem runden, grünen Zuber trinken; manchmal führte er ihn auch durch das Stoppelfeld auf die Anhöhe, von wo man auf die weiße Stadt Salinas sieht, die abgezirkelten Felder im weiten Tal und die Eichen inmitten der Schafherden. Dann und wann drangen sie auch durch den Busch bis zu den kleinen Lichtungen vor, die so eingehegt waren, daß die Welt geschwunden und nur der Himmel und rings der Busch vom alten Leben geblieben war. Gabilan liebte solche Ausflüge, er zeigte es; er trug den Kopf hoch, und es blähten sich seine Nüstern vor Lust. Wenn dann die beiden von ihrem Ausgang zurückkehrten, rochen sie nach süßem Salbei.

Die Zeit bis zum Fest schleppte sich hin, doch der Winter kam rasch. Tief hingen die Wolken über dem Land und strichen über die Hügel; bei Nacht pfiffen die Winde schrill. Von den Eichbäumen wehte das Laub, bis der Boden mit Blättern bedeckt war, und trotzdem waren die Bäume nicht anders geworden.

Jody hatte sich gewünscht, es möge vor dem Erntedankfest keinen Regen geben. Aber es regnete. Die braune Erde wurde schwarz, und die Bäume glänzten. Die abgeschnittenen Enden der Stoppeln wurden dunkel vom Mehltau, die Heuschober grau von Dunst und Nässe, und das Moos auf den Dächern, das im Sommer grau wie die Eidechsen war, funkelte grüngelb. Während der Regenwoche hielt Jody den Pony im Stall; nur nach der Schule ließ er ihn für kurze Zeit an den Wassertrog der oberen Hürde und machte mit ihm ein paar Übungen. Nicht ein einziges Mal wurde Gabilan naß.

Das feuchte Wetter hielt an, bis das junge Gras aufsproß. Jody ging in Regencape und Gummischuhen zur Schule. Bis eines Morgens endlich die Sonne leuchtend hervorkam.

Da sagte Jody bei der Arbeit im Stall zu Billy: »Vielleicht lasse ich Gabilan heute in der Hürde, bis ich von der Schule nach Hause komme.«

»Wird ihm guttun, ein bißchen Sonne!« versicherte Billy. »Kein Tier ist gern so lange eingesperrt. Ich gehe mit deinem Vater auf den Berg. Die Quelle muß von den Blättern gesäubert werden.« Dabei säuberte er seine Zähne mit einem Strohstückchen.

»Wenn es aber Regen gibt . . .« bedachte Jody.

»Sieht nicht danach aus. Es hat sich ausgeregnet.« Billy streifte seine Ärmel auf und rollte sie ein. »Wenn's tropfen sollte – Gott, so ein kleiner Regen schadet einem Pferd nicht.«

»Wenn aber doch Regen kommt, Billy, dann holst du ihn herein, ja? . . . Er erkältet sich sonst, und dann kann ich ihn nicht reiten, wenn es soweit ist. Ich habe Angst . . .«

»Ich kümmer' mich drum, wenn wir zeitig zurück sind, klar! Aber heut' regnet's nicht.«

So ging denn Jody getrost in die Schule und ließ Gabilan draußen im Pferch.

In sehr vielen Dingen hatte Billy Buck nicht unrecht, gewiß nicht. Allein mit dem Wetter an diesem Tage hatte er unrecht, denn bald nach Mittag drängten Wolken über die Berge, und es fing an zu gießen. Jody hörte es auf das Schulhausdach prasseln. Er überlegte, ob er den Finger hochheben und sagen solle, er müsse einmal, und dann, endlich draußen, heim rennen solle und den Pony herein holen . . . Er würde dafür zu Hause und in der Schule bestraft werden. Also gab er es auf und beruhigte sich mit Billys Erklärung, Regen schade einem Pferde nicht. Als endlich die Schule aus war, eilte er nach Hause. Die Böschungen zu beiden Seiten der Straße spritzten kleine, schmutzige Wasserstrahlen. Unter kaltem, böigem Wind peitschte dunkler Regen in schrägen Wirbeln. Im Hundetrab, patschnaß, kämpfte sich Jody durch Schlamm und Pfützen.

Bereits von der Höhe sah er Gabilan jämmerlich in der Hürde stehen. Das rote Fell war fast schwarz, vom Regen schraffiert. Den Kopf tief gesenkt, stand er mit dem Hinterteil gegen den Regen, den Wind. Jody jagte heran, warf die Stalltür auf, zog das nasse Tier bei den Stirnhaaren herein, nahm einen Jutesack, rieb damit das triefende Haar, die Beine und die Gelenke. Gabilan stand geduldig. Er zitterte stoßweise; die Stöße kamen und gingen wie die des Windes.

Nachdem er den Pony, so gut er nur konnte, getrocknet hatte, holte er aus der Stallung oben heißes Wasser und weichte Korn ein. Aber Gabilan war nicht hungrig. Er nippte gleichgültig an dem heißen Brei. Immer wieder überlief ihn ein Schauer. Leichter Dampf stieg ihm vom Rücken auf.

Es war fast dunkel, als Billy Buck und Carl Tiflin nach Hause kamen. »Als es zu regnen anfing«, erzählte Carl Tiflin, »haben wir uns bei Ben Herche untergestellt; es wollte und wollte nicht aufhören, den ganzen Nachmittag nicht.« Jody sah vorwurfsvoll auf Billy Buck, und Billy fühlte sich schuldig.

»Du hast gesagt, es wird nicht regnen«, klagte Jody. Billy schaute beiseite. »In dieser Jahreszeit kann man das schwer voraussagen«, suchte er sich herauszureden. Es war eine lahme Entschuldigung. Er hatte kein Recht, sich zu irren, und wußte es.

»Der Pony ist naß geworden, ganz durchweicht.«

»Hast du ihn abgetrocknet?«

»Mit einem Sack abgerieben, und heißes Korn habe ich ihm gegeben.«

Billy nickte zustimmend.

»Glaubst du, er kriegt eine Erkältung, Billy?«

»Bißchen Regen macht weiter nichts«, versicherte Billy, worauf Jodys Vater in das Gespräch eingriff und den Jungen belehrte: »Ein Pferd ist kein Schoßhündchen.« Er haßte Schwäche und Krankheit. Hilflosigkeit verachtete er.

Die Mutter trug das Essen heiß auf. Beefsteaks, Erbsen und Erdäpfel dampften. Sie setzten sich. Carl Tiflin brummte noch etwas von Schwäche: Tiere und Menschen verweichlichten, wenn man sie verzärtele.

Billy war über sein Versagen verstimmt. »Hast du ihm Decken übergetan?« fragte er.

»Ich habe keine gefunden«, gab Jody an, »aber ein paar Säcke habe ich ihm übergelegt.«

»Sobald wir fertig mit dem Essen sind, gehen wir hin und decken ihn zu.« Als Jodys Vater sich an den Herd setzte und die Mutter das Geschirr abwusch, zündete Billy eine Laterne an und stapfte mit Jody den schlammigen Weg zum Stall.

Drinnen war es dunkel und warm und würzig. Die Tiere käuten noch über dem Abendheu. »Halt die Laterne!« gebot Billy und betastete die Beine des Ponys, prüfte die Temperatur an den Weichen, legte seine Wange an das graue Maul, stülpte die Augenlider nach oben, um nach der Iris zu schauen, hob die Lippen, besah den Gaumen, fuhr ihm mit den Fingern in die Ohren. »Scheint nicht so schlimm«, meinte er dann, »ich werd' ihn mal gehörig abreiben.«

Er nahm einen Sack und rieb damit heftig die Beine, die Brust und den Widerrist. Gabilan stand wie geistesabwesend, ließ alles geduldig mit sich geschehen. Zum Schluß brachte Billy aus dem Geräteraum eine alte baumwollene Steppdecke und band sie dem Pony um Brust und Rücken.

»Morgen ist er wieder in Ordnung«, sagte Billy.

Als Jody das Farmhaus betrat, blickte die Mutter von ihrer Arbeit auf, sagte: »es ist Zeit fürs Bett«, und stand auf. Ihre harte Hand faßte sein Kinn; sie strich ihm das wirre Haar aus den Augen. »Mach dir nur keine Sorgen wegen des Ponys; er kommt schon in Ordnung! Billy versteht das besser als der Tierarzt.« Jody hatte gar nicht gewußt, daß man ihm seine Sorgen ansah.

Er löste sich freundlich von der Mutter, ging zum Feuer, kniete davor, bis ihm der Bauch fast brannte; er wärmte und glühte sich richtig durch und ging zu Bett. Aber er schlief erst spät ein.

Als er aufwachte, glaubte er lange geschlafen zu haben. Es war noch finster, nur im Fenster ein Grau, der erste Vorbote der Dämmerung. Jody stand auf, fand seine Baumwollhosen und suchte nach den Hosenbeinen. Die Uhr im Nebenzimmer schlug zwei. Er legte sein Zeug wieder beiseite und legte sich hin. Als er erwachte, war heller Tag. Zum erstenmal hatte er das Triangelläuten verschlafen. Er sprang auf, in die Kleider, zum Haustor hinaus; all seine Knöpfe standen noch offen. Die Mutter sah ihm einen Augenblick nach und machte sich dann wieder ruhig an die Arbeit. Ihre Augen blickten nachdenklich gütig. Um ihren Mund stand ein Lächeln.

Jody rannte zum Stall. Da hörte er auch schon den Ton, den er befürchtet hatte: hohl krächzenden Pferdehusten! Mit einem Sprung war er bei der Box, wo er Billy beim Pony fand. Mit seinen starken, kräftigen Händen rieb der Knecht Beine und Fesseln. Lächelnd blickte er auf. »Nur eine kleine Erkältung. In ein paar Tagen ist er sie wieder los.«

Jody sah dem Pony in die Augen. Sie waren halb geschlossen, die Lider dick und trocken; in den Augenwinkeln saß eine harte Schleimkruste. Die Ohren hingen schlaff, der Kopf auch. Jody streckte die Hand nach Gabilan aus, aber der rührte sich nicht. Er hustete. Sein ganzer Leib zog sich vor Anstrengung zusammen. Dünne Flüssigkeit rann aus den Nüstern.

Jody sah Billy Buck an. »Billy! Er ist sehr krank.«

»Eine kleine Erkältung«, blieb Billy bei seiner Meinung. »Iß du dein Frühstück, und dann marsch in die Schule! Ich sorge schon für ihn.«

»Vielleicht hast du etwas anderes zu tun und läßt ihn dann stehen?«

»Nein, tu' ich nicht. Ich geh' überhaupt nicht weg. Morgen ist Samstag, da kannst du den ganzen Tag über bei ihm bleiben.« Wieder hatte sich Billy geirrt, und das bedrückte ihn. Jetzt mußte er den Pony pflegen und gesund machen.

Jody ging ins Haus und setzte sich still zu Tisch. Der Speck war kalt geworden, die Eier waren zerlaufen. Er merkte es nicht. Er aß seine gewohnte Portion. Er bat nicht einmal, heute daheim bleiben zu dürfen. Beim Abräumen strich ihm die Mutter über das Haar. »Billy wird für den Pony schon sorgen«, versicherte sie.

Bekümmert saß Jody den ganzen Tag über in der Schule, konnte auf keine Frage antworten, kein Wort lesen. Er wollte es niemandem sagen, sein Pony sei krank. Ihm war, als würde es davon nur kränker. Als die Schule endlich zu Ende war, schlich er scheu nach Hause, langsam und in Furcht; er ließ die anderen Buben voraus gehen und wünschte, er könne nur immer gehen und gehen und nie ankommen . . .

Wie er es versprochen hatte, befand sich Billy im Stall. Es stand mit dem Pony noch schlechter. Die Augen waren fast geschlossen; der Atem gurgelte mühsam scharf durch die verstopften Nüstern. Ein Häutchen lag über den Augen, soweit sie noch sichtbar waren. Vielleicht konnte Gabilan gar nicht mehr sehen! Dann und wann schnaubte er, um die Nüstern frei zu bekommen, aber dadurch schienen sie sich nur noch mehr zu verstopfen. Entgeistert sah Jody auf Gabilans Fell. Es war rau und ungekämmt, der einstige Glanz schien dahin. Billy lehnte gelassen am Stand. Jody wollte nicht fragen, aber er mußte es; er mußte wissen . . . »Billy – wird er wieder gesund?«

Billy fuhr mit den Fingern dem Pony zwischen die Knochen der Kinnlade, »da, fühle einmal«, und er führte Jodys Finger über etwas Dickes unter den Kinnbacken. »Wenn sich das noch vergrößert, mach' ich es auf; dann wird's gleich besser mit ihm.«

Jody sah weg. Von diesem Klumpen hatte er schon gehört. »Was ist damit los?«

Billy wollte nicht mit der Sprache heraus, aber er mußte Rede und Antwort stehen. Zum drittenmal durfte er nicht Unrecht behalten. »Druse«, sagte er barsch, »aber beunruhige dich deshalb nicht; ich werde ihn schon durchkriegen. Ich habe Pferde wieder in die Höhe gebracht, mit denen stand es noch viel schlimmer! Ich werde ihm jetzt ein Dampfbad machen. Du kannst mir helfen.«

»Ja«, sagte Jody unglücklich. Er ging mit Billy in die Kornkammer und sah ihm zu, wie er einen Dampfsack zurechtmachte. Es war das ein langer Leinwandsack mit Schlaufen, die dem Pferd über die Ohren gelegt wurden. Billy füllte ihn ein Drittel mit Kleie, gab eine Handvoll getrockneten Hopfen dazu und goß darüber etwas Karbolsäure und eine Spur Terpentin. »Das rühre ich jetzt durcheinander; hol du inzwischen einen Kessel mit kochendem Wasser, Jody!«

Als Jody mit dem dampfenden Behälter zurückkam, befestigte Billy eben die Schlaufen über Gabilans Kopf und dichtete den Sack rings um die Nase fest ab. Hierauf gossen sie durch eine kleine Seitenöffnung im Sack das kochende Wasser auf das Gemisch. Vor der aufwallenden Dampfwolke fuhr der Pony zurück; dann aber zog der lindernde Dunst durch Nase und Lungen. Die scharfen Gerüche begannen die Atmungsorgane zu reinigen. Gabilan atmete laut. Die Beine zitterten wie im Schüttelfrost; die Augen waren vor den beißenden Dünsten fest zugekniffen. Billy goß wieder Wasser dazu; fünfzehn Minuten ließ er den Dampf aufsteigen. Dann setzte er den Kessel ab und nahm den Sack wieder herunter. Der Pony sah besser aus. Er atmete frei. Die Augen waren offener als zuvor.

»Siehst du, wie gut ihm das tut«, sagte Billy zufrieden. »Jetzt wickeln wir ihn wieder in die Decken, und morgen – vielleicht – ist es schon fast wieder gut.«

»Ich möchte heute nacht bei ihm bleiben«, wünschte Jody.

»Nein, tu das nicht! Ich bring' meine Decken herauf und leg' mich ins Heu. Morgen kannst du aufbleiben und ihm, wenn nötig, ein Dampfbad geben.«

Als die beiden zum Essen ins Haus gingen, brach der Abend herein. Jody merkte nicht, daß jemand anders die Hühner gefüttert und die Holzkiste gefüllt hatte. Er ging am Haus vorüber zu der dunklen Buschreihe und trank aus dem Zuber. Das frische Wasser war so kalt, daß ihm der Mund davon weh tat und es ihn kühl durchschauerte. Über den Hügeln war der Himmel noch licht. Jody sah einen Habicht fliegen. Er flog so hoch, daß seine Brust noch einen Sonnenstrahl fing und wie ein Fünklein am Himmel leuchtete. Regengewölk zog wieder im Westen auf.

Solange die Familie beim Essen saß, sprach Jodys Vater kein Wort. Erst als sich Billy Buck mit seinen Decken zum Schlafen in den Stall begeben hatte, entfachte er im Kamin ein hohes Feuer und erzählte Geschichten: von dem wilden Mann mit Roßschweif und Pferdeohren, der nackt durch die Gegend rennt; von den Kaninkatzen im Monte Cojo, die auf Vogelfang in den Bäumen herumspringen; er beschwor die Erinnerung an jene Brüder Maxwell, die einst eine gewaltige Goldader entdeckten und ihre Spur so sorgsam verwischten, daß sie die Goldader nicht wiederfanden . . .

Jody saß, das Kinn in die Hände gestützt; sein Mund arbeitete nervös. Sein Vater mußte allmählich bemerken, daß er nicht aufpaßte. »Ist das nicht komisch, Jody?« fragte er.

Jody lächelte höflich: »Ja, Vater.« Daraufhin war dieser beleidigt und erzählte keine Geschichten mehr.

Jody nahm eine Laterne und lief zum Stall. Billy Buck schlief im Heu. Dem Pony schien es besser zu gehen. Aber der Atem rasselte noch in den Lungen. Jody blieb ein Weilchen bei ihm; seine Finger liefen über das rauhe Fell. Dann nahm er die Laterne auf und ging wieder zurück ins Farmhaus.

Als er im Bett lag, kam die Mutter herein. »Bist du auch gut zugedeckt? Es wird Winter.«

»Ja, Ma.«

»Also, dann schlaf gut!« Sie ging, zögerte, stand unschlüssig. »Dein Pony wird wieder gesund«, sagte sie schließlich.

Jody war müde. Er schlief schnell ein und erwachte bei Tagesanbruch. Der Triangel erscholl. Bevor Jody noch aus dem Hause war, kam Billy Buck schon vom Stall. »Wie geht's ihm?« fragte ihn Jody.

»So einigermaßen«, antwortete Billy, während er wie gewöhnlich sein Frühstück herunterschlang. »Heute morgen mach' ich den Knollen auf. Ich denke, dann wird ihm besser.«

Nach dem Frühstück nahm Billy sein bestes Messer, das mit der haarscharfen Spitze, schliff die blanke Klinge lange an einem kleinen Schleifstein, probierte Spitze und Klinge immer von neuem, erst an seinem schwieligen Daumen und dann über der Oberlippe.

Auf dem Weg zum Stall sah Jody, wie junges, wildes Gras schon über die Stoppeln emporwuchs. Es war ein kalter, sonniger Morgen.

Als er den Pony erblickte, wußte er, es stand schlimm. Die Augen waren geschlossen, verklebt mit getrocknetem Schleim. Der Kopf hing so tief, daß er fast den Boden berührte. Jeder Atemzug war ein leises Stöhnen, ein tiefes, leidendes Seufzen.

Billy hob Gabilan den gesenkten Kopf in die Höhe; das Messer tat einen raschen Schnitt. Aus dem scharfen Einschnitt sah man den gelben Eiter fließen. Während Billy die Wunde mit einer schwachen Karbollösung auswusch, hielt Jody Gabilans Kopf.

»Jetzt wird ihm wohler«, versicherte Billy. »Das gelbe Gift hat ihn krank gemacht.«

Jody sah ihn ungläubig an. »Billy! Er ist doch entsetzlich krank.«

Billy überlegte sich diesmal die Antwort genau. Er unterdrückte eine billige Redensart und gestand: »Ja, er ist recht krank. Aber ich habe schon schlimmere Dinge wieder gut werden sehen. Wenn er keine Lungenentzündung bekommt, kriegen wir ihn durch. Du kannst bei ihm bleiben. Wenn es schlimmer wird, holst du mich, ja?«

Als er fort war, stand Jody beim Pony und streichelte ihn hinter den Ohren. Aber der Kopf schnellte nicht mehr wie sonst, in gesunden Tagen, zu ihm herüber. Immer hohler stöhnte der Atem.

Doubletree Mutt kam hereingesprungen; sein langer Schweif wedelte so herausfordernd gesund, daß Jody unwirsch einen harten, schwarzen Erdklumpen aufhob und nach Doubletree warf. Kläffend entwich der Getroffene, dann leckte er seine schmerzende Pfote.

Im Laufe des Vormittags kam Billy zurück und richtete noch einen Dampfsack her. Jody paßte genau auf, ob auch diesmal sich eine Besserung zeigen würde wie beim erstenmal ... Gewiß, der Pony atmete etwas leichter, hob aber nicht mehr den Kopf.

Am Samstagabend brachte Jody sein Bettzeug herunter und bereitete sich ein Lager im Heu. Er hatte die Mutter nicht um Erlaubnis gefragt. Sie sah ihn jetzt immer so an, daß er wußte, sie werde ihm nichts verbieten. Er hing seine Laterne an einen Draht über Gabilans Stand. Billy hatte ihn angewiesen, er solle die Beine des Ponys von Zeit zu Zeit reiben.

Gegen neun erhob sich ein Sturmwind und heulte um die Farm. Dennoch und trotz seiner Sorge um Gabilan sank Jody, in seine Decken gewickelt, in Schlaf. Das stöhnende Atmen des Tieres zog durch seine Träume. Und er hörte im Schlaf ein Krachen, ein Tosen, immer wieder, bis er erwachte. Der Wind blies in den Stall. Der Knabe sprang auf, sah durch den Mittelgang: die Stalltür war aufgeflogen. Der Pony war fort.

Er ergriff die Laterne, rannte hinaus in den Sturm und sah Gabilan. Schwankend, schlenkernd, langsam, den Kopf gesenkt, bewegte er sich durch die Finsternis. Er lief hinter ihm her, faßte ihn bei den Stirnhaaren. Gabilan ließ sich, ohne zu widerstreben, zurückführen. Sein Stöhnen klang lauter; ein böses Pfeifen drang aus den Nüstern. Jody schlief nun nicht mehr ein. Der Atem zischte lauter und schärfer.

Der Junge war froh, als Billy bei Tagesanbruch erschien. Er sah sich das Tier lange an, als habe er es noch niemals gesehen, befühlte die Ohren, die Weichen. »Jody«, sagte er endlich, »ich muß jetzt etwas tun, das brauchst du aber nicht zu sehen. Geh eine Weile hinüber ins Haus, los!«

Jody packte ihn heftig beim Arm. »Du willst ihn doch nicht erschießen?«

Billy gab ihm die Hand darauf: »Nein! Ich muß ihm ein kleines Loch in die Luftröhre machen, damit er atmen kann. Die Nase ist verstopft. Wenn es soweit geheilt ist, setzen wir ihm eine Kanüle in das Loch, durch die er dann atmet.«

Selbst wenn er gewollt hätte, wäre es Jody unmöglich gewesen, zu gehen. Es war schrecklich, den Schnitt durch die rote Haut anzusehen, aber unendlich viel furchtbarer war es, zu wissen, jetzt werde geschnitten, ohne daß er es sah! »Ich bleibe hier«, sagte er hart. »Bist du auch sicher, daß es geht?«

»Ja. Ganz sicher. Wenn du bleibst, kannst du ihm den Kopf halten, das heißt, wenn dir nicht schlecht wird?«

Das gute Messer kam wieder zum Vorschein und wurde genauso sorgsam geschliffen wie das erstemal. Jody hob Gabilans Kopf in die Höhe und zog die Haut an der Kehle straff, während Billy nach der geeigneten Stelle suchte. Als die blanke Messerspitze in der Kehle verschwand, schluchzte der Knabe auf. Der Pony wankte zur Seite, stand wieder still. Er zitterte heftig. Das Blut floß dick über das Messer, über Billys Hand und in seinen Ärmel. Aber die sichere breite Hand schnitt in das Fleisch ein rundes Loch, aus dem der Atem hervorbrach und einen feinen, blutigen Sprühregen vor sich herwehte. Die jähe Sauerstoffzufuhr gab plötzlich dem Pony Kraft. Seine Hinterbeine schlugen aus; er wollte sich aufbäumen, doch Jody hielt ihm den Kopf herunter, so daß Billy die frische Wunde mit Karbol auswaschen konnte.

Es war eine Leistung gewesen. Es kam kein Blut mehr, die Luft entwich; neue Luft wurde in regelmäßigen Stößen unter leise gurgelnden Tönen eingesogen.

Regen, den der Nachtsturm gebracht hatte, prasselte auf das Stalldach, bis der Triangel zum Frühstück rief. »Geh du, ich warte«, riet Billy, »wir müssen aufpassen, daß sich das Loch nicht verstopft!«

Langsam verließ Jody den Stall. Er war so niedergeschlagen, daß er Billy nichts von der Stalltür sagen konnte, wie sie der Wind aufgerissen habe und der Pony entwichen sei.

Er trat hinaus in den graufeuchten Morgen, stapfte mitten durch den ärgsten Matsch; eigensinnig trat er in jede Pfütze. Die Mutter gab ihm zu essen und dazu trockene Kleider, aber sie fragte nicht. Sie ahnte wohl, daß er nicht hätte antworten können. Als er sich anschickte, wieder zum Stall zu gehen, reichte sie ihm eine Pfanne mit dampfendem Futterbrei. »Gib ihm das!«

Jody rührte die Pfanne nicht an. »Er ißt überhaupt nichts«, stieß er hervor und rannte hinaus. Im Stall zeigte ihm Billy ein Stäbchen, an dem ein Wattebausch befestigt war, und unterwies ihn, wie er damit das Atemloch auswischen müsse, wenn der Schleim es verstopfe.

Jodys Vater trat ein, stand mit den beiden vor Gabilans Box und wandte sich schließlich an Jody: »Willst du mitkommen? Ich fahre über den Berg!« Jody schüttelte den Kopf. »Es wäre gut, wenn du endlich hier einmal herauskämst«, meinte der Vater.

»Laßt ihn in Ruh«, brach da Billy Buck los. »Es ist ja schließlich sein Pony!«

Gekränkt verließ Carl Tiflin wortlos den Stall.

Den ganzen Morgen hielt Jody die Wunde offen, durch die die Luft frei aus- und einströmte. Gegen Mittag legte sich der Pony mit gestrecktem Hals müde hin. Bald darauf kam Billy zurück. »Wenn du die Nacht bei ihm bleiben willst«, meinte er,

»machst du jetzt besser ein Schläfchen.« Verstört verließ Jody den Stall.

Das Wetter hatte sich aufgeklärt; blaßblau und hart stand der Himmel. Überall pickten Vögel geschäftig nach Würmern. Jody stieg zur Buschreihe empor, setzte sich auf den bemoosten Brunnenrand und schaute hinab zu dem Farmhaus, dem alten Schlafgebäude und der dunklen Zypresse. Alles war ihm vertraut und doch seltsam verändert; es war nicht mehr es selbst, sondern nur noch ein Rahmen für Dinge, die sich ereigneten. Von Osten wehte ein kalter Wind – ein Zeichen, daß nun der Regen für einige Zeit vorüber war. Frisch aufgeschossenes Unkraut breitete sich rings um' den Brunnen; dicht an seinem Rand zu Jodys Füßen waren die Spuren zahlloser Wachteln zu sehen.

Doubletree kam die Hecke entlang durch den Gemüsegarten geschlichen. Es bedrückte Jody, daß er mit einem Erdklumpen nach ihm geworfen hatte; er legte ihm den Arm um den Hals und küßte ihn fest auf die dicke, schwarze Schnauze. Doubletree saß still, als wüßte er, daß sich etwas Feierliches vollzog; sein großer Schweif schlug in gemessenem Takt den Boden. Jody zog aus Doubletrees Fell eine dicke Zecke und zerquetschte sie zwischen den Daumennägeln. Dann wusch er sich in dem kalten Wasser die Finger.

Außer dem Brausen des Windes war alles still auf der Farm, sehr still. Jody wußte, die Mutter würde nicht schelten, wenn er das Mittagessen versäumte. Langsam ging er zurück in den Stall. Doubletree kroch in die Hundehütte und winselte leise vor sich hin.

Billy erhob sich von der Spreu in der Box und übergab Jody das Wattestäbchen. Der Pony lag auf der Seite; seine Kehlwunde arbeitete wie ein Blasbalg. Als Jody Gabilans Fell ansah, wie tot und trocken es war, da wußte er, hier war keine Hoffnung mehr. Dies tote Fell hatte er schon an sterbenden Hunden und Kühen gesehen; es war ein sicheres Zeichen. Er ließ das Gatter herunter, saß bedrückt in der Box, immer die Augen auf die sich bewegende Wunde gerichtet, und duselte schließlich ein.

Der Nachmittag verging rasch. Bei Anbruch der Dunkelheit brachte die Mutter eine tiefe Schüssel geschmortes Fleisch, stellte sie vor ihn hin und ging wieder. Als es dunkel wurde, stellte er die Laterne neben Gabilans Kopf auf den Boden, damit er die Wunde beobachten und offenhalten konnte. Und sank wieder in Schlummer, bis ihn die Nachtkühle weckte. Der Wind blies heftig; er brachte die Kälte von Norden mit.

Jody holte von seinem Heulager eine Decke und wickelte sich hinein. Gabilans Atem ging endlich ruhiger; das Kehlloch ging sanft auf und zu. Durch den Heuboden strichen Eulen und suchten kreischend nach Mäusen. Jody legte die Hände unter den Kopf und schlief ein. Schlafend spürte er, wie der Sturm zunahm und am Stall rüttelte.

Es war taghell, als er erwachte. Das Stalltor war aufgeflogen. Der Pony war fort.

Der Junge sprang auf und rannte hinaus in den Morgen.

Die Fährte des Ponys redete eine deutliche Sprache: matte Spuren schleppten sich durch das frostbetaute junge Gras; dazwischen zog sich in kleinen Streifen der Abdruck der mühselig nachgezogenen Hinterhufe. Sie führten die Anhöhe empor zur Buschreihe. So schnell er konnte, setzte ihnen der Knabe nach. Die Sonne schien scharf auf den weißen Quarz, der da und dort aus dem Boden hervorsah.

Während er so die deutliche Fährte verfolgte, fiel plötzlich ein fliegender Schatten quer über die Hufspur. Er blickte empor und sah hoch oben einen Kreis schwarzer Bussarde. Langsam drehte er sich tiefer und tiefer, bis hinter die Höhe. Jody rannte schneller und schneller, von Wut und Entsetzen gepackt. Die Fährte führte ins Gestrüpp und folgte einem gewundenen Pfad durch hohe Büsche.

Außer Atem erreichte Jody den Gipfel; er pustete, mußte stehenbleiben. Das Blut sauste ihm in den Ohren. Er sah sich um und erblickte, was er suchte. Unter ihm, in einer der kleinen Lichtungen, lag der rote Pony. Von fern sah Jody die Beine sich langsam und krampfhaft bewegen. Im Kreise rings um ihn her schwebten die Bussarde unbewegt. Sie warteten auf den Tod; so warten sie stets.

Jody stürzte vorwärts den Hang hinab. Schlamm klebte ihm an den Füßen; der Busch verdeckte ihm die Sicht. Als er ankam, war alles zu Ende. Der erste Bussard saß auf dem Kopf des Ponys; von dem aufwärts gewandten Schnabel triefte dunkles Augenfluid. Wie eine Katze sprang Jody in den gierigen Kreis. Die ernste schwarze Bruderschaft erhob sich in einer Wolke; nur für den gewaltigen ersten war es zu spät. Als er sich hüpfend vom Boden erheben wollte, packte Jody ihn bei einem Flügelende und riß ihn zurück.

Der Bussard war fast so groß wie er selbst. Mit seinem freien Flügel klatschte er in Jodys Gesicht; es war wie ein Keulenhieb, aber Jody hielt fest. Klauen klammerten sich ihm in die Beine; die Flügel schlugen ihm um die Ohren. Jody tappte blind mit der freien Hand; seine Finger faßten den Hals des sich sträubenden Vogels, die roten Augen starrten ihm ins Gesicht, böse und ohne Furcht. Der nackte Vogelkopf wand sich; nun sperrte er den Schnabel auf und spie einen Strom fauliger Flüssigkeit aus. Jody brach in die Knie, fiel über den großen Vogel, preßte mit der einen Hand den dürren Bussardhals gegen die Erde, mit der anderen langte er nach einem scharfen Stück weißen Quarzes. Der erste Schlag schmetterte den Schnabel zur Seite; schwarzes Blut schoß aus den gekrümmten, lederharten Schnabelwinkeln. Die roten Augen zielten noch immer nach ihm, fremd, entrückt, ohne Furcht. Wieder und wieder schlug Jody drauflos, bis der Bussard tot dalag, sein Kopf ein roter Klumpen.

Er schlug immer noch auf den Vogel ein, als Billy Buck ihn zurückzog und festhielt, um den Zitternden zu beruhigen. Mit seinem roten Halstuch wischte Carl Tiflin das Blut aus dem Bubengesicht.

Jody war wieder ruhig, schlaff und erschöpft. Der Vater stieß den Bussard mit der Fußspitze an. »Jody, der Bussard hat den Pony nicht getötet. Weißt du das nicht?« fragte er.

»Ich weiß«, kam die müde Antwort.

Da geriet Billy Buck in Zorn. Er hatte Jody aufgehoben, hielt ihn in den Armen; er trug ihn nach Haus. Nun aber wandte er sich zurück und sagte zu Tiflin »Und ob er es weiß!« rief er wütend. »Herrgott im Himmel, Mann, siehst du denn nicht, wie ihm zumute ist?

2

Die großen Berge

In der summenden Hitze des Hochsommernachmittags schaute der kleine Jody über die Farm; er suchte eine Beschäftigung. Im Stall war er bereits, hatte auch schon Steinchen nach den Schwalbennestern in der Dachrinne geschmissen, daß die kleinen Lehmhäuschen auseinanderbrachen und Stroh und Federn herausfielen. Dann hatte er eine alte Käserinde in eine Rattenfalle als Köder gesteckt und sie dem großen Doubletree Mutt in den Weg gestellt. Jody war nicht grausam; er langweilte sich nur. Da kam auch schon Doubletree Mutt und steckte seine dumme Nase in die Falle – klapp, schlug sie zu; er heulte vor Schmerz. Blut an den Nasenlöchern, hinkte er davon. Ganz gleich, wo es schmerzte, Doubletree Mutt hinkte auf alle Fälle; das war so seine Gewohnheit. Seit er als junger Hund sich einmal in einer Kojotenfalle gefangen hatte, hinkte er bei jedem Unfall. Auch wenn er Schelte bekam, hinkte er.

Bei Doubletrees Aufheulen rief die Mutter zum Fenster heraus: »Quäl den Hund nicht, Jody; tu etwas Vernünftiges!« Darüber ärgerte sich Jody und warf einen Stein nach dem Hund, holte dann seine Gummischleuder aus der Veranda und ging damit hinauf zur Buschreihe; vielleicht, daß er einen Vogel erlegt! Die Schleuder war gut, mit echtem Gummiband aus dem Warenhaus; er hatte nur noch nie was damit getroffen. Er ging durch den Gemüsegarten. Seine nackten Zehen zeichneten sich in dem Boden ab. Dann fand er den richtigen Schleuderstein: leicht abgeflacht und doch rund und schwer genug, daß er gut fliegt. Er legte ihn genau in die Mitte der Schleuderlasche und schlich zur Buschreihe. Seine Augen waren zusammengekniffen, der Mund arbeitete. Den ganzen Tag war er nicht so gespannt gewesen. Im Schatten der Büsche flatterten die Vögel, kratzten in den Blättern, flogen rastlos auf und wieder zurück, um weiterzukratzen. Jody zog die Gummibänder straff an, schlich vorsichtig näher ... Eine kleine Drossel hielt in ihrem Geflatter inne, äugte nach ihm hin, duckte sich, um aufzufliegen; Jody schob sich leise, Schritt für Schritt vor – nun nur noch zwanzig Fuß weiter –, hob bedächtig die Schleuder, zielte, das Steinchen sauste, die Drossel flog auf, gerade in seinen Wurf hinein. Mit zerschmettertem Köpfchen lag sie am Boden. Jody rannte hin, hob sie auf. »So, da hab' ich dich!«

Tot sah der Vogel viel kleiner aus als im lebendigen Zustand. Jody hatte ein unbehagliches Gefühl im Magen; er kam sich schlecht vor. Also zog er sein Taschenmesser heraus und schnitt dem Vogel den Kopf ab, nahm ihn aus, riß die Flügel ab und warf die Stücke in den Busch. Der Vogel kümmerte ihn nicht, das bißchen Leben ... Er dachte nur daran, was andere Leute wohl sagen würden, wenn sie das mit angesehen hätten, schämte sich vor ihrer möglichen Meinung und beschloß, die ganze Geschichte schleunigst zu vergessen und kein Wort darüber fallen zu lassen.

Die Berge sind zu dieser Jahreszeit trocken, das Wildgras golden. Nur beim Brunnen, wo das Wasser aus der Röhre über den runden Holzzuber hinausfließt, wuchs zartes grünes Gras, üppig, süß und feucht. Jody trank aus der bemoosten Röhre, wusch sich im kalten Wasser das Vogelblut von den Händen, legte sich auf den Rücken ins Gras und starrte hinauf in die bauschigen Sommerwolken. Wenn er das eine Auge schloß, kam ihm eine Wolke ganz nah; er konnte sie berühren. Er half dem leichten Wind, sie am Himmel weiterzutreiben. Mit seiner Hilfe zog das Gewölk bedeutend schneller, so kam es ihm vor. Eine dicke, weiße Wolke mußte unbedingt über den Bergrand; er gab ihr einen Stoß – nun war sie hinüber und außer Sicht. Was sie dort drüben jetzt erleben mag? grübelte Jody. Er richtete sich auf, um die großen fernen Berge besser zu sehen, die dunkel sind und wild, immer wilder, bis hinauf zu dem zackigen Grat ganz im Westen … Geheimnisberge … dachte er bei sich. Er wußte nichts von ihnen.

»Was ist auf der anderen Seite?« fragte er einmal den Vater.

»Noch mehr Berge, denk' ich; warum?«

»Und auf der anderen Seite von denen?«

»Auch Berge; warum?«

»Lauter Berge? Nur Berge?«

»Aber nein; dann kommt schließlich das Meer.«

»Was ist in den Bergen?«

»Felswände und Busch, Steine, Dürre …«

»Warst du schon dort?«

»Nein.«

»War überhaupt einmal jemand dort?«

»Ja, ein paar Leute schon. Es ist gefährlich, mit Abgründen und so. In den Bergen, allein in unserem Bezirk Monterey, soll es mehr unerforschtes Gebiet geben als in den ganzen Vereinigten Staaten.« Carl Tiflin schien ordentlich stolz darauf.

»Und dann das Meer?«

»Ja, schließlich das Meer.«

»Ja … und was dazwischen ist … weiß niemand?« beharrte Jody.

»Doch, es gibt schon Leute, denk' ich. Aber da ist ja nichts zu holen. Und wenig Wasser. Felsen, Klippen, Gestrüpp. Warum?«

»Es wäre schön, da hinzukommen.«

»Wozu? Da ist nichts.«

Aber Jody wußte, da war etwas, etwas sehr Wunderbares, denn niemand kannte es. Etwas Geheimes, Rätselhaftes. Er spürte es in sich. Er fragte die Mutter: »Weißt du, was in den großen Bergen ist?«

Sie sah ihn an, und dann zur fernen Bergkette hingewendet: »Da ist nur der Bär, glaub' ich«, sagte sie.

»Was für ein Bär?«

»Nun, halt der Bär, der über die Berge geht und schaut, was er findet.« Da ging Jody zu Billy Buck und fragte ihn nach versunkenen Städten im Urgebirge.

Aber Billy war der gleichen Ansicht wie Mr. Tiflin. »Sieht nicht danach aus«, meinte er. »Da gibt's nichts zu essen. Die Bewohner dieser Städte müßten sich von Steinen ernähren.«

Immer erhielt Jody die gleiche Auskunft, und sie machte die Berge ihm lieb und furchtbar. Und er sah in Gedanken unendliche Bergreihen hinter Bergreihen und schließlich das Meer. Wenn am Morgen die Gipfel rosig dalagen, luden sie ihn zu sich ein; wenn aber am Abend die Sonne hinter dem Saum des Gebirges versank und die Gipfel purpurne Verzweiflung ausstrahlten, dann fürchtete sich Jody vor ihnen. Sie wirkten so fremd, so unmenschlich und fern; ihre Reglosigkeit schien ihm zu drohen.

Jody wandte den Kopf, schaute in Richtung der Berge im Osten, den Gabilans – oh, das war ein frisches, heiteres Gebirge; in seinen Falten hatte es Hügelreihen. Pinien wuchsen an seinen Hängen; da wohnten Menschen. In seinen Tälern und Schluchten hatte man einst Krieg gegen die Mexikaner geführt. Er drehte sich noch einmal um zu den Riesen im Westen. Sie waren so anders, daß es ihm kalt den Rücken hinunterlief. Unter ihm die Hügelmulde mit der heimatlichen Farm ruhte sicher und sonnig. Das Haus glänzte weiß im Licht, die Scheuer in warmem Braun. Die roten Kühe weideten hügelan auf ihrem Weg gen Norden. Selbst die dunkle Zypresse bei dem Unterkunftshaus wirkte freundlich beruhigend. Mit kleinen Tanzschrittchen kratzten die Hühner im Mist.

Auf der Straße von Salinas näherte sich langsam ein Mann. Schon als er kaum hinter dem Hügelrücken emporgetaucht war, hatte ihn Jody bemerkt. Er ging auf die Farm zu. Jody stand auf und ging auch auf das Haus los. Wenn Besuch kam, mußte er dabeisein. Als der Junge beim Hause eintraf, hatte der Ankömmling erst den halben Weg die Straße herunter zurückgelegt. Er war ein hagerer Mann in strammer Haltung. Daß er alt war, erkannte man nur an seinem harten, ruckweisen Gang. Beim Näherkommen bemerkte Jody, daß er Jeans trug, eine Überjacke aus gleichem Stoff, schwere Schuhe und einen alten, schwarzen, breitrandigen Filzhut. Über der Schulter trug er einen zerbeulten, vollgestopften Sack.

Nun ließ sich auch sein Gesicht erkennen. Es war dunkel und trocken wie Rauchfleisch. Bläulich weiß wehte der lange Schnurrbart vor der dunklen Haut. Auch sein Haar, das unter dem breiten Hut hervorquoll, war weiß. Unter der faltigen Gesichtshaut sah man nichts als Schädel und Knochen, kein Fleisch. Nase und Kinn schienen scharf und zerbrechlich. Die Augen waren groß, tief und dunkel; Iris und Pupille gingen schwarz ineinander über. Die Überjacke aus blauer Baumwolle war mit Messingknöpfen bis oben hin zugeknöpft; er trug also kein Hemd. Knorrig, knochig und knotig wie Äste eines Pfirsichbaumes ragten die Hände und Handgelenke aus den Ärmeln. Die Nägel waren flach, breit und glänzend.

Der alte Mann kam bis dicht an den Zaun, wo Jody stand, und warf seinen Sack ab; seine Lippen flatterten etwas unruhig, und eine sanfte Stimme drang zwischen ihnen hervor: »Bist du hier zu Hause?«

Jody war verlegen, blickte zurück zum Haus, drehte sich um, sah nach der Stallung, wo er den Vater und Billy wußte, und als aus keiner der beiden Richtungen Hilfe kam, antwortete er: »Ja.«

»Ich bin wieder da«, sagte der alte Mann, »ich bin Gitano und bin wieder da.«

Jetzt wurde die Verantwortung für Jody zu groß. Er wandte sich um und rannte ins Haus. Die Glastür schlug klirrend hinter ihm zu. Die Mutter war gerade dabei, das Ausgußsieb am Spülstein in der Küche mit einer Haarnadel sauberzuputzen.

»Ein alter Mann«, schrie Jody aufgeregt, »ein alter Paisano. Er hat gesagt, er wär' wieder da!«

Die Mutter hob den Kopf, steckte die Haarnadel hinter das Abwaschbrett und fragte geduldig: »Was ist denn jetzt wieder los?«

»Komm! Ein alter Mann ist draußen.«

»Ja, was will er denn?« Sie band ihre Schürze ab und strich sich über das Haar.

»Ich weiß doch nicht. Er ist zu Fuß gekommen.«

Die Mutter wischte sich über den Rock und ging, von Jody gefolgt. Draußen hatte Gitano sich nicht gerührt.

»Und?« fragte Mrs. Tiflin.

Gitano zog den Hut, den alten schwarzen, hielt ihn mit beiden Händen vor den Magen und wiederholte: »Ich bin Gitano, ich bin wieder da.«

»Wieder da? Woher denn?«

Gitanos hagerer Leib beugte sich etwas über den Zaun. Seine Rechte beschrieb einen weiten Bogen über die Hügel, die Triften, die hohen Gebirge, bis sie wieder bei seinem Hut anlangte. »Zurück auf der Ranch! Ich bin hier geboren, mein Vater auch.«

»Hier?« fragte die Frau. »Das ist kein so altes Gut.«

»Dort!« Er wies auf den nahen Hügelrücken im Westen: »Drüben. Das Haus steht nicht mehr.«

Endlich verstand sie. »Die weggeschwemmte alte Bude, ah so!«

»Ja, Señora, als die Ranch aufgelöst worden ist, da gab's keinen Kalk mehr für die alte Bude, nichts . . . Regen hat alles heruntergewaschen.«

Jodys Mutter schwieg; seltsames Heimweh zog ihr durch das Gemüt, doch rasch hatte sie es abgeschüttelt. »Und was willst du jetzt hier, Gitano?«

»Bleiben«, antwortete er ruhig, »bis ich sterbe.«

»Wir brauchen keine Arbeitskraft.«

»Ich kann ja auch nicht mehr kräftig arbeiten. Eine Kuh melken, Hühner füttern, etwas Holz klein machen, weiter nichts.« Er wies auf den Sack am Boden neben sich. »Das ist mein Zeug.«

Sie wandte sich an Jody. »Lauf zum Stall, hol den Vater!«

Jody rannte los und kam mit dem Vater und Billy. »Was ist?« fragte Tiflin. »Worüber regt sich Jody so auf?«

Die Frau wies mit dem Kopf nach dem Alten. »Er will hierbleiben, für kleine Arbeiten.«

»So was brauchen wir nicht, brauchen doch überhaupt keine Leute mehr. Er ist zu alt. Was nötig ist, schafft Billy.«

Sie sprachen über den Mann, als sei er gar nicht vorhanden. Plötzlich besannen sie sich, sahen ihn an und wurden verlegen.

Gitano räusperte sich. »Zum Arbeiten bin ich zu alt. Ich bleibe da, wo ich geboren bin.«

»Hier bist du nicht geboren«, wies Carl ihn zurecht.

»Über dem Hügel drüben. Bevor ihr kamt, war das alles dieselbe Ranch.«

»Ich sag' dir, es geht nicht.« Carl wurde zornig. »Ich brauch' keinen alten Kerl. Das hier ist eine kleine Ranch. Essen und Arztkosten für einen alten Mann trägt die nicht. Du hast doch sicher noch Verwandte und Freunde, geh zu denen! Zu Fremden gehen, das ist Bettelei.«

»Ich bin hier geboren«, sprach Gitano geduldig und unbeugsam.

Carl Tiflin wollte nicht grausam sein, aber es ging nicht anders. »Du kannst meinetwegen hier übernachten«, räumte er ein: »Heute nacht in der Kammer im alten Unterkunftshaus. In der Frühe bekommst du noch Frühstück und dann – ab! Man kommt nicht zu Fremden, um da zu sterben. Geh zu Bekannten!«

Gitano setzte den schwarzen Hut auf und bückte sich nach dem Sack: »Das ist mein Zeug.«

Carl wandte sich zum Gehen. »Komm, Billy, wir haben zu tun! Jody, zeig dem Mann die Kammer!« Sie schritten zur Stallung. Mrs. Tiflin ging wieder ins Haus, rief nur noch zurück: »Ich schick' ein paar Decken hinüber!« Gitano blickte fragend auf Jody; der sagte: »Ich zeige dir, wo es ist.«

Ein Feldbett mit einer Maisstrohmatratze, eine Apfelkiste, auf der eine Laterne stand, ein Schaukelstuhl ohne Lehne – sonst war in der Kammer nichts. Gitano legte seinen Sack sorgsam zu Boden und setzte sich auf den Bettrand. Jody stand scheu herum. Er ging noch nicht; er fragte erst: »Kommst du aus den großen Bergen?« Die Gedanken von heute nachmittag rumorten noch immer in ihm.

Gitano schüttelte langsam den Kopf. »Nein. Ich habe im Salinas-Tal gearbeitet.«

»Und du warst nie da hinten in den großen Gebirgen?«

Da wurden die alten dunklen Augen größer und starrer. Ihr Licht leuchtete nach innen, durchleuchtete viele Jahre, die in Gitanos Kopf lebten. »Einstmals, als ich ein kleiner Junge war, ging ich mit meinem Vater . . .«

»Geradewegs ins Gebirge?«

»Ja.«

»Was war da?« rief Jody. »Hast du Menschen gesehen? Häuser?«

»Nein.«

»Ja, und was war da?«

Gitanos Augen blickten noch immer nach innen. Eine tiefe Falte trat zwischen seine Brauen.

»Was hast du da gesehen?« drängte Jody.

»Ich weiß nicht mehr.«

»War es furchtbar und wüst und trocken?«

»Ich kann mich nicht darauf besinnen.«

Vor Aufregung hatte Jody alle Scheu verloren. »Du erinnerst dich an gar nichts mehr – von allem?«

Gitanos Mund öffnete sich zum Reden und blieb geöffnet, während er die Worte suchte und fand: »Ich glaube, da war der Friede. Ich glaube, es war sehr schön.« Seine Augen schienen fern, fern im Hintergrund der Jahre etwas zu sehen. Sie waren mit einemmal so sanft; ein leises Lächeln ging durch sie hindurch und verschwand.

»Bist du dann noch einmal in den Bergen gewesen?« beharrte Jody.

»Nein.«

»Wolltest du nicht mehr?«

»Nein.« Plötzlich waren Gitanos Gesicht und sein Ton ungeduldig. Jody wußte, er würde nichts weiter erfahren, doch ein merkwürdiger Zauber hielt ihn gefangen. Er konnte sich von Gitano nicht losreißen. Scheu fragte er: »Willst du nicht unsere Pferde sehen? Dann komm mit zum Stall!« Der Alte erhob sich, setzte den Hut auf und folgte dem Jungen.

Es war Abend geworden. Im Schlendergang kamen die Rosse von den Hängen zum Abendtrunk an die Wasserstelle. Gitanos knotige Hände rasteten auf dem Querbalken des Geheges. Fünf Pferde näherten sich der Wasserrinne, tranken, standen herum, schnupperten in den Staub oder scheuerten ihre Flanken am glatten Holz der Umzäunung.

Lange nachdem sie getrunken hatten, kam noch ein altes Roß mühsam über die Höhe und langsam zur Tränke herunter. Es hatte lange, gelbe Zähne, die Hufe waren flach und scharf wie Spaten. Rippen und Kruppe sprangen unter der Haut hervor.

»Das ist Easter, der alte Easter«, erklärte Jody, »das erste Pferd, das meinem Vater gehört hat. Es ist schon dreißig Jahre alt.« Er blickte an Gitano empor, suchte in seinen alten Augen nach Antwort.

»Es taugt nichts mehr«, sagte Gitano. Carl und Billy kamen vom Stall herüber. »Zu alt zur Arbeit«, wiederholte der alte Mann, »einmal noch fressen und dann verrecken.«

Carl Tiflin hatte die letzten Worte gehört. Ihn verdroß seine eigene Brutalität, aber das machte ihn nur noch brutaler. »Eine Schande, daß man das Tier nicht abknallt. Würde ihm eine Menge Schmerzen und das Rheuma ersparen.« Er warf einen raschen Seitenblick auf Gitano, ob dieser die Anzüglichkeit merke, aber die großen Knochenhände regten sich nicht. Die dunklen Augen ließen nicht von der Mähre. »Was alt ist«, fuhr Jodys Vater fort, »sollte man vom Elend befreien. Ein Schuß, ein Knall, vielleicht ein Schmerz im Hirn, fertig! Jedenfalls besser als steife Knochen und faule Zähne.«

Billy Buck widersprach. »Alle haben ein Recht auf Ruhe im Alter; sie haben ihre Lebtage lang gearbeitet. Laßt sie doch noch ein bißchen spazierengehen!«

Carl blickte immerfort auf den ausgemergelten Klepper. »Das kannst du dir nicht vorstellen, wie Easter früher ausgesehen hat«, sagte er weich, »den hohen Hals, die kräftige Brust, den prachtvollen Leib! Der sprang in einem Satz über ein fünf Stangen hohes Gehege. Als ich fünfzehn Jahre alt war, habe ich mit ihm ein Flachrennen gewonnen. Zweihundert Dollars hätte ich jederzeit für ihn bekommen. Das denkt heute kein Mensch, was das einmal für ein Prachtpferd war!« Er nahm sich zusammen; er haßte Weichheit. »Aber jetzt gehört's abgeknallt«, sagte er rauh. Billy Buck aber blieb dabei: »Es hat das Recht, sich auszuruhen.«

Carl hatte einen witzigen Einfall und lud ihn gleich auf Gitano ab. »Wenn auf meiner Wiese Speck und Eier wachsen wollten, ja dann würde ich dich gleich dort weiden lassen, aber in meiner Küche kannst du nicht weiden.« Lachend ging er mit Billy zum Haus. »Wäre nicht übel, wenn hier Speck und Eier wachsen würden!«

Jody wußte, sein Vater suchte die Stelle, an der er Gitano am tiefsten verletzen konnte; er machte das oft so, auch bei ihm kannte er jeden Seelenfleck, in dem ein Wort eitern würde. »Er redet nur so«, wandte er sich an den Alten, »er denkt nicht daran, Easter totzuschießen; dazu hat er ihn viel zu gern, war schließlich sein erstes Pferd!«

Die Sonne sank hinter den hohen Berg; lautlos lag die Farm da. Sie standen noch immer an der Tränke. Gitano schien jetzt am Abend sich mehr daheim zu fühlen. Er machte ein merkwürdig scharfes Geräusch mit den Lippen und streckte die Hand über die Umzäunung. Der alte Easter kam steif heran. Gitano streichelte ihm den hageren Hals unter der Mähne.

»Du hast ihn gern?« fragte Jody leise.

»Ja. Aber er ist zu nichts mehr nütze.«

Der Triangel tönte vom Farmhaus. »Das Abendessen!« rief Jody. »Komm mit zum Essen!«

Auf dem Wege zum Haus fiel es Jody wieder auf, wie straff Gitanos Körper war, kerzengerade wie der eines Jünglings. Nur an dem Schlurfen der Absätze und den ruckhaften Bewegungen sah man sein Alter.

Die Truthühner ließen sich mit schwerem Flügelschlag in den unteren Zweigen der dunklen Zypresse beim Schlafhaus nieder. Eine dicke, glatte Katze lief ihnen über den Weg; im Maul trug sie eine fette tote Ratte, deren Schweif auf dem Boden nachschleifte. Von den Hängen tönte der helle Signalruf der Wachtel.

Jody und Gitano näherten sich der Rückfront des Farmhauses. Mrs. Tiflin sah zur Tür heraus. »Eil dich, Jody! Komm herein! Gitano, zum Essen!« Carl und Billy hatten bereits angefangen.

Geräuschlos glitt Jody auf seinen Stuhl an dem langen, wachstuchbedeckten Tisch. Indes stand Gitano, den Hut in der Hand, und wartete, bis Carl aufsah und »setz dich, setz dich!« sagte. »Kannst dich ruhig satt essen, eh du weiter gehst!« Er hatte vor seiner eigenen Nachgiebigkeit Angst und hörte daher nicht auf, sich und die anderen daran zu erinnern, daß der Alte nicht bleiben dürfe.

Gitano legte den Hut auf den Boden und nahm schüchtern Platz. Er hätte auch nicht von selbst zugegriffen, wenn ihm Carl die Schüssel nicht zugeschoben und ihn ermunter hätte: »Da, tu dir auf!«

Gitano aß langsam. Er schnitt das Fleisch in Teilchen, zerdrückte eine Kartoffel und teilte auf seinem Teller das Zerquetschte in kleine Portionen.

Die Situation ließ Carl Tiflin immer noch keine Ruhe. »Hast du denn in der Gegend keine Verwandten?« fragte er.

Nicht ohne Stolz versetzte Gitano: »Mein Schwager lebt in Monterey. Ich habe auch Vettern da.«

»Na also, dann geh doch zu ihnen und bleibe dort!«

»Ich bin aber hier geboren«, versetzte Gitano mit freundlichem Tadel.

Die Mutter kam aus der Küche mit einer großen Schüssel Tapiokapudding. Carl lachte ihr entgegen: »Weißt du, was ich ihm gesagt habe? Ich habe gesagt: Wenn Speckseiten bei uns auf dem Feld wachsen würden, möchte ich ihn schon auf die Weide schicken, wie meinen alten Easter.« Gitano starrte reglos auf seinen Teller.

»Es ist traurig, daß er nicht hierbleiben kann«, sagte Mrs. Tiflin.

»Jetzt fang nicht wieder von vorn an!« brummte Carl.

Als sie gegessen hatten, ging er mit Billy und Jody für eine Weile ins Wohnzimmer, während Gitano ohne Dank oder Gruß durch die Küche und zum Hinterausgang hinausging. Verstohlen beobachtete Jody den Vater und wußte, wie schlecht sich dieser jetzt vorkam.

»Die Gegend wimmelt von lauter alten Paisanos«, bemerkte Carl zu Billy.

»Tüchtige Leute«, verteidigte dieser. »Ein Weißer kommt in dem Alter da gar nicht mehr mit. Ich habe einen gesehen, der war hundertfünf Jahre alt und ist noch geritten – und wie! Ihr findet auch keinen Weißen, der im Alter von Gitano an einem Tag dreißig Meilen läuft.«

»Zäh sind sie, ja«, gab Carl zu, dann milder: »Du willst dich wohl für ihn einsetzen? Paß einmal auf! Es ist mir verdammt schwer geworden, daß die Bank nicht auch diese Farm aufgefressen hat – auch ohne daß ich noch jemand Fremden durchfüttern mußte. Weißt du das, Billy?«

»Ich weiß . . .«, sagte Billy. »Wenn ihr Geld hättet, wär' das eine andere Sache.«

»So ist's. Und schließlich hat er doch Verwandte, zu denen er kann. Schwager und Vettern in Monterey. Was soll ich mich da mit ihm belasten?«

Jody saß still und hörte zu – und hörte dazwischen nur immer Gitanos freundliche Worte, die unbeantwortet blieben, weil es auf sie keine Antwort gab: »Ich bin aber hier geboren.«

Gitano war so geheimnisvoll wie die Berge. Da waren Gebirgsketten, immer weiter und tiefer, und hinter der letzten, die sich zum Himmel auftürmte, lag ein unbekanntes, ein weites Land. Und Gitano war nur so lange alt, bis man an seine stillen Augen kam. Auch hinter ihnen lag etwas Unbekanntes. Was lag nur hinter den dunklen Augen? Unwiderstehlich fühlte sich Jody zum Unterkunftshaus gezogen. Während der Vater noch redete, glitt er lautlos vom Stuhl zur Tür und zum Haus hinaus.

Es war sehr finster. Ferne Geräusche kamen klar wie aus nächster Nähe, Glocken von einem Holzfuhrwerk jenseits des Hügels auf der Landstraße. In der Kammer im Unterkunftshaus brannte ein Licht; es zeigte Jody den Weg über den Hof und durch den Garten. Ruhig ging der Knabe in der verschwiegenen Nacht geradewegs auf das Fenster zu und spähte hinein.

Den Rücken zum Fenster saß Gitano auf dem zerbrochenen Schaukelstuhl. Sein rechter Arm bewegte sich langsam vor und zurück. Jody stieß die Tür auf und trat ein. Gitano sprang auf, warf ein Stück Rehfell über den Gegenstand auf seinen Knien, aber das Fell glitt zu Boden. Jody stand staunend da. Gitanos Hand hielt einen schlanken, blitzenden Stoßdegen mit goldenem Griff. Der Griff war kunstvoll durchbrochen und wunderlich ziseliert.

»Was ist das?«

Gitano blickte Jody abweisend an, hob das heruntergefallene Rehfell auf und hüllte das herrliche Blatt wieder fest darin ein.

Jody streckte die Hand danach aus. »Darf ich es sehen?«

Gitano schüttelte den Kopf; Zorn glomm in seinen Augen auf.

»Woher hast du das? Wo ist es her?«

Ein tiefer Blick Gitanos maß Jody, schien ihn zu wägen; dann kam die Antwort: »Von meinem Vater.«

»Ja, aber woher hat er es gehabt?«

Gitano sah auf den langen Rehfellpacken in seiner Hand. »Wie soll ich das wissen?«

»Hat er's dir nie erzählt?«

»Nein.«

»Was machst du damit?«

Gitano blickte leicht überrascht. »Nichts. Ich hebe es auf.«

»Darf ich's noch einmal sehen?«

Langsam enthüllte der Alte den blanken Stahl, das Licht der Lampe huschte darüber, dann verhüllte er das schimmernde Wunderding wieder. »Geh! Ich will jetzt schlafen.« Bevor noch Jody die Tür hinter sich recht geschlossen hatte, blies der Alte die Lampe aus.

Auf dem Rückweg zum Haus war es Jody so klar, wie ihm noch nie im Leben etwas gewesen: Er durfte niemandem etwas von der Klinge erzählen. Es wäre dies furchtbar; es würde etwas vernichten, eine zarte, zerbrechliche Wahrheit. Niemand durfte sie wissen, denn es war eine Wahrheit, die durch Mitteilung und Teilung zerbrach.

Im dunklen Hof stieß er auf Billy. »Wo steckst du? Sie suchen nach dir!« Jody schlüpfte ins Wohnzimmer. Der Vater wandte sich nach ihm um: »Wo warst du?«

»Ich habe nachgesehen, ob in meinen neuen Fallen schon Ratten sind.«

»Geh schlafen, 's ist Zeit!« sagte der Vater.

Am Morgen war Jody als erster beim Frühstückstisch. Dann kam der Vater, dann Billy. Die Mutter sah durch die Küchentür. »Wo ist der Alte?«

»Macht wohl einen Morgenspaziergang«, meinte Billy. »Ich habe im Vorbeigehen nachgesehen; in der Kammer war er nicht mehr.«

»Vielleicht ist er schon in der Frühe nach Monterey aufgebrochen«, vermutete Carl, »es ist ein weiter Weg.«

»Nein, sein Sack liegt noch in der Kammer«, erklärte Billy.

Nach dem Frühstück ging Jody zum Unterkunftshaus. Mücken spielten im Sonnenschein. Die Ranch schien heute besonders still. Sobald er sicher war, daß ihn niemand beobachtete, huschte Jody in die Kammer und lugte in Gitanos Sack. Da waren ein Paar lange Unterhosen aus Baumwolle, ein Paar alte Arbeitshosen und drei Paar gestopfte Socken. Sonst nichts. Ätzende Einsamkeit fiel über den Knaben. Langsam ging er zum Haus zurück. Auf der Veranda standen die Eltern im Gespräch. »Ich glaube, der alte Easter ist endlich tot«, sagte der Vater; »ich habe wenigstens nicht gesehen, daß er mit den anderen Pferden zur Tränke gekommen ist.«

Später am Morgen kam Jess Taylor von der oberen Ranch angeritten.

»Du, Carl, hast du am Ende deinen alten Krippensetzer verkauft? Den Easter?«

»Keine Spur! Wieso?«

»J-ja«, machte Jess. »Ich war heut' schon in aller Früh draußen, und da habe ich etwas ganz Komisches gesehen! Ein alter Mann auf einem alten Gaul ohne Sattel, nur einen Strick als Zügel! Hielt sich auch nicht an den Weg, schnitt direkt ab, quer durch den Busch. Hatte wohl auch ein Gewehr; er hatte irgend so etwas in der Hand.«

»Der alte Gitano!« rief Tiflin. »Muß doch gleich nachsehen, ob eines von meinen Gewehren fehlt!« Er trat ins Haus und war gleich wieder da. »Nein, alles am Platz! In welcher Richtung ist er denn geritten, Jess?«

»Ja, das ist das komische: er ist geradewegs auf das Gebirge los.«

»Zum Stehlen und zum Gestohlenwerden ist doch niemand und nichts zu alt«, lachte Tiflin. »Jetzt hat der mir sogar den alten Easter gestohlen!«

Willst du ihm nach, Carl?«

»»Um Gottes willen! Der spart mir wenigstens das Einscharren des Kadavers. Möchte wissen, woher er das Gewehr hat! Und was er da hinten will, im Gebirge ...«

Jody wanderte durch die Gemüsepflanzung zur Gebüschreihe hinauf. Suchend blickte er zu den hoch aufragenden Gebirgszügen hinüber – Kette auf Kette, eine folgte der andern, und am Ende war da das Meer. Einen Augenblick war dem Spähenden, als könnte er an dem fernsten Grat einen winzigen dunklen Fleck erkennen, der langsam emporkroch. Er dachte an die Stoßklinge und an Gitano. Er dachte an die großen Gebirge. Ein Sehnen, ein Weh überkam ihn, so heftig und schneidend, daß er es aus voller Brust hätte herausheulen mögen.

Er legte sich in das grüne Gras bei dem runden Holzzuber an der Buschreihe. Er bedeckte die Augen mit seinen gekreuzten Armen.

Lang lag er da. Eine namenlose Trauer erfüllte ihn.

3

Das Versprechen

An einem frühen Nachmittag im Frühling marschierte Jody kriegerisch auf seinem Schulweg die Hecken entlang nach Hause. Er trommelte auf seine blecherne Frühstücksbüchse, das war seine große Pauke; mit scharfen Zungenstößen ahmte sein Kindermund die Trommeln und ab und zu die Trompeten nach. Sein Gefolge hatte sich schon nach und nach, bald in dieses, bald in jenes Seitentälchen, ein jeder auf seine heimische Farm verzogen. Er aber marschierte weiter, Knie hochgehoben, Füße fest aufgesetzt. Er marschierte nur scheinbar allein. Denn hinter ihm zog eine Geisterarmee mit wehenden Fahnen und blitzenden Waffen her, ein schweigendes, todbringendes Heer.

Der Frühlingstag war grün und golden. Unterhalb der Eichen mit ihrem breiten Geäst standen die Setzlinge hochaufgeschossen und blaß; die Grashalden an den Hügeln waren dicht bewachsen und glatt. Der Gartensalbei trug neue Blätter; sie schimmerten silbern; die Eichbäume trugen goldgrüne Kapuzen. Und über allem wogte ein Duften, das jagte die Rosse in gestrecktem Galopp, in dem sie jäh innehielten und staunten; das verleitete Lämmer, ja sogar alte, erfahrene Schafe zu Luftsprüngen, aus denen sie dann auf steifen Beinen zu stehen kamen und wieder friedlich zu weiden begannen, während junge, täppische Kälber mit den Köpfen gegeneinanderstießen, zurückwichen und wieder gegeneinanderrannten. Als aber das schweigende Geisterheer unter Jodys Oberkommando vorüberzog, stockten Kampf und Spiel und das Grasen der Tiere, und sie betrachteten den Vorbeimarsch.

Plötzlich blieb der Anführer stehen, und sein großes Heer stand wie aufs Haupt geschlagen. Er bückte sich; die Reihen gerieten ins Wanken, lösten sich in zarten Nebeldunst auf und waren mit leisem Seufzerhauch verschwunden. Im Straßenstaub hatte Jody die Stachelkrone eines Leguans erblickt. Zielsicher reckte seine Hand sich nach dem stachligen Heiligenschein, packte zu, hielt das sich heftig sträubende Tier und drehte es jagdkundig auf den Rücken. Blaßgolden und preisgegeben schimmerte die Blöße des Bauches. Mit weichem Zeigefinger strich Jody über Kehle und Brust des Leguans, bis dieser ermattet nachgab, die Augen schloß, schlaff dalag und einschlief.

Die erste Jagdbeute. Jody barg sie in seiner Frühstücksbüchse – ein anderer Jody, der sacht, auf unhörbaren nackten Zehen, mit eingezogenen Schultern dahinschlich; seine Rechte umschloß ein unsichtbares Gewehr, und der Hecke entlang der Straße entquoll ein neues, unerwartetes Heer von Schattentigern und Grislybären. Die Jagd war gut. Bis zum Briefkasten an der Straßenkreuzung hatte der kühne Weidmann zwei weitere Leguane, vier kleine Graseidechsen, eine blaue Schlange, sechzehn gelbgeflügelte Heuschrecken gefangen und zwischen Felsgestein einen braunen, feuchtglänzenden Molch hervorgezogen. Und der ganze Verein krabbelte nun unglücklich und drängte sich verzweifelt in Jodys Frühstückstrommel.

Beim Kreuzweg verdunstete das Gewehr, die Tiger und Bären lösten sich in Tau auf, ja selbst das feuchte Gewimmel in der Blechbüchse schien nicht mehr zu existieren, denn an dem Briefkasten war ein rotes Fähnlein aufgezogen, und das bedeutete: Post für Tiflins. Jody stellte seine Menagerie auf den Boden, öffnete den Kasten, entnahm ihm eine Nummer des ›Salinas Weekly Journal‹ und einen Katalog von Montgomery

Ward, schlug den Briefkasten wieder zu und trollte sich mit seinem Blechgefäß über den Hügel und hinab in die Senkung der heimischen Ranch. Kurz vor dem Stall setzte er sich in Trab, rannte an Heuschober, Unterkunftshaus und dem Zypressenbaum vorbei und durch die vordere Glastür ins Haus: »Ma, Ma, da ist ein Katalog!«

Mrs. Tiflin hatte Quark ausgepreßt und wusch sich die Hände unter dem Hahn. »Hier bin ich, Jody!« meldete sie sich, »in der Küche!« Da kam der Junge auch schon herein, bummste die Blechbüchse in den Spülstein und wandte sich um: »Darf ich den Katalog aufmachen, Ma?«

Die Mutter wandte sich wieder dem Quark zu. »Verkram ihn aber nicht, Jody! Der Vater braucht den Katalog.« Sie kratzte die Quarkreste zusammen. »Ach, Jody, der Vater will dich noch sprechen, bevor du die Hühner füttern gehst«, fiel ihr ein, während sie eine Fliege verjagte.

Bestürzt klappte Jody den eben geöffneten Katalog wieder zu. »Ma?«

»Ja, hörst du denn nicht, Junge? Dein Vater will mit dir sprechen, habe ich dir gesagt.«

Gehorsam legte Jody den Katalog auf das Geschirrbrett. »Ist es etwas . . . etwas . . . was ich angestellt habe?«

Die Mutter lachte. »Immer ein schlechtes Gewissen! Was hast du denn angestellt?«

»Gar nichts, Ma«, widersprach er schwach; vielleicht erinnerte er sich nur nicht mehr daran, und außerdem, man kann doch nie wissen, woraus einem hinterher ein Strick gedreht wird! Wenn einer will, so ist alles ein Verbrechen. Der Quark war nun in seinem Säckchen; das hängte die Mutter an einen Nagel zum Abtropfen über den Ausguß. »Er hat mir nur gesagt, wenn du nach Hause kämst, wolle er mit dir über etwas sprechen. Er ist irgendwo drüben beim Stall.«

Jody machte kehrt und ging zur Hintertür hinaus. Als er den Aufschrei der Mutter beim Öffnen der Frühstücksbüchse vernahm, gab es ihm einen Stich; er beschleunigte seine Schritte und hörte absichtlich die scheltende Stimme nicht, die ihm vom Haus nachklang.

Carl Tiflin und Billy Buck standen beim unteren Gehege. Auf den obersten Balken der Umzäunung hatten sie ihre Ellenbogen und auf den untersten je einen Fuß gestützt. Ab und zu fiel ein belangloses Wort. Innerhalb der Einfriedung knabberten sechs Pferde zufrieden an süßen Gräsern. Die Stute Nellie stand mit dem Rücken zum Gatter und rieb ihre Kruppe an einem schweren Pfosten.

Langsam, mit unbehaglichem Gefühl kam Jody angetrabt. Er schleppte die Füße am Boden nach; er wollte recht harmlos erscheinen. Bei den Männern angelangt, stellte er einen Fuß auf den untersten Balken, stützte die Ellenbogen auf den zweiten und guckte auf die Weide. Die beiden sahen ihn von der Seite an. »Ich wollte mit dir sprechen«, sprach Carl Tiflin in jenem überlegenen Ton, den er für Kinder und Tiere bereit hatte.

»Ja, Vater«, antwortete Jody schuldbewußt.

»Billy hat mir berichtet, du hättest den Pony gut gepflegt, ehe er einging.«

Also da lauert kein Strafgericht, nach solcher Einleitung...!

»Ja, Vater, das habe ich«, versetzte Jody, schon merklich kühner.

»Bill sagt, du hättest mit Pferden Geduld und eine gute, geschickte Hand.« Ein Gefühl warmer Freundschaft für Billy wallte in Jody auf.

»Kein Mensch hätte den Pony besser trainieren und halten können als er«, warf Buck ein, und nun ging Carl Tiflin geradewegs auf sein Ziel los. »Wenn du wieder ein Pferd bekämst, würdest du dafür arbeiten?«

»Ja, Vater«, antwortete Jody und erschauerte wie im Fieber.

»Dann paß einmal auf. Billy meint, so richtig mit Pferden umzugehen lernst du nur, wenn du erst einmal eins von der Geburt an gepflegt und in die Höhe gebracht hast...« –

»Die einzige Möglichkeit«, warf Billy ein.

»Also, dann hör zu!« fuhr der Vater fort. »Jess Taylor auf der oberen Ranch hat einen guten Zuchthengst. Aber das Beschälen kostet fünf Dollars. Ich werde das Geld auslegen, aber du mußt dafür den ganzen Sommer über schaffen. Ist dir das recht?«

Das Innere zog sich Jody vor Sehnsucht zusammen. »Ja, Vater«, antwortete er leise.

»Und du wirst dich nicht beklagen? Und was man dich heißt, auch erledigen? Nichts vergessen?!«

»Ja, Vater.«

»Schön. Also dann führst du morgen Nellie zu dem Hengst auf der oberen Ranch. Und dann übernimmst du ihre Pflege, bis sie ihr Füllen wirft, verstehst du?«

»Ja, Vater.«

»Und jetzt kümmere dich um das Holz und die Hühner!«

Jody entfernte sich. Als er hinter Billy vorbeistrich, streckte sich seine Hand fast wie von selber aus nach den blauen Hosenbeinen, aber Billy merkte es nicht. Ein Gefühl der Reife und der eigenen Bedeutung erfüllte den Jungen; er bewegte die Schultern mit männlichem Schwung.

Gewissenhaft wie noch nie erledigte er seine Pflichten. Die Futterkanne stülpte er den Hühnern nicht mehr auf einen Fleck aus, wo sie sich drängen und stoßen und um jedes Körnlein sich herumbalgen mußten, nein, er breitete heute den Weizen so fein, so sorgsam und so weit aus, daß die Hühner einen Teil davon überhaupt nicht mehr auffinden konnten. Und nachdem er in der Küche Mutters Verzweiflung über einen Jungen, der seine Frühstücksbüchse mit schleimigen erstickten Reptilien und Heuschrecken vollstopft, geduldig angehört hatte, gelobte er, es nie wieder zu tun! All diese Torheiten gehörten nun der Vergangenheit an; er fühlte sich viel zu erwachsen, um je wieder einen Leguan in die Butterbrotbüchse zu stecken. Er schleppte so viel Holz ins Haus und errichtete daraus einen so hohen Bau, daß die Mutter in Furcht vor einer Brennholzlawine erblaßte. Nachdem er auch noch Eier gefunden hatte, die seit Wochen unentdeckt geblieben waren, ging er wieder zur Weide. Eine dicke, warzige Kröte, die bei der Tränke unter dem Trog hervorlugte, machte auf ihn nicht den mindesten Eindruck.

Tiflin und Buck waren nicht zu sehen, doch hörte Jody von der anderen Seite des Stalles her ein metallisches Läuten, das ihm angab, daß Billy beim Melken der Kühe war.

Die übrigen Pferde grasten am oberen Ende der Weide, nur Nellie rieb sich noch immer nervös an dem Pfosten. Jody näherte sich ihr langsam. »So-o-o, so-o, mein Fräulein«, beruhigte er sie. Die Ohren der Stute legten sich böse zurück, die gelben Zähne entblößten sich. Sie warf den Kopf herum; ihre Augen waren stier und glasig. Jody kletterte auf das Gatter hinauf, ließ die Beine hinunterbaumeln und blickte väterlich auf die Stute. Die Nacht brach an. Fledermäuse und Nachteulen flatterten.

Billy Buck trug einen Eimer Milch zum Farmhaus. Als er Jody sah, blieb er stehen. »Du wirst lange darauf warten müssen«, meinte er freundschaftlich, »sehr lange! Das bekommt man bald über, das Warten.«

»Ich bekomme es nicht über, Billy. Wie lange dauert es denn?«

»Fast ein Jahr.«

»Gut. Ich werde warten.«

Der Triangel läutete scharf vom Haus herüber. Jody kletterte von dem Gatter herunter und ging mit Billy zum Abendessen. Er half ihm auch den Milcheimer tragen.

Am folgenden Morgen wickelte Tiflin nach dem Frühstück eine Fünfdollarnote in ein Stück Zeitungspapier und steckte das Päckchen in Jodys Brusttasche fest. Billy Buck legte der Stute Nellie den Halfter um und führte sie aus der Umzäunung. »Paß gut auf!« warnte er Jody, »du mußt sie ganz kurz halten, so! Sonst beißt sie; sie ist ein verrücktes Biest!«

Jody griff den Halfter nicht erst am Strick an, sondern gleich kurz am Leder und zog den Hügel empor in Richtung der oberen Ranch. Hinter ihm tänzelnd, mit scheuen Seitensprüngen die Stute Nellie. Auf den Weideplätzen entlang der Straße kamen die Körner des wilden Hafers just aus den Hülsen, und die warme Morgensonne schien so freundlich auf Jodys Rükken, daß er trotz seiner gereiften Würde von Zeit zu Zeit unbedingt einen kleinen Luftsprung riskieren mußte. Auf den Weidezäunen hockten schwarze Vögel mit roten Achselschnüren, die einen trockenen Ruf ausstießen. Feldlerchen sangen wie Wasserfälle. Wildtauben, unter raschelndem, brüchigem Eichenlaub versteckt, gurrten verhaltene Trauertöne. In den Feldern sonnten sich Hasen; Scheren gleich ragten ihre Löffel über die Grasspitzen. So ging es eine Stunde gleichmäßig bergan. Dann bog Jody in einen schmalen Pfad ein, der über einen steileren Hang zur oberen Ranch führte. Er sah schon das rote Dach der Stallung über den Eichen hervorragen und hörte vom Haus her gleichmäßiges Hundegebell.

Plötzlich sprang Nellie zurück, riß sich fast los. Von der Stallung her hörte Jody ein grell pfeifendes Wiehern, Splittern von Holz, den lauten Ruf eines Mannes. Nellie wieherte zurück. Er hatte noch das Ende des Halfterseils in der Hand. Mit entblößten Zähnen rannte die brünstige Stute gegen ihn an. Er ließ den Strick los, wich behend aus und war mit einem Satz in den Büschen. Wieder der hohe Schrei von den Eichen her, und wieder wieherte Nellie zur Antwort.

Der Zuchthengst wurde sichtbar, seine Hufe wirbelten den Grund auf. Ein zerrissenes Halteseil nachziehend, preschte er den Abhang herab. Mit fiebrig funkelnden Augen, die Nüstern gebläht, wie Flammen rot, die feuchte Haut von Sonne leuchtend, nahte er so schnell, daß er bei der Stute nicht einzuhalten vermochte, an ihr vorübersauste. Nellies Ohren gingen zurück, sie drehte sich und schlug nach dem Vorbeijagenden aus. Nun warf sich der Hengst herum und zurück, haute mit den Vorderhufen nach der Stute; sie wankte unter dem Schlag; seine Zähne suchten nach ihrem Nacken, schlugen hinein; Blut quoll hervor ...

Und augenblicks war Nellie wie umgewandelt. Weiblich kokett nagte sie an seinem gewölbten Nacken, schob sich an ihn heran und rieb ihre Schulter an der seinen.

Im Busch halb verborgen, hatte Jody alles mit angesehen. Nun hörte er es hinter sich traben – schon hatte ihn eine Faust beim Hosenriemen gepackt, vom Boden gehoben – und Jess Taylor hatte ihn hinter sich auf sein Pferd gesetzt. »Beinah!« sagte Jess, »beinah wärst du jetzt hin, mausetot! Sundog ist manchmal ein hundsgemeines Aas; hat sein Seil durchgerissen und dann hui durchs Gatter!«

Jody saß ruhig auf dem Pferd, aber nur einen Moment; dann schrie er: »Er tut ihr weh, er macht sie kaputt; tu ihn weg von ihr!«

Jess mußte lachen. »Nellie fühlt sich pudelwohl. Geh du jetzt lieber hinauf ins Haus. Vielleicht gibt's da ein Stück Torte für dich.« Aber der Junge schüttelte heftig den Kopf. »Die Stute gehört uns, und das Fohlen soll mein sein; ich zieh es groß!«

Jess nickte beifällig. »Eine gute Sache! Ausgezeichnet. Carl hat doch manchmal verständige Einfälle.«

Binnen kurzem war die Gefahr vorüber. Jess setzte Jody wieder ab, fing den Hengst am abgerissenen Halteseil und ritt im langsamen Schritt voran, gefolgt von Jody, der Nellie am Halfterband führte.

Erst nachdem er seine fünf Dollar losgesteckt, abgeliefert und zwei Stück Torte vertilgt hatte, machte Jody sich auf den Heimweg. Nellie ging folgsam mit ihm und war so sanft, daß er unterwegs von einem Baumstumpf auf ihren Rücken klomm und bis nach Hause ritt.

Die vorgestreckten fünf Dollars des Vaters machten den Sohn für den Rest des Frühlings und den ganzen Sommer zum Tagelöhner. Beim Heuen zog er den Rechen; beim Jackson-Forke-Preßpacker leitete er den Zuggaul, und als der Verpacker da war, mußte er mit dem Gaul, der die Heupresse drehte, immer mit im Kreise. Und obendrein lehrte Carl Tiflin ihn melken und gab ihm eine Kuh zur Wartung; von früh bis nachts hatte der Junge zu tun.

Die braune Mutterstute fühlte sich immer zufriedener. Wenn sie an den gilbenden Hängen einherging, schien ihr Maul von seligem Lächeln gekräuselt. Sie verrichtete nur leichteste Arbeit, und dies mit der ruhigen Herablassung einer Kaiserin. Im Gespann zog sie gleichmäßig gleichgültig. Jody sah täglich nach ihr, musterte sie mit kritischen Blicken, aber sie zeigte nicht die geringste Veränderung.

Eines Nachmittags lehnte Billy Buck die vielzinkige Mistgabel gegen die Stallwand, lockerte seinen Gürtel, stopfte das Hemd in die Hose, zog den Gürtel wieder stramm, langte sich einen Strohhalm vom Hutband, steckte ihn in den Mundwinkel und verließ langsam den Stall. Jody, der eben mit Doubletree Mutt ein Erdhörnchen ausgrub, richtete sich bei seinem Anblick auf.

»Komm, wir sehen mal nach, was Nellie macht!« schlug Billy vor, und sogleich war Jody an seiner Seite. Wütend und besessen grub Doubletree weiter, scharfes, stoßendes Kläffen schien den nahen Sieg über das Erdhörnchen zu verkünden, doch als weder Jody noch Billy sich um ihn kümmerten, verließ er unwillig knurrend sein Erdloch und lief hinter seinem Herrn her. Der wilde Hafer stand reif, jede Ähre neigte sich unter der Last ihrer Frucht, und das Gras war so trocken, daß es beim Vorbeistreifen zischte. Mitten am Hang gewahrten sie Nellie mit Pete, dem eisengrauen Wallach, der friedlich vom Hafer naschte. Nellie warf beim Anblick der Herannahenden die Ohren zurück und schlenkerte unwillig den Kopf. Billy aber griff mit der Hand unter ihre Mähne und strich ihr den Hals. Da beruhigte sie sich, ihre Ohren legten sich wieder nach vorn, und sie beschnupperte seinen Hemdärmel.

»Glaubst du, daß sie wirklich ein Füllen bekommt?« fragte Jody.

Da drehte Billy der Stute die Augenlider nach oben, befühlte die Oberlippe und dann die dunklen, ledernen Zitzen. »Sollte mich, weiß der Teufel, nicht wundern!«

»Aber sie hat sich doch in den drei Monaten gar nicht verändert!«

Billy rieb die flache Stirn der Stute, bis sie vor Behagen zu schnauben begann. »Ich hab' es dir ja gesagt, du kannst es nicht abwarten«, sagte er. »Bis du auch nur das mindeste siehst, dauert es seine fünf Monate, und acht Monate, bis sie wirft, ungefähr Ende Januar!«

»So lange!« seufzte Jody.

»Und nachher dauert's noch mal zwei Jahre, eh du drauf reiten kannst.«

»Bis dahin bin ich ja schon erwachsen!« schrie Jody.

»Ja«, tröstete Billy, »bis dahin bist du ein alter Mann.«

»Was meinst du, was für eine Farbe das Fohlen haben wird?«

»Das weiß kein Mensch. Die Stute rötlichbraun, der Hengst schwarz, da kann das Junge schwarz, rot, braun, grau oder gesprenkelt ausfallen; es hat sogar schon einmal ein schwarzes Muttertier ein weißes Füllen geworfen.«

»Hoffentlich wird es schwarz und ein Hengst.«

»Den müßten wir dann verschneiden; dein Vater duldet keinen Hengst auf dem Hof.«

»Vielleicht doch. Ich könnte ihn schon so erziehen, daß er sich anständig benimmt.«

Billy mußte so heftig lächeln, daß ihm das Strohhälmchen aus dem Mundwinkel rutschte. »Wenn du denkst, daß ein Hengst –« skandierte er weise, »sich erziehen läßt, bist du schwer im Irrtum! Immer müssen die Krach machen, und wenn sie den Rappel haben, arbeiten sie nicht; sie machen die Stuten verrückt und vertragen sich nicht mit den Wallachen, sie schlagen gegen sie aus – nein, einen Hengst erlaubt dir dein Vater auf keinen Fall!«

Nellie erging sich abseits im trockenen Gras. Jody griff nachdenklich in die Gräser, zerrieb einen Halm, warf die geschälten Samenkörner in die Luft, daß sie gefiederten Speeren gleich dahinsegelten. »Sag mir doch, wie es ist, Billy! Ist es so, wie wenn eine Kuh kalbt?«

»Ungefähr. Stuten sind nur etwas empfindlicher, man muß ihnen helfen. Und wenn etwas schiefgeht, muß man –« er stockte.

»Was muß man, Billy?«

»Dann muß man das Ungeborene zerstückeln; sonst geht das Muttertier drauf.«

»Aber bei uns kommt das doch nicht vor, oder, Billy?«

»Nicht dran zu denken! Nellie hat immer tadellos geworfen.«

»Darf ich dabeisein, Billy? Du mußt mich holen, bestimmt, Billy; es ist mein Fohlen!«

»Sicher. Ich ruf' dich zur Zeit.«

»Und wie geht das dann? Sag doch!«

»Hast doch schon eine Kuh kalben gesehen! Fast gradso. Die

Stute stöhnt, strengt sich an, und wenn die Geburt richtig von-statten geht, kommen erst der Kopf und die Vorderbeine – die stoßen eine Öffnung, grad wie bei den Kälbern. Und das Foh-len fängt an zu leben. Es atmet. Da muß man natürlich dabei-sein. Wenn die Füße nicht arbeiten und nicht durchbrechen, dann erstickt's ja.«

»Wir werden da sein«, erklärte Jody und schlug sich mit einem Grasbüschel ans Bein, »nicht wahr, Billy?« Sie kehrten um und gingen hinunter zum Stall.

Von Angst und Zweifel gequält, begann Jody zu fragen – er wollte es nicht, aber er konnte nicht anders: »Billy«, begann er kläglich, »dem Füllen darf nichts passieren, du läßt das nicht zu, ja?«

Und Billy sah, was Jody vor Augen hatte: den roten Pony-hengst Gabilan, wie er gestorben war – an der Druse. Billy wußte, bis dahin war er unfehlbar gewesen; nun war er es nicht mehr. Das machte ihn unsicher; er antwortete rauh: »Was weiß ich! Passieren kann immer was; da kann ich nichts dazu, ich kann auch nicht alles!« Sein geschwundenes Ansehen bedrückte ihn, aber er ließ es sich nicht anmerken, er brummte nur barsch: »Ich werde mein möglichstes tun, aber ich kann nichts versprechen. Nellie ist eine gute Stute, hat bisher gute Füllen geworfen, das soll sie halt diesmal auch!« Damit entfernte er sich von Jody und ging in den Sattelraum beim Stall. Er war zutiefst verletzt.

Jody stieg oft zur Buschreihe hinter dem Haus empor. Dort, wo das fließende Wasser, den Zuberrand überflutend, die Erde tränkte, zog sich das Gras in immergrünem Kranz um den Brunnen. Selbst wenn alle Hügel in weiter Runde braun und verbrannt in der Sonnenglut lagen – hier war es grün und kühl, und das Wasser sprang und sang während des ganzen Jahres. Hier sprudelte Jodys Lebensquelle. Wenn er bestraft worden war und litt, besänftigte ihn der Gesang des Wassers, das Grün; alles Bittere, Beißende löste sich auf. Die Gemeinheit schwand, wenn er im Gras lag und dem fallenden Strahl lauschte. Schran-ken, die sich in seinem jungen Sinn aufgerichtet hatten, sanken zusammen.

Aber der Gegenpol seines Daseins und ihm so zuwider, wie ihm der Brunnen anziehend war, lag beim Unterkunftshaus: die dunkle Zypresse. Denn hierher mußte früher oder später alles, was auf der Farm geschlachtet wurde. Schweineschlachten war wohl ein Fest, aber das Quieken, das Schreien, das stürzende Blut ließen Jodys Herz fast zerspringen. Wenn die geschlachteten Tiere im großen, schwarzen, dreibeinigen Kessel abgebrüht und ihre Haut abgeschabt wurde, trieb es Jody immer zu seinem Brunnentrog, wo er blieb, bis sich sein Herz beruhigte. Der grüne Holzzuber und die schwarze Zypresse blieben einander feind.

Nachdem ihn Billy, beleidigt und wütend, verlassen hatte, war Jody ganz in Gedanken an Nellie und das kleine Füllen weitergegangen und plötzlich bei der Zypresse angelangt – grad unter dem abscheulichen Blutbalken, an dem man die Schlachtopfer aufhängte! Nein, er wollte an dieser Stätte nicht an sein Füllen denken, besonders jetzt nicht nach allem, was er von Billy gehört hatte. Er mußte der üblen Vorbedeutung durch etwas Gutes entgegenwirken. Rasch rannte er am Farmhaus vorbei durch die Gemüsepflanzung in den bergenden Schutz seiner Buschreihe. Dort kauerte er sich in das saftige Gras, blickte über die Häuser der Farm zu den sanften Hügeln, die rings, reich an Frucht, gelb in der Sonne lagen, und sah Nellie auf ihrer Trift. Der Sang des Wassers, der Zauber des Ortes ließen Zeit und Ort schwinden, und Jody sah im Geist ein schwarzes, langbeiniges Füllen, das sich hungrig, nach Milch verlangend, an Nellies Seite drängte. Und dann sah er sich selbst, wie er das Füllen – es war tüchtig gewachsen – beim Halfter nahm und es bändigte. Und es wuchs immer herrlicher, schon war sein Hals so hoch gewölbt wie der des Zuchthengstes Sundog, sein Schweif loderte wie eine schwarze Flamme. Furchterregend war dieses Roß für alle, nur nicht für Jody. Im Schulhof bettelten alle seine Mitschüler, einmal reiten zu dürfen; mit gnädigem Lächeln ließ er es zu. Kaum aber war einer aufgesessen, als ihn auch der schwarze Dämon schon abwarf. Ja, das war sein Name: Der schwarze Dämon! Einen Augenblick war das singende Wasser, das saftige Gras, der Sonnenschein wieder da, und dann . . .

Manchmal zur Nachtzeit hörten die Rancher ringsum in ihren warmen Betten das Dröhnen vorüberdonnernder Hufe. »Das ist Jody auf seinem Dämon«, sagen sie dann, »er hilft wieder einmal dem Sheriff.« Und dann . . .

In der Arena von Salinas war die Luft voll goldenen Staubes. Der Ausrufer ruft in die Schranken zum Rodeo. Als aber Jody auf seinem Rappen in die Manege sprengt, überlassen die Mitkämpfer ihm willig den ersten Platz; es war ja bekannt: Jody und Dämon bezwingen den Stier rascher, erledigen ihn gründlicher als eine ganze Mannschaft. Jody war ja kein Knabe mehr, und Dämon ist mehr als ein Pferd. Die zwei sind ein ruhmreiches Ganzes. Und dann …

Vom Präsidenten der Vereinigten Staaten war ein Brief angelangt. Jody soll helfen, einen Banditen zu fangen, der drüben in Wäldern und Bergen sich verbirgt. Jody im Gras war bereit. Der Wasserstrahl in dem moosigen Holzzuber sang ihm das Siegeslied.

Langsam rückte das Jahr weiter vor. Es gab Tage und Wochen, da Jody all seine Hoffnungen auf das ersehnte Füllen aufgab. An Nellies Aussehen hatte sich nichts verändert. Noch spannte Carl Tiflin sie vor das leichte Fuhrwerk. Sie zog den Rechen, und als das Heu eingebracht war, ging sie im Frondienst des Jackson-Preßpackers.

Der Sommer schied, und der warme, strahlende Herbst ging dahin. Leidenschaftliche Morgenwinde wirbelten über die Felder; Frost erfüllte die Luft. Die Eichen wurden rot.

An einem Septembermorgen rief Jodys Mutter ihn in die Küche. Sie schüttete kochendes Wasser in einen Eimer mit trockenem Gemisch, bis ein dampfender Brei daraus wurde.

»Ja, Ma?« fragte Jody.

»Sieh genau zu, Jody! Das hast du jetzt jeden Morgen zu tun.«

»Was soll das geben?«

»Ein warmes Mischfutter für Nellie. Das hält sie in Form.«

Jody rieb sich die Stirn. »Ja, ist sie denn soweit?«

Die Mutter stellte den Wasserkessel ab und rührte das Futtergemisch mit einem Holzlöffel um. »Natürlich, warum denn nicht? Aber du mußt dich von nun an mehr um sie kümmern. Hier! Das bringst du ihr jetzt morgens zum Essen!«

Jody packte den Eimer und lief damit am Unterkunftshaus vorbei, an der Stallung vorüber. Der schwere Eimer schlug ihm gegen die Knie. Er fand Nellie bei der Tränke, wo sie munter im Wasser herumspielte, mit dem Kopf hineinpatschte, daß es Wellen gab, der Trog überlief und sich das Wasser bis zum Grund trübte.

Jody kletterte über den Zaun, stellte den dampfenden Brei neben sie und trat dann ein paar Schritte zurück, um sie genau anzusehen. Sie war verändert. Ihr Bauch war geschwollen, die Hufe setzte sie vorsichtig sanft. Sie steckte die Nase in den

Eimer und verschlang gierig das heiße Frühstück. Als sie damit fertig war, stieß sie den leeren Eimer mit der Nase auf dem Boden herum, ging dann zu Jody herüber und rieb ihre Wange an ihm.

Billy Buck kam aus dem Sattelraum herüber. »Wenn es erst anfängt, siehst du, dann kommt's gleich richtig!«

»Wie ist das denn auf einmal gekommen?«

»Du hast nur eine Zeitlang nicht nachgesehen.« Er drehte den Kopf der Stute, damit Jody sie besser sehen konnte. »Hübsch ist sie geworden. Sieh nur, wie schön ihre Augen sind! Manche werden wüst. Aber wenn sie hübsch werden, sind sie auch freundlich.« Nellie steckte den Kopf unter Billys Arm und rieb ihren Hals an ihm zwischen Arm und Rippen.

»Du mußt jetzt auch sehr nett zu ihr sein«, riet Billy.

»Wie lange kann's noch dauern?« erkundigte Jody sich atemlos.

Billy begann halblaut an den Fingern zu rechnen. »Etwa drei Monate noch«, verkündete er das Ergebnis. »Aufs Haar genau läßt es sich nicht sagen. Manchmal sind's auf den Tag elf Monate; es kann aber ebensogut zwei Wochen früher sein oder ein Monat später; das macht nichts.«

Jody starrte zu Boden. »Billy«, bat er erregt, »du rufst mich, wenn es losgeht? Du läßt mich dabeisein, ja?«

Billy biß mit den Vorderzähnen freundlich in Nellies Ohr. »Carl sagt, er will, daß du von Anfang an dabei bist. Das ist die einzige Art, um Pferdeverstand zu bekommen. Vom Reden lernst du nie alles. So hat es mein Alter auch mit mir gemacht . . . mit der Satteldecke! Wie ich so alt war wie du, da war er bei der Verwaltung als Packknecht und hatte ein Lasttier zu führen. Einmal, da hab' ich in meiner Satteldecke eine Falte gelassen, und das Tier ist davon wund geworden. Mein Alter hat mir keinen Krach gemacht, nein! Aber am folgenden Morgen hat er mich gesattelt, einen vierzig Pfund schweren Packsattel hat er mir aufgeschnallt, und dann mußte ich mein Pferd in der prallen Sonne über einen verdammten Berg hinüberführen, den Sattel immerzu auf dem Buckel! Die Strafe hat mich fast umgebracht. Aber in meinem ganzen Leben hab' ich nie wieder auch nur das kleinste Fältchen im Woilach gelassen. Denn jedesmal, wenn ich eine Decke auflege, spür' ich den Sattel auf meinem Buckel.«

Jody griff zärtlich in Nellies Mähne. »Du sagst mir alles, was ich zu tun habe, ja? Du verstehst doch soviel von Pferden!«

Bill lachte: »Ja, weißt du, ich bin halt selbst so ein halbes Pferd! Meine Ma ist bei meiner Geburt gestorben, und weil doch mein Alter damals im Gebirge Packknecht bei der Verwaltung war, und weit und breit gab es damals keine Milchkuh, da haben sie mich mit Stutenmilch aufgesäugt.« Er blickte ernst. »Das wissen die Pferde«, sagte er leise. »Weißt du es, Nellie?«

Die Mutterstute wandte den Kopf nach ihm um und sah ihm einen Augenblick voll in die Augen. Das ist etwas, was Pferde sonst nie tun, und Billy empfand es als Auszeichnung. Er fühlte sich wieder sicher. Er prahlte sogar ein wenig. »Ich sorge dafür, daß du ein gutes Füllen bekommst; ich lerne dich an, und wenn du alles so machst, wie ich es dir sage, hast du das beste Pferd im ganzen Land.«

Da fühlte auch Jody sich gehoben; eine Wärme umfing ihn, und als er sich nach Hause begab, ging er wie ein alter Cowboy mit gekrümmten Beinen und schwingenden Schultern. »Huah, du schwarzer Dämon«, flüsterte er, »geh mir nicht in die Luft, immer die Füße am Boden!«

Mit Macht brach der Winter herein. Einige Regenschauer als Vorboten, dann anhaltender starker Regen. Die Hügel verloren ihre Strohfarbe und wurden vor Nässe schwarz. Reißend strömten die Winterflüsse durch alle Cañons. Staubschwämme und Pilze schossen auf. Das junge Gras erschien bereits vor Weihnachten.

In diesem Jahr war das Weihnachtsfest für Jody nicht mehr die Hauptsache. Ein noch nicht bestimmter Januartag war der Drehpunkt, um den die Monate kreisten. Sobald es regnete, zog er Nellie in ihre Box, brachte ihr jeden Morgen warmes Futter und bürstete und striegelte sie.

Das Muttertier wurde so dick, daß Jody in Angst geriet. »Sie platzt«, sagte er aufgeregt zu Billy.

Da legte dieser seine kantigen kräftigen Hände an Nellies Rumpf und äußerte ruhig: »Fühl hier! Du fühlst, wie es sich bewegt. Das wäre eine Überraschung, wenn es Zwillinge gäbe!«

»Meinst du?« schrie Jody auf. »Es gibt Zwillinge?«

»Ich weiß es nicht. Es ist schon vorgekommen.«

Während der ersten zwei Januarwochen regnete es immerzu. Wenn er nicht in der Schule war, befand sich der Junge fast immer im Stand bei Nellie, legte ihr Dutzende Male die Hand an den Bauch und fühlte, wie sich das Füllen bewegte. Nellie wurde zu ihm immer sanfter und freundlicher, rieb ihre Nüstern an ihm, und wenn er den Stall betrat, wieherte sie.

Eines Tages kam Carl Tiflin mit Jody, musterte wohlgefällig das gepflegte rotbraune Fell und betastete das feste Fleisch über Rippen und Schulterblatt. »Du hast gut gearbeitet«, lobte er; es war die höchste Anerkennung, die es bei ihm gab. Jody war noch Stunden danach von Stolz geschwellt.

Der 15. Januar kam. Das Füllen war nicht geboren. Der 20. Januar kam, und in Jodys Magen bildete sich ein Klumpen Angst. »Ist das in Ordnung?« fragte er Billy.

»Sicher.«

Und abermals: »Bist du sicher, Billy, daß es so richtig ist?«

Billy klopfte den Nacken der Stute. Ihr Kopf wandte sich schwerfällig. »Ich hab' dir gesagt, es ist nicht immer dieselbe Zeit. Da heißt's abwarten.«

Als der Monat ohne Geburt zu Ende ging, war Jody entsetzt. Nellie war furchtbar dick; ihr Atem ging schwer; ihre Ohren standen steil und dicht beieinander. Man hatte den Eindruck, der Kopf tue ihr weh. Jody schlief nur noch unruhig und träumte viel wirres Zeug.

Am 2. Februar wachte er nachts mit einem Schrei auf. »Du hast geträumt, Jody«, rief ihn die Mutter an. »Wach auf und schlaf wieder ein!«

Beklommen, in Angst lag Jody einige Sekunden und wartete, bis sich die Mutter wieder hingelegt hatte. Dann zog er sich an und schlich barfuß hinaus.

Die Nacht war schwarz und dick von Dunst. Dünner Regen fiel. Unterkunftshaus und Zypresse entstiegen undeutlich drohend dem Nebel und sanken wieder zurück in die finstere Nässe. Das Stalltor knarrte beim Öffnen; bei Tage tat es das nie. Jody nahm die Laterne und die Wachszündhölzer vom Brett, machte Licht und ging durch den langen Mittelgang zu Nellies Stand.

Sie stand aufrecht, aber ihr Leib schwankte von einer Wand zur anderen. Er rief sie an: »So-o, Nellie, so-o, so-o, Nellie!« Sie sah sich nicht um, und ihr Schwanken hörte nicht auf. Er trat in die Box, streichelte ihr den Bug und fühlte ihr schauerndes Beben. Vom Heuboden über dem Stall drang Billys Stimme herunter: »Jody, was machst du?«

Jody trat ein paar Schritte zurück und warf einen Jammerblick durch das Loch auf Billys Nachtlager. »Denkst du, es geht ihr gut?«

»Warum? Sicher denk' ich's.«

»Du wolltest doch, daß kein Unglück geschieht, Billy. Weißt du genau . . .«

»Ich hab' dir gesagt, ich ruf' dich, und das werde ich. Geh schlafen, mach mir die Stute nicht unruhig. Sie hat schon genug zu schaffen, auch ohne daß du sie aufregst!«

Jody war zusammengezuckt. So hatte ihn Billy noch nie angefahren. »Ich wollte nur einmal nachsehen«, entschuldigte er sich. »Ich bin aufgewacht.«

»Schön«, kam es ruhiger von oben, »geh nur wieder zu Bett! Du brauchst dich nicht zu beunruhigen. Ich habe dir ein gutes Füllen versprochen, das sollst du haben, aber geh jetzt!«

Langsam verließ der Junge den Stall, blies die Laterne aus und stellte sie wieder an ihren Platz.

Die Schwärze der Nacht und der neblige Frost tasteten nach ihm und schlossen ihn ein. So gern hätte er alles geglaubt, was Billy ihm sagte – so wie er es vor dem Sterben des Ponys geglaubt hatte. Aber vorhin, dort in der verlassenen Box, im Vorübergehen, im schwachen Seitenlicht der Laterne hatte er Gabilan stehen gesehen . . .

Auf dem naßkalten Boden froren die bloßen Füße. In der Zypresse kollerte aufgeschreckt das Truthühnervolk; die beiden Wachhunde antworteten pflichtgemäß, kamen aus ihren Hütten gekrochen und bellten, um räubernde Kojoten in die Flucht zu jagen.

Als er durch die Küche schlich, stieß Jody an einen Stuhl. »Wer ist da?« rief Tiflin vom Schlafzimmer her. »Was ist los?« Und seine Frau fragte schläfrig: »Was hast du, Carl?« Doch da war dieser schon auf den Beinen und kam mit einer brennenden Kerze heraus. »Was hast du denn draußen zu suchen?« fragte er Jody, der gerade wieder zu Bett gehen wollte.

Schüchtern wandte Jody sich ab. »Ich war drüben . . . nach der Stute sehen.«

Verdruß über die nächtliche Störung kämpfte in Vater Tiflin mit der Genugtuung über den Pflichteifer seines Sohnes. »Höre«, sagte er schließlich, »in unserer ganzen Gegend ist niemand, der soviel von Fohlen versteht wie Billy. Überlaß das nur ihm!«

»Aber der Pony ist trotzdem gestorben«, brach es aus Jody hervor.

»Das darfst du ihm nicht vorwerfen«, gab Carl streng zurück. »Wenn Billy ein Pferd nicht retten kann, ist es nicht mehr zu retten.«

»Mach ihm Beine, er soll ins Bett!« rief die Mutter, »sonst schläft er morgen wieder den ganzen Tag.«

Es war Jody, als habe er gerade erst die Augen zugemacht und versucht einzuschlafen, da wurde er rauh an der Schulter gerüttelt. Beim Bett stand Billy mit einer Laterne. »Auf! Los! Eil dich!« Und schon war er wieder draußen.

»Was ist?« rief Mrs. Tiflin hinter ihm drein: »Bist du es, Billy?«

»Ja, Ma'am.«

»Ist Nellie soweit?«

»Ja, Ma'am«, kam es von fern.

»Gut, ich mach' Wasser heiß; du wirst es brauchen.«

Jody sprang in seine Kleider und war so rasch aus der Hintertür, daß er Billys Laterne noch auf der ersten Hälfte des Weges zum Stall pendeln sah. An den Berggipfeln zeigte sich ein erster Streif Frühdämmerung, doch in der Senke der Farm war noch kein Schimmer Helle. Wild jagte Jody hinter der Stallaterne her. Am Stall holte er Billy ein. Der hing die Laterne an die Wand und warf seinen Rock ab. Darunter trug er ein ärmelloses Hemd.

Nellie stand starr und steif. Nun krümmte sie sich. Ihr Leib wand sich in Krämpfen; sie gingen wieder vorüber, setzten aber nach wenigen Augenblicken abermals ein und gingen vorüber.

»Da stimmt etwas nicht«, stammelte Billy erregt. Seine Hand verschwand in dem aufgetriebenen Leib. »Jesus, es liegt schief.«

Wieder ein Krampf. Billy arbeitete angestrengt; an seinen Schultern und Armen sprangen die Muskeln hervor. Er hob, keuchte; dicke Schweißperlen standen auf seiner Stirn. Nellie schrie laut. »Es liegt verkehrt«, stammelte Billy, »ich krieg's nicht herum, ich kann es nicht drehen, es liegt verkehrt, es hat sich verkehrt gelegt.«

Wild starrte er auf Jody. Dann nahm er mit den Händen eine sehr genaue Untersuchung vor. Sein Gesicht war grau. Hart und spitz standen die Backenknochen hervor. Prüfend, fragend sah er einen Augenblick, der endlos erschien, auf den Knaben, der an die Stallwand gepreßt stand. Dann ging er zum Düngefenster und ergriff mit der nassen Rechten den Hammer, mit dem er sonst die Pferde beschlug.

»Jody, geh' raus!«

Jody stand reglos und starrte ihm betäubt ins Gesicht.

»Hinaus, sag' ich dir; sonst ist es zu spät!«

Jody regte sich nicht.

Mit einem Satz war Billy bei Nellies Kopf. »Dreh dich um!« schrie er, »verflucht noch einmal, dreh dich weg!«

Jetzt gehorchte Jody und wandte den Kopf zur Seite. Er hörte aus der Box Billys heiseres Flüstern, ein hohles, schmetterndes Krachen, Knochengesplitter, den schrillen Todesschrei Nellies. Er hatte sich umgedreht und sah den erhobenen Hammer nochmals auf die flache Pferdestirn niedersausen. Nellie fiel schwer auf die Flanke, zuckte noch einmal. Billy stürzte sich auf den geschwollenen Bauch, in der Hand sein geöffnetes Messer.

Er schälte die Haut herunter, senkte die große Klinge tief in den prallen Bauch, sägte, schnitt, riß auf. Die Luft war voll des üblen Geruchs warmer, lebender Eingeweide. Die anderen Pferde bäumten sich hoch, rissen an ihren Halteketten, stampften und schlugen aus.

Billy warf das Messer beiseite. Mit beiden Armen tauchte er in die zerfetzte Öffnung hinab und hob ein großes, weißes, tropfendes Bündel heraus. Seine Zähne rissen in die Umhüllung ein Loch.

Aus dem Riß schaute ein schwarzer Kopf, schauten kleine, glatte feuchte Ohren hervor. Ein gurgelnder Atemzug wehte, jetzt ein zweiter. Bill schüttelte den Sack ab, griff wieder zum Messer und durchschnitt die Nabelschnur. In seinen Armen hielt er das kleine, schwarze Füllen. Einen Augenblick sah er es an. Dann ging er langsam hinüber und legte es vor Jodys Füße ins Stroh.

Billys Arme, Brust und Gesicht troffen rot. Sein ganzer Leib bebte; seine Zähne klapperten. Er hatte keine Stimme mehr. Er konnte nur noch flüstern: »Da ist dein Füllen. Ich hab's versprochen. Da ist es. Ich mußte, mußte.« Er hielt inne, sah über die Schulter zur Box. »Hol heißes Wasser und einen Schwamm«, hauchte er heiser. »Wasch ihn und trockne ihn so, wie es seine Mutter getan hätte! Du mußt ihn mit der Hand füttern. Es ist dein Füllen; ich hab's dir versprochen.«

Jody starrte stumpf auf das nasse, heftig atmende Füllen. Es reckte das Kinn, suchte den Kopf zu heben.

»Gottverdammich«, krächzte Billy, »wirst du wohl endlich das Wasser holen! Wird's bald?«

Da wandte sich Jody und taumelte hinaus in den dämmernden Morgen. Kehle, Leib, alle Glieder schmerzten; seine Beine waren steif und schwer. Er wollte sich freuen; er hatte sein Fohlen. Doch vor sich sah er Billy Bucks blutbespritztes Gesicht und seine besessenen, todmüden Augen.

4

Der Anführer

Samstag nachmittag. Billy Buck war dabei, die Überreste der vorjährigen Heuhaufen zusammenzurechen. Einige Heugabeln voll schleuderte er über die Umfassung unter das Vieh, das darauf nicht sonderlich erpicht zu sein schien. Hoch am Himmel standen Wölkchen, dicht geballt wie Kanonenrauch; der Märzwind trieb sie gen Osten. Man hörte ihn hoch über die Bergkämme pfeifen. Bis hinab in die Senke von Tiflins Farm drang kein Lüftchen.

Jody kam aus dem Farmhaus, in der Hand eine Scheibe Brot. Sie war dick und gut mit Butter gestrichen. Er sah Billy beim Heuhaufen und kam auf eine Art und Weise herangeschlurft, von der man ihm so oft schon gesagt hatte, daß er damit das beste Sohlenleder in kürzester Zeit ruinieren würde. Als er an der schwarzen Zypresse vorüberkam, stob eine Schar weißer Tauben daraus hervor, zog Kreise rings um den Baum und ließ sich wieder darin nieder. Aus dem Unterkunftshaus sprang eine junge, gelbe Katze über Jodys Weg, drehte sich ein paarmal um sich selbst; er wollte ihr durch einen Steinwurf Beine machen, aber bevor er den Stein geschleudert hatte, war sie mit einem Satz unter dem Vordach des Unterkunftshauses. Er warf den Kiesel in die Zypresse. Abermals stoben die Tauben aufwärts in kreischender Flucht.

Bei dem Überrest des Heuhaufens lehnte er sich gegen den Zaun. »Ist das alles, was noch da ist, Billy?« erkundigte er sich.

Der Pferdeknecht stach mit der Heugabel in den Grund, nahm seinen schwarzen Hut ab und fuhr sich durch das widerspenstige Haar. »Was noch da ist, taugt nichts mehr: alles von unten her durchgefault.« Er setzte den Hut wieder auf und rieb sich die schwieligen Hände.

»Ui!« freute sich Jody, »da muß es jetzt massenhaft Mäuse geben!«

»Das wimmelt nur so von dem Lausepack«, bestätigte Billy.

»Wenn du fertig bist«, plante Jody sogleich, »könnte ich dann die Hunde holen und Mäuse jagen?«

»Warum nicht«, meinte Billy Buck, stach tief in die unterste Schicht und warf eine Gabel dampfenden Heues in die Luft. Drei Mäuse sprangen erschrocken hervor, um sich sofort wieder in das verrottete Heu zu vergraben.

»A-ah!« machte Jody befriedigt. Diese glatten, wohlgenährten, kecken Mäuse, dachte er, sollen sich nicht mehr lange ihres Daseins erfreuen. Acht Monate haben sie in dem Haufen gehaust und sich kräftig vermehrt, sicher vor Katzen, vor Fallen, vor Gift und vor Jody. Die Sicherheit hat sie fett und übermütig gemacht. Nun aber hat ihr letztes Stündlein geschlagen; den morgigen Tag sollen sie nicht überleben.

Billy blickte zu den Höhen empor. »Frag lieber erst deinen Vater«, riet er dem Jungen, »ob es ihm recht ist!«

»Gut. Wo ist er? Ich frage ihn gleich.«

»Er ist nach dem Essen zur oberen Ranch geritten, muß aber bald wieder da sein.«

Jody, an den Gatterpfosten gelümmelt: »Er hat sicher nichts dagegen.«

»Ich würde ihn auf jeden Fall fragen«, warnte Billy und nahm die unterbrochene Arbeit wieder auf, »du weißt, wie er ist.«

Jody wußte es. Der Vater war peinlich darauf bedacht, daß nichts auf der Farm ohne seine Erlaubnis geschah.

Der Junge rutschte mit dem Rücken am glatten Gatterpfosten herunter, bis er fast auf den Boden zu sitzen kam, und sah zu den Wolkenballen empor. »Glaubst du, daß es Regen gibt, Billy?«

»Möglich! Der Wind ist richtig, bloß noch nicht stark genug.«

»Hoffentlich hält sich's, bis ich das Mäusepack erledigt habe!« Er guckte verstohlen nach Billy, ob der seine forsche Ausdrucksweise, die er für männlich hielt, auch genügend würdigte.

Billy äußerte sich nicht. Jody wandte den Kopf und blickte zu dem Hügel empor, dessen Straße hinüber führte in die weite Welt. Der Hang lag in lauer Märzensonne. Zwischen Salbei blühten blaue Lupinen und Silberdisteln; da und dort leuchtete rot der Mohn. Auf halber Höhe grub Doubletree Mutt, der schwarze Hofhund, nach Erdeichhörnchen mit einer Besessenheit, als wollte er die alte Erfahrung, daß noch nie ein Hund

Eichhörnchen aus ihrem Bau ausgegraben hat, mit aller Gewalt Lügen strafen. Immer wieder setzte er von neuem an; zwischen seinen Hinterbeinen wirbelte der Dreck in die Höhe.

Plötzlich hielt er in seiner Arbeit inne, zog sich zurück, spitzte die Ohren; Jody folgte seinem Blick: Hinter der Höhe tauchte ein Reiter auf – es war der Vater. Die Konturen von Pferd und Mann hoben sich klar vom zartblauen Himmel ab; dann ging es im Trab hinab ins Tal. In der Hand hielt Carl Tiflin ein weißes Papier.

Der Junge sprang auf. »Er hat einen Brief«, rief er und sputete sich, um rechtzeitig zu Hause zu sein. Sicherlich würde der Vater den Brief vorlesen, was er sich nicht entgehen lassen wollte. Er erreichte das Haus vor seinem Vater. Beim Eintreten hörte er, wie draußen der Vater aus dem krachenden Sattel stieg, dem Tier einen Klaps gab, damit es allein zum Stall liefe, wo Billy es absatteln und in die Hürde hinauslassen würde. Jody stürzte in die Küche. »Er hat einen Brief!« rief er aufgeregt.

Die Mutter blickte von einem Topf Bohnen auf. »Wer?«

»Der Vater! Es ist ein Brief, ich hab's gesehen; er hat ihn in der Hand.«

Als Carl Tiflin die Küche betrat, forschte die Mutter: »Von wem ist der Brief?«

»Woher weißt du denn, daß ein Brief da ist?« fragte er stirnrunzelnd.

Sie wies mit dem Kopf zu Jody und lächelte: »Da, unser Häuptling Tecumseh hat mir etwas geflüstert.« Jody genierte sich sehr.

Der Vater sah ihn verachtungsvoll an. »Der soll erst zeigen, daß er das Zeug zu einem Tecumseh hat«, schalt er; »um alles, was ihn nichts angeht, kümmert er sich, nur nicht um seine Aufgaben.«

»Er hat zuwenig Beschäftigung«, suchte Mrs. Tiflin ihrem Sohn beizustehen. »Von wem ist denn der Brief?« lenkte sie ab.

»Soll sich nur zusammennehmen«, grollte Tiflin weiter, »sonst gebe ich ihm Beschäftigung!« Er reichte der Frau einen versiegelten Brief: »Anscheinend von deinem Vater!«

Sie zog eine Haarnadel aus der Frisur und schlitzte den Umschlag auf. Jody sah ihre Augen die Zeilen entlangwandern. »Er will Samstag kommen und ein paar Tage bleiben«, übermittelte sie den Inhalt und fuhr auf: »Heut' ist ja schon Samstag! Wie lange hat denn der Brief gebraucht . . .?« Sie sah nach dem Stempel: »Vorgestern aufgegeben – da hätte er gestern hier sein können!« Fragend blickte sie auf ihren Mann und ärgerte sich. »Was machst du wieder für ein böses Gesicht! Er kommt weiß Gott selten genug.«

Tiflin wich ihren zornigen Augen aus. Er konnte sie manches Mal hart anfassen, aber wenn sie in Wut geriet, war er machtlos, und als sie nun kampflustig fragte: »Bitte! Was hast du dagegen?« schwang in seiner Antwort ein demütiger Ton, der merkwürdig an gewisse Rechtfertigungsversuche Jodys erinnerte: »Ach . . . wie er immer redet!«

»Und? Und? Du redest ja auch!«

»Ja, aber du weißt doch, er erzählt immer nur ein und dieselbe Geschichte!«

»Von den Indianern«, fiel Jody aufgeregt ein, »und dem Zug durch die Steppe!«

»Mach, daß du 'rauskommst!« fuhr Carl Tiflin herum, »wir brauchen hier keinen Tecumseh – hinaus!«

Eingeschüchtert schlich Jody zur Hintertür und machte sie möglichst geräuschlos hinter sich zu. Er schämte sich der erlittenen Demütigung. Sein Blick fiel auf einen merkwürdig geformten Stein; er bückte sich danach, hob ihn auf, drehte ihn zwischen den Fingern. Durch das offene Küchenfenster drangen Worte der Eltern. »Ganz recht hat Jody«, hörte er den Vater: »Indianer und der Zug durch die Steppe! Tausendemal habe ich schon diese Pferdegeschichte mit anhören müssen, immer derselbe Mist, Wort für Wort!«

Nun antwortete die Mutter. Ihre Stimme klang so verändert, daß Jody erstaunt von seinem Steinwunder aufblickte. Wie mag ihr Gesicht jetzt wohl aussehen? Sie sagte: »Versetz dich einmal an seine Stelle, Carl! Es war das große Ereignis im Leben des Vaters. Er führte einen ganzen Zug von Wagen quer durch die Ebenen bis zum Meer. Als sie am Ziel waren, war seine Lebensaufgabe vollbracht. Es war etwas Großes, was er geleistet hatte – es dauerte nur zu kurz. Schau«, fuhr sie fort: »Ihm war, als sei er zu dieser Tat von Geburt an bestimmt gewesen, und nachdem sie vollbracht war, blieb für ihn nichts mehr zu tun, als darüber nachzusinnen und davon zu reden. Wäre noch Land im Westen gewesen, wohin man hätte ziehen können, er hätte seinen Zug weiter geführt. Aber da war der Ozean. Dort, wo seine Fahrt ein Ende nahm, wohnt er jetzt, dicht am Wasser.«

Carl war durch ihre Worte und noch mehr durch den sanften

Ton entwaffnet. »Ich habe ihn selber gesehen«, gab er zu, »wie er den Strand hinabgeht und nach Westen über das Meer hin starrt. Aber dann«, setzte er etwas gereizt hinzu, »geht er nach Pacific Grove in den Reiterklub und erzählt seine Indianer- und Pferdegeschichte.«

Wieder suchte sie ihn mit Sanftmut zu fangen. »Es ist sein Alles! Hab Geduld mit ihm! Du brauchst ihm nicht zuzuhören, aber tu wenigstens so.«

»Wenn's mir zu arg wird«, sagte Carl ungeduldig, »geh' ich ins Unterkunftshaus zu Billy«, stand auf und ging. Laut schlug die Tür hinter ihm zu.

Jody begab sich an seine Arbeit, schüttete den Hühnern ihr Futter hin, sammelte aus den Nestern die Eier, trug Brennholz ins Haus und baute es so kunstvoll in der Holzkiste auf, daß sie mit zwei Armladungen bis zum Rande gefüllt schien.

Die Bohnen waren gar. Die Mutter schürte das Feuer und fegte mit einem Truthahnflügel über die Herdplatte. Jody forschte verstohlen in ihren Mienen, ob da von vorhin noch eine Verstimmung geblieben war. »Kommt Großvater heut'?« fragte er zaghaft.

»So steht's im Brief.«

»Ob ich ihm wohl ein Stückchen entgegengehe . . .?«

Ein Herdring klirrte in Mrs. Tiflins Hand. »Das wäre lieb von dir«, sagte sie erfreut: »Er wird sich freuen, wenn ihm jemand entgegenkommt.«

»Ich geh' sofort.«

Im Hof pfiff Jody den Hunden. »Los! Hinauf!« kommandierte er. Sie wedelten und rannten die Straße entlang.

Der Salbei zu beiden Seiten des aufwärtsstrebenden Weges zeigte frische Spitzen. Jody riß einige ab, zerrieb sie zwischen den Händen – das gab einen kräftigen, würzigen Duft. Unvermutet sausten die Hunde in ein Gebüsch. Sie waren hinter einem Kaninchen her und blieben verschwunden. Nach erfolglosem Jagen kehrten sie schon von selbst nach Hause zurück.

Jody stapfte die Anhöhe empor. In der Senke packte ihn der Nachmittagswind bei den Haaren und blähte sein Hemd auf. Er blickte auf die niedrigen Hügel und Bergketten hinab und hinüber ins weite, grünende Salinas-Tal. Fern in der Ebene lag weiß die Stadt; ihre Fenster blitzten im Schein der sinkenden Sonne. Fast senkrecht unter Jody, in einer Eiche, hielten die

Krähen Versammlung; der ganze Baum war ein schwarzes Gewimmel, ein betäubendes Krächzen.

Die scharfen Augen des Knaben folgten dem Fahrweg bergab ins Tal, eine leichte Erhebung verdeckte ihn ein Stück weit – jenseits kam er wieder zum Vorschein, und dort, in weiter Entfernung, erschien, von einem Braunen gezogen, ein Wägelchen. Jody setzte sich ins Gras. Der Wagen verschwand hinter der leichten Erhebung. Gleich mußte er wieder erscheinen. Jody faßte die Stelle genau ins Auge. Der Wind sang sein Gipfellied. Die Wolkenballen eilten gen Westen.

Der Wagen tauchte auf, fuhr die Erhebung hinab und hielt. Ein Mann stieg aus und trat zu dem Pferd. Trotz der weiten Entfernung merkte Jody, daß er die kurze Koppel ausgehakt hatte, denn das Pferd ließ den Kopf hängen. Der Mann führte es langsam bergan.

Jody stieß einen Freudenschrei aus und rannte dem Ankömmling entgegen den Berg hinab. Spatzen und Eichhörnchen stoben vor ihm davon. Er versuchte bei jedem Sprung, den er tat, mitten auf seinen Schatten zu hüpfen, Steine kollerten unter ihm weg – nun noch eine Wegkrümmung; hinter ihr erkannte er bereits die Gesichtszüge des Großvaters. Er mäßigte sein Ungestüm und ging dem alten Herrn mit würdevollen Schritten entgegen. Das Pferd zottelte schwerfällig bergan; sein Schatten und der seines Führers wankten im Licht der sich neigenden Sonne hinterdrein.

Großvater trug einen ehrwürdigen schwarzen Rock, Glacéleder-Gamaschen, Lackschuhe, steifen Kragen und einen schwarzen Binder; den schwarzen, weichen Hut hielt er in der Hand. Sein weißer Bart war kurz geschnitten. Weiße Brauen hingen ihm dick wie ein Schnurrbart über die Augen, treuherzig glücklich blickten die blauen Augen. Eine besondere Würde lag über der ganzen Gestalt und dem ruhigen Antlitz. Jeder Schritt, den dieser alte Mann tat, war ruhig und bestimmt; er würde keinen zurück tun, den er einmal gemacht, würde ihn weder verlangsamen noch beschleunigen, und die Richtung, die er einst eingeschlagen, würde er nie ändern. Und legte er sich einmal zur Ruhe, würde der Erstarrte so, wie er war, zu Stein.

Als Jody sich näherte, hob Großvater grüßend den Hut. »Ei, Jody«, rief er, »wolltest du mir entgegengehen?«

»Ja, Großvater«, entgegnete der Junge geziemend, machte kehrt und suchte seinen Schritt dem des Großvaters anzupassen. »Wir haben Euren Brief erst heute erhalten.« Er richtete sich kerzengerade auf; er wollte würdevoll wie der Großvater sein.

»Er hätte gestern eintreffen müssen«, tadelte der Alte. »Wie geht es bei euch zu Hause?«

»Gut.«

Das Gespräch stockte, bis Jody schüchtern ansetzte: »Großvater, hättet Ihr Lust, morgen eine Mäusejagd mitzumachen?«

»Mäusejagd, Jody?« Ein Gelächter brach aus dem alten Mund. »Ist die heutige Generation so weit heruntergekommen? Viel habe ich nie von ihr gehalten, aber daß Mäuse für sie ein Wildbret seien, hätte ich nicht gedacht.«

»Es ist ja auch bloß ein Spiel. Mit den Heuhaufen ist es zu Ende; da will ich mit den Hunden die Mäuse herausjagen. Ihr könnt zusehen, Großvater, vielleicht auch ein bißchen aufs Heu klopfen.«

»Ach so!« Die treuherzigen Augen blickten hinab zu dem Kinde. »Verspeisen tut ihr sie also nicht; so weit ist es mit euch noch nicht gekommen.«

»Die Hunde fressen sie«, erklärte Jody. »Eine Indianerjagd – das war, glaub' ich, etwas anderes, Großvater! . . .«

»Ja, Kind – aber später, als dann die Truppen anrückten, die Indianer zu Paaren trieben, Kinder erschossen, die Hütten in Brand steckten –, da war es wohl nicht viel anders als eure Mäusejagd.«

Sie hatten den Kamm erreicht. Während sie in die Ranchsenke hinunterstiegen, verlor sich die Sonne von ihren Schultern. »Du bist gewachsen«, meinte der Großvater, »um einen Zoll, schätze ich.«

»Mehr!« gab Jody stolz an. »Seit dem Erntefest schon über zwei; wir haben es an der Tür gemessen.«

»Wachstum«, sagte der Alte gravitätisch und heiter, »kann auch von zu vielem Wasser herrühren. Geduld! Es wird sich mit der Zeit herausstellen, ob du Mark in den Knochen hast.«

Jody verstand nicht recht, was der Großvater meinte. Sollte es eine Kränkung sein? Er schaute ihn von der Seite her an, doch in den blauen, scharfen Augen entdeckte er keine Spur von Überheblichkeit. »Vielleicht schlachten wir auch ein Schwein«, lenkte er verheißungsvoll ab.

»Aber nein! Du willst mich wohl auf den Arm nehmen? Jetzt, um diese Jahreszeit, schlachtet man doch kein Schwein – das lasse ich nicht zu, daß ihr mir zu Ehren . . .«

»Aber unser Riley hat doch – Ihr kennt doch den Riley, den großen Eber, Großvater?«

»Gewiß, den Riley kenne ich.«

»In besagten großen Heuhaufen hat er ein solches Loch hineingefressen, daß der ganze Haufen auf ihn gefallen ist, und er ist drunter erstickt.«

»Das haben Schweine so an sich«, erklärte der Großvater, »es liegt in ihrer Natur.«

»Riley war sonst ein braves Schwein; er hat mich sogar manchmal auf sich reiten lassen.«

Eine Tür fiel schallend ins Schloß. In der Vorveranda des Farmhauses stand Jodys Mutter und winkte mit der Schürze ein Willkommen. Vom Stall nahte der Vater, um bei der Ankunft des Gastes rechtzeitig dazusein. Auf den Höhen lagen die letzten Strahlen der Sonne. In flachen, bläulichen Schichten zog sich der Rauch vom Schornstein des Farmhauses über die Senke. Der Wind hatte sich gelegt. Die Wolkenbällchen standen reglos am Himmel.

Billy Buck trat aus dem Unterkunftshaus, entleerte eine Schüssel mit Seifenwasser und eilte zum Farmhaus. Obwohl heute nicht der Tag ist, hatte er sich rasch noch rasiert. Er verehrte den Großvater, und dieser fand, von der jungen Generation sei Billy einer der wenigen, die unverdorben und nicht verweichlicht wären. Billy Buck war zwar keineswegs mehr der jüngste; aber für Großvater war er noch immer ein Knabe.

Als Jody mit Großvater ankam, standen die Eltern mit Billy beim Hoftor.

»Hallo, Herr Schwiegervater«, grüßte Carl, »wir haben Euch schon erwartet.« Seine Frau gab ihrem Vater einen Kuß auf die bärtige Wange. Er klopfte ihr freundlich auf die Schulter.

Billy strahlte über das ganze Gesicht, als ihm der Alte die Hand schüttelte. »Ich schirre Euer Pferd ab«, erklärte er mit Wärme. Er machte sogar so etwas wie eine kleine Verneigung; dann ging er und brachte das Gefährt zum Stall.

Großvater sah ihm nach. »Ein braver Junge«, bemerkte er und wandte sich der Familie zu. »Seinen Vater habe ich gut gekannt; man nannte ihn immer ›Maultierbuck‹ – ich habe nie verstanden, warum; höchstens vielleicht –, weil er die Maultiere bepackte.« Wohl hundertmal hatte man den Satz schon aus Großvaters Munde gehört.

Mrs. Tiflin ging den anderen voraus ins Haus. »Wie lang kannst du bleiben, Vater? Du hast nichts darüber geschrieben.«

»Ich weiß nicht; ich dachte, etwa zwei Wochen, aber ich bleibe ja nie solange, wie ich vorhabe.«

Bald saßen die fünf um den wachstuchgedeckten Tisch beim Abendbrot unter der spiegelnden Hängelampe. Große Fliegen brummten und schlugen von draußen gegen die Scheiben.

Großvater schnitt sein Fleisch in kleine Stückchen und kaute es langsam. »Die Fahrt hier heraus hat mir Hunger gemacht – natürlich keinen solchen Hunger wie seinerzeit meine Fahrt durch die Prärie. Da konnten wir doch nie abwarten, bis das Fleisch gar war. Vier Pfund Büffelfleisch konnte ich damals auf einen Sitz zum Abendessen vertilgen.«

»Das kommt von der Bewegung in freier Luft«, ließ sich Billy vernehmen. »Mein Vater war Packknecht; als kleiner Bub habe ich ihm manchmal geholfen – da haben wir oft wie nichts zu zweit einen ganzen Rehschinken verputzt.«

»Deinen Vater habe ich gut gekannt«, sagte der Großvater, »man nannte ihn immer ›Maultierbuck‹, ich habe nie verstanden, warum; höchstens vielleicht, weil er die Maultiere bepackte.«

»Das war auch der Fall«, bestätigte Billy, »er hat die Maulesel bepackt.«

Großvater legte Messer und Gabel beiseite; seine Blicke wanderten über den Tisch in die Ferne. »Dann aber kamen Tage«, begann er, »da ging uns die Nahrung aus; da waren keine Büffel mehr, keine Antilopen, nicht einmal wilde Kaninchen.« Seine Sprache hatte auf einmal etwas merkwürdig Ausgeleiertes; »kein schäbiger Kojote kam unseren Schützen vor den Lauf.« Von zahllosen Wiederholungen hatte die Geschichte sich abgenutzt, die Worte, der Klang sich zu eintönigem Singsang abgeschliffen: »Da hieß es denn für den Anführer auf der Hut sein. Ich hatte die Führung und hielt die Augen offen. Warum? Das will ich euch sagen. Sobald die Leute zu hungern beginnen, schlachten sie ihre Gespanne. Ich wußte von Wanderungen, auf denen man das ganze Zugvieh geschlachtet hatte; in der Mitte des Zuges fing man an, und dann ging es so weiter mit der Schlachterei bis zur Spitze und der Nachhut. Sie verzehrten sogar ihre Leitpferde und schließlich die Stangenpferde. Dem muß der Anführer um jeden Preis vorbeugen.«

Ein großer Käfer summte um die Petroleumlampe. Billy stand auf, setzte ihm nach; seine breiten Hände klatschten zusammen – vergebens! Carl fing den Brummer mit der hohlen Hand, zerdrückte ihn und warf ihn zum Fenster hinaus.

»Der Anführer, wie gesagt« – setzte Großvater von neuem an, aber sein Schwiegersohn unterbrach: »Eßt doch erst Euer Fleisch! Der Pudding wartet schon.« Jody sah in den Augen der Mutter Unwillen aufsteigen, aber der Großvater griff bereits wieder zu Messer und Gabel. »Ich erzähle nachher weiter«, versprach er. »Wenn ich nur daran denke, bekomme ich Hunger!«

Das Abendessen war zu Ende; die Familie saß am Kamin im Nebenzimmer. Erwartungsvoll hingen Jodys Augen am Großvater. Der beugte sich vor, starrte in die Glut des Kamins, die hageren Finger umklammerten die Knie – Jody kannte diese Anzeichen; nun würde Großvater beginnen: »Habe ich euch schon einmal von den Piuten erzählt ...« und richtig! Er fing mit den nämlichen Worten an und fuhr fort: »Diesem Diebsgesindel, das uns fünfunddreißig unserer besten Pferde stahl?«

»Das kennen wir«, unterbrach Carl, »es war, bevor Ihr nach Tahoe kamt.«

»Richtig«, wandte sich überrascht der Alte an seinen Schwiegersohn, »vielleicht habe ich euch das schon einmal erzählt?«

»Oft!« stach Carl grausam nach und mied den Blick seiner Frau. Aber er fühlte ihre Augen zornig auf sich gerichtet; rasch versicherte er: »Ich höre es aber meinetwegen auch gern noch einmal.«

Wieder starrte Großvater in die Glut. Um seine Knie spannten und entspannten sich seine alten Hände. Jody fühlte, wie ihm zumute war, wie leer, wie ausgehöhlt sein Inneres! Und er? Hatte ihm die Mutter nicht vorhin den Namen des großen Indianerhelden Tecumseh gegeben? Hatte nicht der Vater gesagt, er müsse erst zeigen, daß er das Zeug zu einem Tecumseh hatte? Er wird es zeigen, sogleich! »Großvater«, bat er inständig sanft, »erzählt von den Indianern, den Piuten!«

Da wurde Großvaters Blick wieder treuherzig; wehmütig bemerkte er: »Buben hören gern von Indianern. Männer haben mit den Rothäuten gekämpft, aber nur Kinder wollen heute noch davon hören. Habe ich schon erzählt, wie ich vorschlug, daß jeder Wagen eine mächtige Eisenplatte mitführen sollte?«

Tiflins und Billy schwiegen, allein Jody rief: »Nein, noch nie, Großvater!«

»Wenn die Indianer angriffen«, hub der Alte an, »stellte man immer die Wagen zu einem Kreis zusammen und schoß zwischen den Rädern durch. Da dachte ich mir: Wenn jeder Wagen eine hohe Eisenplatte mit Schießscharten hätte, könnte man sie vor die Wagen postieren; die Männer könnten im Stehen schießen, hätten so einen besseren Überblick und wären zugleich besser geschützt als zwischen den Rädern. Was dadurch an Verwundeten oder gar Toten gespart wäre, würde die Mehrbelastung durch die Eisenschilde bei weitem aufwiegen. Aber der Trupp wollte nichts davon wissen. Das habe man bisher auch nicht getan, behaupteten sie; es verursache nur unnötige Kosten. Bald genug sollten sie ihre Kurzsichtigkeit bedauern!«

Jody sah seine Mutter an. Sie hörte nicht zu; der Vater zupfte an einer Schwiele am Daumen; Billy Buck beobachtete eine Spinne, die an der Wand hinaufkroch.

Großvater verfiel wieder in seinen Leierton. Jody kannte jede Hebung und jede Senkung, mit der die Geschichte sich weiterschleppte. Er kannte jedes Wort vom Angriff der Indianer, von den Leiden der Verwundeten, dem Klagesang über die Toten, den Gräbern inmitten der endlosen Steppe ... und lauschte und sah dabei immerzu den Großvater an. Die blauen Augen starrten entrückt; es war, als nehme er selbst an seiner Geschichte schon keinen Anteil mehr. Als sie zu Ende war, entstand eine respektvolle Pause, bis Billy Buck aufstand und an den Hosen ruckte. »Ich denke, ich muß jetzt gehen«, bemerkte er und sah den Großvater an. »Ich habe noch ein altes Pulverhorn, eine alte Kugelpistole und Zündhütchen von damals. Habe ich Euch die schon gezeigt?«

»Ich glaube, ja, Billy«, nickte Großvater langsam, »sie erinnerte mich an meine alte gute Pistole von damals, als ich das Volk durch die Steppen führte ...« Billy blieb höflich stehen, bis auch diese Geschichte zu Ende war, wünschte dann gute Nacht und verließ das Farmhaus.

Carl Tiflin suchte der Unterhaltung eine andere Wendung zu geben. »Wie sind die Felder zwischen Monterey und hier? Ich habe gehört, ziemlich ausgetrocknet!«

»Kein Tropfen Wasser in der ganzen Laguna Seca«, antwortete der Alte. »Aber das ist noch nichts gegen Anno 87, da war die ganze Gegend ein einziger Staub, und Anno 61 sind alle Kojoten vor Durst krepiert. Heuer hatten wir immerhin fünfzehn Zoll Regen.«

»Nur leider zu früh«, meinte Carl, »jetzt könnten wir etwas davon gut brauchen.« Sein Blick fiel auf Jody. »Geh zu Bett!«

Gehorsam stand Jody auf. »Darf ich die Mäuse im alten Heuhaufen ausrotten, Vater?«

»Mäuse? Gewiß, nur zu! Billy sagt, es ist kein brauchbares Heu mehr da.«

Jody wechselte einen Blick heimlichen Einverständnisses mit dem Großvater und versprach: »Morgen werden alle erledigt.«

Er lag im Bett und gedachte der entschwundenen Zeiten, der untergegangenen Welt der Büffeljäger und Indianer und wünschte sich, er hätte damals gelebt. Doch nein! Er wußte, daß er nicht aus dem Holz war, aus dem man Tecumsehs schnitzt. Keiner, der heute lebt, wäre zu solchen Taten imstande – ausgenommen vielleicht Billy Buck. Ein Geschlecht von Riesen muß damals gelebt haben: furchtlose Männer von einer Zähigkeit, wie es sie heutzutage nirgends mehr gibt. Er dachte an die endlosen Steppen, an die Wagenzüge, die wie riesige Tausendfüßler darüber hinkrochen, an Großvater, wie er auf einem stattlichen Schimmel allen voranritt. Gewaltige Gestalten zogen ihm durch den Sinn – einst wandelten sie auf Erden, nun sind sie für immer geschwunden.

Er vernahm die Geräusche der Stille. In seiner Hundehütte knurrte Smasher, kratzte sich seine Mückenstiche und scheuerte und wetzte sich am Boden. Ein Wind erhob sich, die schwarze Zypresse ächzte. Jody schlief ein.

Eine halbe Stunde, bevor der Triangel tönte, war er schon wieder auf den Beinen. Als er durch die Küche kam, stocherte die Mutter im Ofen herum; sie brauchte ein kräftiges Feuer. »Was hast du vor?« fragte sie, »daß du heut' schon so zeitig auf bist?«

»Ich suche mir einen kräftigen Stock. Wir wollen die Mäuse erledigen.«

»Wer – ›wir‹?«

»Na, ich und der Großvater.«

»So, du willst den Großvater mit hineinziehen! Du suchst dir immer einen Sündenbock für den Fall, daß es was absetzt.«

»Ich bin rechtzeitig zum Frühstück da«, gab Jody an, »ich brauche nur einen kräftigen Stock.« Damit schloß er die Glastür hinter sich und trat hinaus in die blaue Kühle des Morgens.

Die Vögel lärmten; vier Katzen kamen wie Schlangen von der Höhe geschlichen. Sie hatten im Dunkel Erdeichhörnchen gejagt, sie gefressen und waren bis obenhin satt. Trotzdem hockten sie sich im Halbkreis um die Küchentür und miauten kläglich nach Milch. Doubletree Mutt und Smasher schnupperten um die Hecke, auf Jodys Pfiff reckten sie die Köpfe, wedelten heftig, sprangen herbei, schüttelten sich und gähnten. Jody tätschelte sie, begab sich zu einem abseits gelegenen Schutthaufen, aus dem er einen alten Besenstiel und einen fingerdicken kurzen Stecken herausklaubte, zog einen Schnürriemen aus dem Sack, band die Enden der Stöcke locker zu einer Art Dreschflegel zusammen, ließ prüfend die neue Waffe durch die Luft sausen und hieb einige Male fest auf den Boden, daß die Hunde erschreckt vor ihm zurückwichen.

Er befand sich bereits auf dem Weg zum alten Heuhaufen, um rasch einen Blick auf sein heutiges Schlachtfeld zu werfen, als Billy Buck, der geduldig wartend auf den Stufen vor der Eingangstür saß, ihn zurückrief. »Geh lieber hinein; in zwei Minuten ist Frühstück!«

Jody machte kehrt und lehnte seinen Dreschflegel an die Hauswand. »Damit treib' ich die Mäuse heraus«, erklärte er, »die werden schön fett sein und haben noch keine Ahnung, was ihnen heute blüht!«

»Du auch nicht«, bemerkte Billy Buck philosophisch, »ich auch nicht und überhaupt kein Mensch.«

Dieser Gedanke beschäftigte Jody. Er sah seine Richtigkeit ein, dachte ihn weiter und weiter, fernab der geplanten Mäusejagd. Doch da trat die Mutter auf die Veranda; der Triangel schrillte, und alle Gedanken zerrannen in nichts.

Großvater fehlte beim Frühstückstisch. Billy wies mit dem Kinn nach dem leeren Stuhl. »Fehlt ihm etwas?«

»Er braucht immer lange zum Anziehen«, erklärte Mrs. Tiflin, »bis er seinen Bart gepflegt, die Gamaschen und Schuhe poliert und den Anzug gebürstet hat ...«

Carl streute sich Zucker über den Brei. »Der Anführer einer Wagenkolonne in der Prärie muß allerdings wie aus dem Ei gepellt zum Frühstück erscheinen«, spöttelte er.

»Sei bitte nicht gehässig!« Mrs. Tiflins Bitte klang beinahe drohend. »Sprich nicht so!«

Carl Tiflin fühlte sich durch ihre Ermahnung gereizt. »Na ja«, fuhr er los, »wie oft soll ich mir noch den Quatsch von den eisernen Platten anhören und von den fünfunddreißig gestohlenen Pferden! Der Fall ist seit bald einem halben Jahrhundert erledigt, für mich bestimmt, fertig, erledigt!« Aber trotz dieser Behauptung schimpfte er laut weiter: »Wozu muß er das immerzu wiederkäuen? Er ist durch die Prärie gezogen, schön! Aber jetzt ist er durch, seit bald einem halben Jahrhundert; kein Mensch hat dafür noch Interesse.«

Die Küchentür wurde leise von draußen geschlossen. Die vier saßen reglos starr. Carls Löffel sank langsam in seinen Teller mit Brei. Viel zu spät hielt er den Mund.

Die Küchentür öffnete sich. Großvater trat ein. Er lächelte mit schiefem Kopf. »Guten Morgen!« Er setzte sich und widmete sich seinem Brei.

Carl hielt es nicht aus. »Habt Ihr . . . gehört, was ich sagte?«

Kurzes leichtes Nicken.

»Ich weiß nicht, was in mich gefahren ist, Sir. Ich habe es nicht so gemeint; ich wollte bloß ein bißchen Spaß machen.«

Schamerfüllt schaute Jody von unten her nach der Mutter. Sie sah ihren Mann an, sie wagte kaum zu atmen. Furchtbar, was er da machte! Für ihn war nichts schrecklicher, als wenn er einmal ein Wort, das er gesagt, zurücknehmen mußte. Doch sich dessen obendrein schämen zu müssen, war tausendmal schlimmer.

Großvater sah ihn nicht an. »Ich möchte nicht ungerecht sein«, sagte er vornehm und sanft. »Ihr braucht mich nicht für verrückt zu halten. An sich ist es mir gleich, was da gesagt wurde. Nur wenn es zuträfe, könnte es mir nicht gleichgültig sein.«

»Es stimmt ja nicht«, rief Carl, und der Schweiß stand ihm auf der Stirn, »es ist nicht wahr! Ich fühle mich heute nicht recht wohl; entschuldigt meine Äußerung!«

»Du brauchst dich nicht zu entschuldigen, Carl. Als alter Mann sieht man manchmal die Dinge nicht so, wie sie sind. Der Zug durch die Steppe kam ja ans Ziel; was braucht man da noch dran zu denken . . .!«

Carl stand auf. »Ich habe genug gegessen, ich muß an die Arbeit. Laß dir Zeit, Billy!« Und verließ rasch das Zimmer. Billy verschlang den Rest seiner Mahlzeit, dann folgte er ihm. Die Mutter hatte abgetragen und war in der Küche.

Nur Jody konnte sich von seinem Platz an der Seite des Großvaters nicht losreißen. »Erzählt Ihr jetzt keine Geschichten mehr, Großvater?« fragte er zaghaft.

»Ei, gewiß, aber nur Leuten, von denen ich weiß, daß sie sie hören wollen.«

»Ich will sie hören.«

»Du schon! Aber du bist ein kleiner Junge. Männer haben

mit den Rothäuten gekämpft, aber nur Kinder wollen heute noch davon hören.«

Jody rutschte von seinem Stuhl. »Großvater ... ich warte draußen auf Euch. Ich habe einen kräftigen Stock für die Mäuse.«

Er wartete hinter dem Lattengeländer der Veranda, bis der Großvater auf die Veranda kam. »Kommt mit, wir wollen die Mäuse töten!«

»Weißt du, Jody, ich sitze lieber hier in der Sonne. Geh du nur Mäuse töten!«

»Wenn Ihr wollt, Großvater, gebe ich Euch meinen Stecken!«

»Nein, laß mich nur hier sitzen ...«

Bekümmert wandte der Junge sich ab und schlich zu dem verrotteten Heuhaufen.

Vergeblich versuchte er seinen Kampfeseifer in Gedanken an die kecken und fetten Mäuse neu zu entfachen. Einige Male haute er mit seinem Dreschflegel auf den Boden. Die Hunde umschmeichelten ihn winselnd.

Es ging einfach nicht. Er blieb stehen, sah zurück. Dünn, schwarz und klein, saß der Großvater auf der Veranda. Jody kehrte zurück, setzte sich auf die Stufen zu Füßen des alten Mannes.

»Schon wieder da? Hast du die Mäuse getötet?«

»Nein, Großvater ... lieber ein andermal!«

Vor den Stufen watschelten Enten, Fliegen summten, der Salbei duftete. Das Lattengeländer wurde heiß von der Sonne.

Großvater hatte zu sprechen begonnen; sein Enkelkind hat es kaum bemerkt. »Ich sollte mich hier nicht länger aufhalten; ich habe keine Lust mehr dazu ...« Er blickte auf seine verwitterten, sehnigen Hände. »Ich glaube, der Zug durch die Steppe war nicht der Mühe wert ...« Sein Blick wanderte hügelan; auf einem kahlen Ast saß reglos ein Falke. »Da erzählt man die alten Geschichten ... Will ich sie denn erzählen? Ich weiß nicht ... ich weiß nur, was die Leute, denen ich sie erzähle, dabei empfinden sollten, wenn es nach mir ginge ...« Sein Blick ruhte auf dem Falken. »Die Indianer – das war nicht die Hauptsache, auch nicht das Abenteuer, nicht einmal, daß wir hierher gelangt sind. Es war der Bund vieler Menschen, geeint zu einem großen lebenden Wesen, das vorwärts drang – und ich war sein Haupt. Es drang gen Westen vor, immer weiter gen Westen. Jeder der Männer wollte etwas für sich, aber das große lebendige Ganze, das wollte nur vorwärts, nur immer weiterziehen. Ich war der Anführer, aber wenn ich nicht mitgemacht hätte, wäre es ein anderer gewesen. Das Ding brauchte ein Haupt . . .

Die Schatten unter dem niederen Buschwerk standen um Mittag schwarz gegen weiß . . . Als wir endlich die Berge erblickten, schrien wir auf, wir brüllten, alle . . . Aber die Hauptsache war es nicht, daß wir da waren, sondern die Weiterbewegung, der Wille, vorwärts zu kommen . . . Wir brachten Leben mit, wir trugen es und legten es hier ab, wie die Ameisen dort ihre Eier schleppen. Und ich war der Anführer . . .

Der Westen war da und war groß wie Gott. Unsere Schritte waren sehr klein, aber es waren unzählig viele, und sie häuften sich, mehr und mehr, bis der Erdteil durchmessen war . . .

Wir kamen zum Meer, und da war es getan.«

Er hielt inne und wischte sich die geröteten Augen. »Das sollte ich ihnen sagen und keine Geschichten erzählen.«

Jody begann – und Großvater schaute verwundert auf seinen Enkel, der sagte: »Vielleicht werde ich einmal Menschen anführen.«

Der alte Mann lächelte. »Es ist kein Platz mehr, um weiterzugehen. Der Ozean hält dich dort auf. Eine Kette von alten Männern die Küste entlang haßt diesen Ozean, weil er sie hemmte.«

»In Booten könnte es gehen, Großvater.«

»Nirgendwo mehr Platz! Jeder Platz ist besetzt. Aber das ist nicht das Schlimmste – nein, nicht das Schlimmste. Der Westen – der wilde, schöne Westen ist für die Leute tot; sie haben die Sehnsucht verloren, weiterzuziehen . . . Alles ist abgetan. Dein Vater hat recht: Der Fall ist erledigt, fertig.« Seine Finger umkrampften die Knie, auf die er die Augen gesenkt hielt.

Jody saß tief bekümmert. »Möchtet Ihr ein Glas Limonade, Großvater?« fragte er traurig, »ich will Euch welche zubereiten.«

Fast hätte der Großvater abgelehnt, aber da sah er das Gesicht des Jungen. »Ja«, antwortete er, »das wäre hübsch; eine Limonade wäre mir angenehm.«

Jody rannte in die Küche, in der die Mutter die letzten Teller vom Frühstückstisch abtrocknete. »Eine Zitrone!« stieß er hervor, »ich will Großvater eine Limonade machen.«

»Und noch eine Zitrone, ich will mir auch eine Limonade machen«, ahmte ihn die Mutter nach.

»Nein, Ma, ich will keine.«

»Jody! Was ist dir? Fehlt dir etwas?« Sie sah ihn an und sagte dann sanft: »Nimm eine aus dem Eisschrank! Und hier ist die Zitronenpresse.«

John Steinbeck

»John Steinbeck ist der glänzendste
Vertreter der leuchtenden Epoche
amerikanischer Literatur zwischen zwei
Weltkriegen.«   (Ilja Ehrenburg)

John Steinbeck:
Früchte des Zorns
Roman

dtv 10474

John Steinbeck:
Autobus
auf Seitenwegen
Roman

dtv 10475

John Steinbeck:
Geld bringt Geld
Roman

dtv 10505

John Steinbeck:
Die wilde Flamme
Novelle

dtv 10521